血脉情相牵

卢志明 郑宪 著

海风出版社
HAIFENG PUBLISHING HOUSE

1987年12月26日，台胞蔡先生与分别50年的老姐姐在厦门和平码头相会。

两岸同乐——福建石狮蚶江与台湾鹿港的两地渔民对渡后泼水狂欢（林水坤 摄）

青礁慈济宫前的古石柱

目录

Contents

Part **1** 寻踪两岸缘

遗址见天日

揭开颜思齐之谜

颜思齐作为"开台第一人"受到台湾人民的敬仰，但是，在他的故乡厦门，却不大为人所知。事有凑巧，青礁村读者颜有能先生向厦门日报独家报料，掩埋多年的青礁村颜氏肇基祖庙遗址已被发掘，这可能有助于进一步揭开"开台王"颜思齐之谜。 我们亲历现场，见到了一个非常恢宏而沧桑的场面，就在我们文章发表之际，我们所见的发掘现场已被清理完毕作为工厂用地。这段见闻将成为绝响。

青礁颜氏祖祠遗址

开漳堂遗址毗邻颜思齐故里

　　青礁颜氏肇基祖庙开漳堂遗址，掩藏在青礁村边一个被废弃的院落里。当这座遗址出现在我们眼前时，霎时间我们的心灵都经受了一次强烈的震撼，这样一座气势雄伟的家庙深埋于地下，长久以来鲜为人知。海沧青礁颜氏宗亲联谊会会长颜振来回忆说，他小的时候还见过开漳堂的原貌。1958年大跃进时期，农村兴起大炼钢铁之风，开漳堂被拆掉用来建造炼铁厂。后来工厂倒闭，院落里长满一人高的蒿草。如今，遗址的发现不仅令颜氏后人感到振奋，更重要的是遗址所在地就毗邻颜思齐故里。

　　据说，这一带古称"铁店"，历史上是个自然村，颜思齐的家就在这里。村旁就是汪洋大海，当年颜思齐在台湾开拓事业，有一定基础后曾经派手下回到青礁村的"铁店"，招募族人前往台湾开垦。

　　在开漳堂遗址，我们发现一块已经残缺不全的书院牌匾，颜振来会长说，匾额上面写的是"植兰书院"，匾额已经被砸掉一角，砸掉的就是"植"字。即便如此，仍然可以看出青礁颜氏在颜慥肇基之后，子孙后代文教之风的兴盛状况。开漳堂的一副楹联也证明了此说不虚："歧山高隐五经儒海上尽宗正学，甲第须同三敏世日边载锡恩光。"此联意思当指宗五经正学的颜慥隐居于此，大兴文教，广开文风。这些在我们翻阅颜氏族谱时，也得到了印证。据载，仅宋代青礁颜氏就出了18位进士，盛极一时。

颜思齐资助重修祖祠

　　海沧青礁村颜氏家庙遗址的发掘，再一次把两岸著名的历史人物"开台王"颜思齐拉进我们的视线。青礁颜氏宗亲颜明灿先生说，此次家庙遗址的发掘意义重大，有助于解开颜思齐之谜。开漳堂出土的文物，大部分是明朝万历年间重修家庙时的石刻建筑，石雕做工精美，家庙建筑气势磅礴，此时期还重修了族谱和肇基祖颜慥墓。这是一个巨大的工程，需要大量的人力物力。万历时期重修家庙、族谱等工作的时间，大体上正是颜思齐海上贸易繁盛的阶段，那时颜思齐在日本以裁缝为业，兼营中日间海上贸易，是当地富户。因此，颜振来会长认为这重修工作有可能与颜思齐的支持有关。

颜思齐是颜慥第20世孙，身体魁梧雄健，生性豪爽，有义气，仗义疏财，并精熟武艺，喜欢打抱不平。由于当地土豪横行，明万历四十年（1612年），颜思齐遭宦家欺辱，他不堪受辱，怒杀仗势欺人的官家恶仆。为了防止官府追究，被迫逃亡海上，后来到了日本。颜振来会长说，为了避免家族受到株连，族谱中立下条规，凡是族人有作奸犯科的，一律要从族谱中除名；因此，在族谱中记载青礁颜氏二房这一支，到第19、20代，也就是到颜思齐父子以后就中断了，再也找不到关于这一支的任何记载。

连横在《台湾通史》中为台湾历史人物作列传，写到"以思齐为首"时，称颜思齐是海澄县人。据颜振来会长说，厦门周围的颜姓家族基本上都是从青礁衍派出去的，在历史上海澄属于漳州，但后来由于行政区划的改变，部分地区又划归厦门管辖，其中就包括青礁村在内。因此，可以说史载中的"海澄人"应该

已残缺的"植兰书院"牌匾

在遗址中发现的青石雕

石雕工艺十分精细

现在高挂在青礁颜氏家庙上的灯笼

就是指青礁村颜氏。

颜振来会长向我们透露，他们获悉在南靖有一支颜氏衍派，他们的族谱中就明确记载着颜思齐这一房的后世情况，可能是因为这一支派迁居在深山，山高皇帝远，躲过了朝廷的追查，所以才得以保存延续下来。如果这个消息得到确认的话，那对揭开颜思齐之谜有重大意义。

两岸颜氏盼同修族谱

据《台湾颜氏世系考》载："我颜姓之莅台湾也，当以思齐公为第一人，时在万历年间（1573年—1620年）。其发源地为嘉南一带。"有史料记载，台湾下营乡颜氏，是青礁颜氏慥公的后裔。在澎湖、嘉义、台南、彰化等地都有颜氏宗亲分布，并建有宗祠。在台湾的颜氏族亲与青礁颜氏的联系，从颜思齐时开始派人回来招募人员前往台湾开发，后来一直不断，尤其值得一提的是嘉庆二十年（1815年），重修颜氏家庙"崇恩堂"时，台湾颜氏族亲曾经热情地"捐银二百四十大圆"，这只是古碑中的一次明确记载。

记者在遗址现场采访

热心公益和宗族事务的青礁颜氏族亲颜建春先生，正积极倡导重修青礁颜氏族谱和兴复"开漳堂"。重修族谱有一个困难，就是族谱中颜氏二房一支到第19、20代颜思齐父亲时中断了，想接起来很难。因此，他们十分希望台湾颜氏族谱中能够有相关的记载，他们也试图通过各种途径和台湾颜氏宗族取得联系，到时候两岸同修族谱，可称得上是一件盛事。

颜思齐短暂而传奇的一

生，在台湾发展史上写下了璀璨的篇章。他的开台业绩，受到后人世代缅怀。海沧青礁慈济宫副理事长黎明先生说，台湾嘉义县新港乡地方人士经过多方考证后，确定新港就是"开台先锋"颜思齐登陆台湾的地方，为表达对这位开台英雄的敬仰之情，他们耗资八十余万在新港乡妈祖宫前，兴建了高达五层、金碧辉煌的"思齐阁"，作为纪念先贤颜思齐率众来台湾拓荒垦殖的历史。有关人士向我们透露，有关方面准备在海沧青礁慈济宫景区兴建一座"思齐阁"，一方面与台湾的"思齐阁"遥相呼应，作为沟通海峡两岸颜氏血缘关系的纽带，促进两岸亲族间颜思齐文化的互动交流；一方面可以弥补我们对颜思齐文化挖掘的不足，丰富颜思齐文化，丰富海沧文化。目前，这一提议已经引起重视，并准备列入青礁慈济宫景区发展规划。

宗亲正在清理遗址上的文物

厦门青礁村
寻访"开台王"踪迹

2006年夏，颜思齐故里海沧青礁村颜氏宗亲向台湾有关宗亲发出了两岸颜氏同修族谱的倡议。这次青礁颜氏重修族谱有一项特别的内容，就是要让两岸共尊的"开台王"颜思齐回归本族，因为这是一段历经数百年历史的因缘际会。为此，我们特地走访了青礁村……

一条通向台湾的河流

海沧区的青礁村是一个被现代建筑包围的村落，在村旁有一条迂回曲折的河，此河现名"江东水利"，是九龙江的支流。它蜿蜒辗转，缓缓流

青礁村一角

颜氏家庙"崇恩堂"

淌，村里的颜在强老人说，这条弯弯曲曲的河汇入九龙江后通向大海。据说早时这条河的河面要比现在宽阔，大大小小的船只往来穿梭，这条绵延不息的河流曾经是青礁村与外界联系的重要通道。老人告诉我们颜思齐当年就是乘船沿着这条河前往台湾，成为"开台第一人"的。

我们站在这如生命般流淌不息的河流边上，看到村民在河上架设木桥，河岸上种满蔬菜瓜果，很难想象当年的惊涛骇浪。在和村民颜有能先生闲聊时得知，现在村中仍有人热衷于和海洋打交道，早年村中的青壮年可谓个个熟知水性。特殊的地理造就了一方人文，可想当年，正是这条通向大海的河流造就了颜思齐的不畏艰难，勇于冒险的海洋开拓精神。他不安于天命，敢于冒险追求，驾船出海，几次险些丧命，但矢志不移。他在大海的荒岛上为了活下去与大自然顽强搏斗，在海上遇到了常人难以想象的困难，最后前往台湾，在那里开疆破土。

村里至今流传着一个与颜思齐有关的传说，据说颜思齐长相斯文，但性格坚强，爱憎分明，从小就喜欢在河海里出没，练就了一身好水性。他曾经因打抱不平而杀了恶人，官府前来拘捕，把他住宅围住，传说他家的后墙是沿着河岸建起的，墙上有扇窗，他急中生智从后墙的窗口跳入河里，在河底潜了很长的一段距离才找到了船，从此开始了海上流亡生涯，并踏上开拓台湾的征程。村里老人颇有感触地说，这条河历史上可是条通向台湾的河啊！

一座没有颜思齐牌位的家庙

溯河而上，不远处便是风格古朴，却又气势恢宏的颜氏家庙崇恩堂。崇恩堂是一处曾经显赫、阅尽沧桑的建筑，我们亲眼目睹了它的气宇轩昂。这幢占地面积达300多平方米的明清建筑，规模浩大、造型典雅，虽历经几百年岁月洗礼，仍不失其蔚为壮观的气势。门前的两个彩灯上各自书写着一个大大的"颜"字，高过膝盖的家庙门槛，对开的两扇红门，门前的石鼓，足见颜氏祖上位居高官，地位显赫。进到里面，更进一步证实了我们的猜想不虚。"祖孙冢宰，父子卿相"的对联尤为引人注目，家庙里的老人给我们讲，宋代青礁颜氏共出了18位进士，极盛一时，缙绅辈出，堪称世家望族。这些光耀门楣的人都会在家庙中有一席之地，难怪有这么大的口气，好一个卿相之家！

其实这座家庙历经多次重修，在家庙的碑记上还清晰地记载着嘉庆二十年青礁村颜氏重修崇恩堂时，身处台湾的颜氏宗亲踊跃捐款的事情。我们看到了刻在墙上的《颜氏家庙重修记》赫然写着："台湾诸孙子合捐银二百四十二大圆。"这表现了在台湾的颜氏宗亲对亲族故土的深深眷恋和认祖归宗之意。

在颜氏家庙里供奉着自青礁颜氏肇基始祖以下十几代先人的牌位，但是却没有本篇主人公"开台王"颜思齐的一席之地，这不禁使我们心生疑窦。村里的长者为我们讲述了颜氏家族史，逐渐道出了个中的原由。青礁颜氏的肇基始祖是颜慥，颜思齐正是他的裔孙。当年由于颜思齐杀死恶人，自己成了官府通缉的要犯，所以他死后，没有人敢将他的牌位放入家庙中供奉，因为按照当时的律法这是要灭九族、满门抄斩的。

在海峡对岸的台湾，颜思齐受到了百姓的敬仰，被尊称为"开台圣王"，人们为他著书立传，流芳百世。青礁村颜氏家族正准备重新修订族谱，其中一个重要的内容就是还颜思齐以公正的历史定位，将他的名字郑重地写入族谱，并且将他的牌位安放入颜氏家庙。

一群慎终追远的族人

长期来，青礁村关于颜思齐的故事，几乎是家喻户晓，妇孺皆知。一位颜氏长者欣喜地告诉我们，他们获悉台湾的颜氏宗亲也正准备重修颜氏族谱，这不只是一种历史的巧合，而是表达了两岸颜氏同胞一个共同的美好心愿。因此，他们已通过种种途径与台湾的颜氏宗亲取得联系，共同续修颜氏族谱。

青礁村的人还告诉我们，在台湾的颜氏宗亲以各种方式表达着对颜思齐的敬仰之情。青礁村的长者给我们看的那份有海外颜氏宗亲赠送的资料中，有一段从台北市颜氏宗亲会出版的《复圣颜子2493周年诞辰纪念集》、《台湾颜氏世系考》中整理出来的材料，明确记载着青礁始祖颜氏衍派在台湾各地的分布情况，大致上台中的大甲、清水、沙鹿、梧楼，彰化市北斗镇、埔盐乡，嘉义县北港镇，台南县新营镇各地，台南县下营乡是颜氏聚族而居的地方。他们都奉颜思齐为开拓台湾的"第一人"，并镌刻了"颜思齐先生开拓台湾登陆纪念碑"；资料中还有两张"思齐阁"和"怀笨楼"的照片，分别标示着在台湾新港的妈祖庙前建有这两座五层高的建筑。这些建筑物早已成为后人凭吊颜思齐的胜地。对于颜思齐当年杀人的那段公案，台湾的颜氏宗亲业已还历史以公正，不但在其所修的颜氏宗亲族谱中，赫然写上了颜思齐的名字，而且历史学家连横所著《台湾通史》为台湾历史人物所作之传，"以思齐为首"。这些都突出体现了在台的颜氏宗亲对他的开台事迹的认可与敬仰之情。

"崇恩堂"内

　　台厦颜氏本是同根，几百年来一直没有间断过往来。即使他们身处异乡，仍然挂念着故土，因为他们的根在青礁村。在与青礁村有深远渊源关系的青礁慈济宫墙上有不少台湾颜氏宗亲来此地祭祀的照片，而在宫中的捐献花名册上也赫然记录着很多台湾颜氏宗亲的名字。据宫里的老人讲，近年来台湾的颜氏宗亲多次来大陆寻根祭祖，他们都会到青礁村颜氏家庙崇恩堂祭祀，在那里追宗认祖。

后溪古城内
两岸城隍续亲缘

近日，台胞黄文聪先生向厦门日报报料称，在集美后溪镇城内村的霞城遗址中有一座霞城城隍庙，它不仅是台北霞海城隍庙的祖庙，更是台湾其他城隍庙的"太祖庙"，见证了两岸城隍庙一脉相承的历史。

施琅亲自督建古城

沿着孙坂公路，我们进入集美区后溪镇城内村，两旁古朴的民房在车窗边——闪过，我们来到一座巍峨的古建筑前，那就是霞城城隍庙的所在。

举目望去，四周景色宜人，环境清幽。庙前的两株古榕树有着上百年的历史，盘根错节，枝骨峥嵘，苍翠掩映着宫庙的辉煌，像是两个忠诚的卫士，守护着城隍庙。庙的左前方，一池碧水在阳光下，波光潋滟，微风吹来，泛起层层涟漪。

村民吴铭智先生介绍说，以前这里曾是一片汪洋，此刻的"桑田"曾是浩瀚无边的沧海，每遇涨潮，海水会涌到城隍庙前。清朝康熙元年，军队驻扎在离此地三公里远的芊溪桥，因为经常有海盗出没抢劫军粮及其他军用物资，朝廷下旨，由施琅将军负责建造城池，保护百姓与物资用品，这座城就叫城内。城门按方位分为四门，各有其名，我们所站的位置是南门，和海相对，寓其名为"临海门"。又按照古代风俗传统，建城需要有神来守护，因而在各座门附近建了城隍庙，希冀神灵能予以庇佑。

吴先生还告诉我们，以前这里地理环境特殊，四周是海，因而那时很

城墙斑驳 情牵两岸

多人外出都是由这条水路，乘船过台湾、下南洋。随着乘风破浪的船只，城隍庙也分灵到了台湾。正如所谓的"一江春水向东流"，这条水路成了联系海峡亲情以及两岸城隍庙渊源的流动纽带。

台湾城隍庙的祖庙在这里

走近殿内，看到大殿的石柱上镌刻着一副对联"阴阳奕理权衡判，善恶昭彰鉴别明"，彰显了城隍爷的大公无私。殿上城隍爷威仪庄严，棱角分明，用一张冷面静对天下的是非与不公。殿内静悄悄的，惟有缭绕的香烟，氤氲了一片肃穆、宁谧的氛围，让人徒生遐想。

来到右边廊下，一块饱经沧桑的古石匾吸引了我们的注意力。只见上面正中写有"临海门"三个大字，左边写着"钦命镇守福建同安等处地方总兵官都督佥事施琅"等官员名讳及建造时间。见我们端详得如此仔细，吴先生笑着说："可别小看了这块石碑，台湾城隍庙来大陆'认亲'的所有关键全都系于它一身呢。"我们连忙问其原因，吴先生继续解释说，在台湾，所有的城隍庙都认台北市的"霞海城隍庙"是祖庙，而霞海城隍庙的祖庙就是这里，也就是本庙霞城城隍庙。主要证据就是史料记载及这块古石匾。

多年来，台湾霞海城隍庙的主事陈国汀先生多方打探，并两次派人来大陆寻找，未有所获。他一直希望能达成先辈的遗愿，并能回大陆祖庙祭拜。至上世纪九十年代初，台湾的陈文庆先生一行再次受托来到厦门寻找，在几乎要放弃的时候，他们到厦门一家公司向工作人员问路，而这名工作人员就是城内村人，他告诉陈先生："我们村的城隍庙内有一块写着'临海门'的石匾，不知道是不是你们要找的。"闻知此言的陈先生十分兴奋，立即要求其带领来到城内城隍庙，见到石匾，再仔细对照史料的记载，确定这就是他们苦苦寻找的台湾城隍庙祖庙。这块历经磨难的石匾成了历史的见证，两岸的城隍庙从此续上了亲缘，而这段为城隍庙"寻根"的传奇性经历也成了两岸信众之间广为流传的美谈。

城隍庙续两岸亲情

我们在庙内的走廊上还发现了一个青铜钟，悬挂在钟楼上，上面铸有阳文，仔细辨认之下竟是"台北大稻埕霞海城隍庙众善信敬献"，我们在了解中有了更多的发现，吴先生告诉我们，不仅仅是铜钟，有很多的东西

城隍庙前古榕繁茂 春水涟漪

都是由台湾同胞捐献的，甚至包括整座城隍庙的复建都有台湾同胞的一份心血在内。

吴先生解释道，主持台北霞海城隍庙的陈国汀先生是同安人陈金绒的第六代子孙。1821年，陈金绒奉请霞城城隍庙金身渡台建台北霞海城隍庙，因而台湾其他地方的城隍庙都是从台北的霞海城隍庙分灵而建的。因此城内村霞城城隍庙又成了台湾其他城隍庙的"太祖庙"。

自从找到大陆的祖庙后，许多台湾同胞捐钱捐物，尽心帮助被毁的霞城城隍庙复建，一砖一瓦，一草一木，都凝聚了他们的虔诚和心血。经过两岸同胞共同的努力，终于建成了现在看到的这座富丽、巍峨的城隍庙。庙内墙壁上刻着的那一面捐献者的芳名谱记录了这一感人事实。在大家眼里，两岸同胞共同信奉城隍爷，城隍庙成为了两岸亲情互通与民间信仰文化交融的圣地。台北的霞海城隍庙和大陆的霞城城隍庙本是一脉之亲，这段被重续的亲情将会永远延续下去。

台胞撰文，两岸城隍一脉亲

在厦门市集美区后溪镇的霞城城隍庙内，我们看到了一篇由台湾同胞陈文文女士亲撰的庙文，言辞恳切、朴实，其嘉言懿行，令人感佩。

这篇碑文内容为霞城城隍庙的历史沿革及两岸城隍庙的亲缘关系。陈文文女士讲述了1821年同安人陈金绒奉请霞城城隍爷金身渡台，由陈氏之子陈浩然集议兴建的霞海城隍庙在台北大稻埕于1859年正式落成。台北城隍庙的兴建，不仅仅是在心灵上安慰了远离故土的思乡游子，还在现实生活中起到了教喻乡民、排解纷争的作用。在陈女士的撰文中就记述了当地曾因为乡民械斗而伤及人命的事例，后来

城隍庙内台胞捐献的青铜钟

石刻字迹 沧桑遗痕

因为双方都崇敬城隍爷，因此共建了霞海城隍庙，从此泯灭恩仇，大家安居乐业，和平相处。除了乡民，信仰城隍爷的人各行各业都有，商人更是把它奉为财源的保护神，希望以此能万事顺利，财源广进。对于神恩，每年的城隍爷神诞日都会非常热闹，台湾俚语"五月十三人看人，迎神赛会甲天下"足以印证了庙会的盛况。

今日我们能看到后溪霞城城隍庙的繁盛，这与台胞陈氏宗亲为重修后溪霞城城隍庙倾尽心力的义举是分不开的。陈文文的哥哥、台北霞海城隍庙的前主事陈国汀先生多次派人往大陆寻访祖庙，在得知确切地点后，曾亲到后溪考察，他因多年奔走，忙于两岸庙务最终积劳成疾而去世。陈文文女士秉承家兄遗志，经常往来于两地之间，并集资修建了后溪霞城城隍庙。陈女士把这段简史记录下来，让两岸的城隍信众在膜拜神明的同时，更感受到两岸同胞间的深厚情谊。

后溪城内村

后溪城内村位于厦门市集美区，又称霞城。据记载霞城的兴建与明末清初活跃闽台两地的历史人物郑成功和施琅有关。自清顺治十八年（1661年）开始，清政府为围困郑成功的抗清武装，实行"迁界"政策，沿海居民以城墙为界，30里外不得居住。清康熙元年（1662年）八月，福建总兵李率泰、同安总兵施琅等负责督造霞城作为界城。据该村村老讲述，霞城平面呈长方形，以黄岗岩条石干砌而成，原东西宽150米，南北长200米，设城门四座。现仅存北面这一段长30米、宽7米、高4.54米的遗址。

康熙元年，施琅将军奉命建造霞城的同时，在该城南城门内（即临海门）建霞城城隍庙。道光元年（1821年）同安人陈金绒奉请该庙城隍金身渡台，并于1859年在台北大稻埕建霞海城隍庙。1958年，后溪城隍庙被毁。近年，台北霞海城隍庙主任委员、陈金绒第六世孙陈国汀等回乡寻根，捐资重修该庙。

古巷深深轻车过

东山大帽山探究

"南岛语"起源

目前，史学界关于南岛语族起源地的说法众说纷纭，厦门日报不久前一篇有关南岛语族起源地的报道更是在台湾岛内引起强烈反响。本月初，记者再赴东山岛实地采访——

缘　起

谁是台湾岛上最早的居民？他们从哪里来？在台湾的原住民中，有约

东山博物馆馆长陈立群先生正在讲解

十个族群属于"南岛语族",关于他们的起源之谜始终牵扯着两岸敏感的神经。就在2006年3月23日,厦门日报援引在大帽山进行联合考古的中美专家结论称,"南岛语族"的起源地极有可能是中国

东山发现的原产台湾的古象化石

福建大帽山一带,他们正是从这里出发,经由台湾海峡来到台湾岛,进而向大洋岛屿传播扩散的。这一结论在厦门日报刊出后,引起强烈反响,4月10日,台湾"中国时报"以较大篇幅转载厦门日报报道,"南岛语族"问题再次进入了人们的视野。

南岛语族起源地是台湾还是福建?

南岛语族起源问题,最先是西方学者开始关注,并提出相关概念和起源地,他们最早提出南岛语族"东南亚起源说",后随着考古新资料的不断发现和对该问题研究的逐步深入,专家们逐渐将南岛语族的起源地点慢慢移动,聚焦在台湾岛上。近来在福建东山岛的考古新发现使得学者们将南岛语族起源的地点推到了中国福建东山岛一带。目前,关于南岛语族起源于中国福建的观点已经被越来越多的专家学者所接受和支持。

大帽山深藏南岛语族起源之谜

在东山县博物馆馆长陈立群的带领下,我们驱车来到位于东山县陈城镇的大帽山村,这座充满着田园气息的小村庄背依着大帽山。大帽山看起来并不高,却深藏着"南岛语族"起源之谜。当时参加过中美专家对大帽山贝丘遗址进行联合考古发掘的陈立群馆长说,早在1.5万到3万年前的远古时代,从这座大帽山出发,曾经有一座通向台湾的东山陆桥,这里就是

陆桥的最西端。只是到了8500多年前，随着海平面上升，才慢慢形成了台湾海峡，这种看法已经被海峡两岸的大部分学者所认同。

　　陈馆长说，"南岛语族"是东山陆桥消失、台湾海峡形成数千年以后的事情。大帽山的考古发现，说明这里曾是一处颇具规模的先民居住地，而这些先民很有可能是"南岛语族"。特别是在这个地理位置上考古发掘出的大量实物，可以说明这些先民具有"南岛语族"的特点，且年代要比台湾早。据推测，当时这些先民已有相当的航海能力，要到台湾并不难。另外，在当地的方言中，有很多奇怪的发音，至今无法识别，有很多字词只有读音，却不知道如何写。通过将这些语言与"南岛语"进行比较，尤其是同目前台湾一些原住民仍在使用的"南岛语"进行比较，有很多相似性，因此，推定台湾岛内的"南岛语系"的母语系应该在这里。援引美国哈佛大学已故教授张光直的说法，南岛语在被先民带出大陆后，残存的部分可能后来被南进的汉藏语言所同化，所以我们在这里找不到讲"南岛语"的现存居民。而东山方言中至今无法辨识的语言成分，很可能就是"南岛语"的残留。澳大利亚考古学家彼德·贝尔伍德曾设想大约在6000年前，南岛语族通过简单的舟楫工具到台湾，由中国台湾开始，分几个阶段向东、南、西三个方向传播。

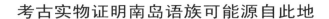

考古实物证明南岛语族可能源自此地

事实上，已经有很多的考古发现可以证明，在"南岛语族"开始从福建向海外播迁之前，海峡两岸的交往已有悠久历史。在两岸发现的许多动物化石也证明了史前时代的这种频繁交往。如在东山考古专家发现了斑鹿化石，这种斑鹿是台湾岛内所特有的一个地方种，因此，东山的斑鹿应该就是通过陆桥从台湾过来的。陈馆长说，大帽山贝丘遗址的年代约是新石器时代，所出土的工具类石器大多是石锛。最新的研究表明，这些石锛的制作原料并非大帽山本地所拥有，它们很可能来自澎湖或邻县其他地方。陈先生又告诉我们说，有长期研究澎湖地区出土陶器的澳洲学者指出，在大帽山发现的陶制品和在澎湖发现的一样，如果将这两地发现的陶制品放到一起，你根本就无法辨认哪些是澎湖出土的，哪些是东山岛发现的。这说明了两岸在很久远的上古时期就有频繁交往了。

陈立群馆长拿出了一块质地均匀、细腻，做工精细的凹刃石锛。我们仔细端详时发现，这种石锛的刃缘断面呈现弧度。陈馆长说，这就是在这里考古时发现的，这种凹刃锛是当时先民用于造船的一种工具。在这里还发现了大量的鱼骨化石，而这种鱼只是在深海里才有，这进一步佐证了当时的先民已经有了很高的造船技术，他们驾船出海捕来了这些深海鱼。

美国的一位资深记者鲍尔·卡诺斯在这次考古过程中，惊讶地发现东山岛渔民仍在使用的竹筏，和他在南太平洋的波利尼西亚所见到的竹筏是

中美考古专家正在东山岛大帽山进行考察（谢汉杰 摄）

一样的，这是一种南岛语族人所使用的航海工具，没想到东山也有。鲍尔·卡诺斯说，他太兴奋了，他要将在东山考古的惊奇发现作为圣诞节的礼物送给他的家人。

考古还在继续，结论依靠实物

尽管"南岛语族"起源地的探索有了一些新的考古成果佐证，但是不同的声音也存在，如云南大学历史系的何平教授就认为，今天的南岛语民族主要是从中国云南乃至西南地区先后迁徙出去的"原始马来人"和从中国东南、华南沿海地区迁徙出去的"续至马来人"，与当时分布在东南亚各地的黑色人种进一步融合后形成的。厦门大学历史系的吴春明教授则认为，南岛语族不应简单地理解成史前百越先民从华南大陆向东南海洋单线传播、迁徙，史前、上古中国大陆东南土著与"南岛语族"组成了以环南中国海为中心的"亚洲地中海文化圈"，他们共同构筑了一个巨大的土著文化共同体系，他们之间是共同体内在的互动与整合的关系。

目前"南岛语族"起源问题的研究还在继续。科学的结论需要有实物来印证，据陈立群馆长透露，福建省博物院与美国哈佛大学、夏威夷博物馆建立了研究合作关系，对这一课题将进一步深入研究，东山大帽山贝丘遗址以及相关的遗址，将得到更为深入的考察和研究。他们将用考古发现进一步丰富"南岛语族"的祖先就是起源于中国福建东山这一结论。因此，未来的考古研究更加值得人们的期待。

因此，可以想见当时的东山路桥从这座大帽山脚下开始向外延伸。我们看着山脚下不远处一望无际的大海，追溯到上万年前的史前时代，当这里还没有经历沧海桑田的变迁时，先民们就已经从这里出发，踏着陆桥前往台湾，两岸的交往流动就已经开始了。

南岛语族

"南岛语族"（Austronesian）即"马来波利尼西亚语族"（Malayopolynesian），主要是指现今广泛分布在北起我国台湾，中经东南亚，南至西南太平洋三大群岛，东起复活节岛，西到马达加斯加等海岛地带，民族语言亲缘关系和文化内涵相似的土著族群。目前属于"南岛语族"的人口总共约有2.7亿。南岛语系是目前世界上惟一主要分布在岛屿上的一个大语系，包括近千种语言，使用人口在100万以上的语言最多不超过20种，其它都是小种群语言。目前台湾岛上使用南岛语系的人数占到了总人数的1.7%，约有近40万人。

台湾南岛语族的原住民原有20多个族群，后来受到汉族同化，现存有约十个族群（南岛语系分为马玻语族、排湾语族、邹语族、泰雅语族四个语族，其中后三种只存在台湾）。台湾南岛语族系属如下：泰耶语族——包括泰耶语、赛德克语；邹语族——邹语、沙阿鲁阿语、卡那卡那布语；排湾语族——排湾语、阿美语、布农语、鲁凯语、阜南语、邵语；巴丹语族——达悟语。

通过考古，专家们初步认为，"南岛语族"的起源地应是"位于台湾、澎湖群岛和中国东南沿海一带"。近来经过进一步的发掘，从出土的石器、陶制品等文物制作的方法、生产工艺等考证，得出"南岛语族"的祖先可能源于中国福建的初步结论。

历史考古注重用发现的实物和事实说话，东山有关南岛语族起源地的考古，再次用事实说明了海峡两岸自古以来就有着千丝万缕的联系。

厦台古郊行
海峡洋溢商贾谊

　　2006年春节过后，闽商聚厦门。相对于晋商、徽商而言，闽商的概念在读者看来有些陌生。何谓闽商？回顾历史我们发现，这一概念的产生与发展的背后，隐藏着一段两岸间的商贸传奇，让我们剥开历史的迷雾，走进两岸间渐渐为人们忘却的郊行。

闽台地缘造就郊行崛起

　　厦台之间，一衣带水，血脉相融，特殊的地缘优势注定了厦台商缘的结合。清朝康熙年间，台湾收归版图、实现祖国统一后，在1684至1784年共一百年的时间里，厦门是与台湾往来的惟一口岸，大陆与台湾的贸易通过厦门来实现。到19世纪60年代开港前，台湾开放了5个口岸对渡祖国大陆相应的口岸，主要与厦门对渡的港口有鹿耳门、鹿港、海丰港，集中在台湾中南部。按照当时清朝对两岸贸易的严格控制，一切对台贸易的船只，要经厦门商行作保，才可以与台湾进行贸易。厦门商行支配着两岸的贸易往来。

　　厦台两地虽地缘接近，但在生活物品和其他需求方面却不尽相同，需要两岸资源的互补，诸如农产品及生活用品等。据厦门文史专家洪卜仁先生介绍，当时厦门与台湾的这种商贸都用帆船进行，因此这一历史时期形成一种特有的帆船贸易现象，据史料载，当时厦门来往于台湾的商船有1000多艘，每日穿梭往来于厦台海域之间，这种繁荣的景象可谓盛极一时。

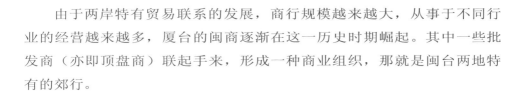

由于两岸特有贸易联系的发展，商行规模越来越大，从事于不同行业的经营越来越多，厦台的闽商逐渐在这一历史时期崛起。其中一些批发商（亦即顶盘商）联起手来，形成一种商业组织，那就是闽台两地特有的郊行。

郊行创造厦台两岸互惠双赢佳话

厦门和台湾的商缘在特定的历史机遇下得到了发挥。到清朝中期，厦门和台湾（包括澎湖）之间的对渡港口增加，厦台商运更加繁荣，台湾形成了很多特色行业，贸易的兴盛繁荣使两岸的闽商有意识地携起手来，利用当时最佳的经营模式获得最大的经济效益。

江夏堂曾是厦门最早的海关署

大约在清朝雍正年间，台湾鹿耳门经营两岸贸易的"郊行"已经很红火，最著名的有"台南三郊"，即"北郊"、"南郊"和"糖郊"。其中，"北郊"规模最大，以苏万利为首，由专营厦门以北各港口贸易的20多家店号组成。除了鹿耳门之外，鹿港也有"泉郊"、"厦郊"，主要是与泉州和厦门地区进行贸易。八里坌位于台湾北部，开发晚但发展迅速，尤其是临近内河的港口艋舺及大稻埕，商业繁荣鼎盛，在道光、咸丰年间出现了经营与厦门贸易的郊行，形成了与"台南三郊"相对应的"台北三郊"。这些郊行的来往货物都必须经过厦门口岸才能转运或行销大陆地区，厦门是厦台对渡的基地之一，也是各种郊行开展贸易运输的中转站。因此当时"郡城（台湾）郊商生理多在厦门"，"台、鹿两处郊商，大半家于厦港"。

台湾郊行迅速发展的同时，厦门也与之相呼应，出现了开展与台湾贸

当年厦门港繁忙的作业情景（资料图片）

易的郊行。比如经营台南贸易的"台郊"，经营鹿港贸易的"鹿郊"。至今在厦门的洪本部老街里，仍存有郊行的遗迹，作为历史的见证，告诉我们昔日它们曾有的辉煌。

郊行除了对厦台两岸的经贸往来有很大的促进作用外，另一方面，郊行也把行进的足迹延伸到了大陆内部及海外的东南亚等地区。比如当时厦门有一种往来于厦台之间的商船叫"透北船"，同时也兼做大陆沿海，特别是北方各口岸的贸易，主要运输糖。台湾南部生产的米和糖，经鹿耳门由"透北船"运到厦门，其中的米主要销往福建各缺米地区，而糖则仍直接由"透北船"运往华中、华北、上海、宁波、天津一带销售。厦台闽商所到之处，促进了当地该类匮乏商品的解决，刺激了其他商贸的发展，也开拓了厦台闽商的行商路线和范围，传播着闽商的海洋文明的气质。

厦台闽商留下珍贵的文化遗产

两岸的郊行在日本侵占台湾之后逐渐走向衰微。但郊行的闽商们产生过的积极作用和社会协调功能及对海洋文明的传播却成了一种文化遗产。郊行在长期的经营和发展过程中，还成了培养分赴各地闽商的摇篮，许多郊行的伙计在郊行中不仅学到经商的知识，同时还受到郊行的诚信、互助、热心公益等文化的熏陶。这些伙计中许多人分赴南洋甚至世界各地，另设商号，自行经商，但他们仍然秉持郊行闽商的经营作风和文化理念，许多人都事业有成，因此郊行文化得以在各地的闽商中代代相传。当时的厦台闽商，在经商的同时还广泛吸纳了海洋文明，他们把西方文化、南洋文化带到了台湾，带到了厦门。至今，台湾和厦门的一些古建筑上还可以看到这种海洋文明的印迹，甚至在餐饮文化里也可以搜寻到这种韵味。

厦台闽商在增进商业利润的同时，还参与地方公益事业，如兴办教育、修筑寺庙和慈善活动等等。正如洪卜仁老先生所言，厦台闽商的身上包含着商人、文化吸纳和传播者的特性，本质上代表的是一种海洋文明。船之所经、所至之地，都是海洋文明在传播和散发其独特气息的航线，因而在这一层面上又成了海洋文明传播的载体。

闽南重乡情
深明大义显风范

　　历史上厦门、台湾的闽商，在事业有成之后总是不忘反馈乡里。特别是遇到国家忧患之际，更能表现出一种深明大义的风范。

　　雾峰林家在台湾近代史上是最富有的家族之一。早在光绪年间，刘铭传任台湾巡抚时，就对林氏家人予以重用，委派林朝栋任抚垦局局长，主持抚番开垦工作，因开拓土地数百里，功绩卓著，清廷赐给"劲勇巴图

创立于清光绪三十二年（1906年）的厦门台湾公会（资料图片）

民国初期的厦门港口（资料图片）

鲁"徽号。不久，刘铭传又授予林朝栋全台樟脑的专卖权及允许林氏家族在中部山线与海线开垦，林家开始步入近代产业经营时代，并成为一代巨富。林家还在厦门、福州、上海等地购置房产。林朝栋之子林祖密同样能商能武，早年随父出征，甲午战争后奉旨内渡，后一度回台置产。

甲午战争惨败，台湾割让给日本的沉痛教训，使林祖密认识了一个道理，祖国富强之日，才是台湾收复之时。于是，他产生了实业救国的思想。他把变卖台湾家产的资金，拿回大陆用在两件事上，一是支持孙中山的护国护法运动，一是开发闽南、建设闽南。自己出钱成立一家疏河公司，疏浚九龙江北溪河道，铺设程溪至漳州的轻便铁路，为兴办此项事业，前后历时两年，耗资20万元。有时资金紧缺，他甚至将鼓浪屿的林公馆抵押出去用来周转资金。当九龙江疏浚工程完工后，沿江两岸货畅其流，百业兴旺，百姓感激万分。

翁俊明祖居台湾台南，是近代有名的实业家。翁俊明毕业于台湾医

位于厦门洪本部的郊行旧址

专，曾任台湾马偕医院外科医师长，济世救人，名声远播。他不满日本对台湾的侵占，因此决定举家回大陆参加革命，实现光复台湾的爱国抱负。1915年，翁俊明一家克服重重阻碍，迁居厦门，租住在山仔顶24号。他在厦禾路23号开设了"俊明诊所"，以此为基础，联络各阶层的台湾同胞，宣传反对日本统治台湾的言行。同时他还委托人经营台厦的航运业，先后购置客轮、货轮各一艘，定期行走厦门台湾，在厦台之间建立了良好的信誉。1930年，翁俊明被聘为厦门美术学校的董事长。1933年，又组织激发台湾同胞民族意识的思宗会。1934年，在虎溪岩下创办同善医院，出任院长。翁俊明还热衷公益事业，与商界人士合作，共同发起组织贫病救济所，不仅免费为贫苦病人治病，还发放生活救济金，因此得到人们的尊敬与爱戴。

黄拱垣是台湾航运界的巨子，除航运外，尚从事工商业活动，并在嘉义故居拥有大量土地。当日本侵略者入据台湾时，遭到台湾人民的奋起反抗，黄拱垣极力支持抵抗运动，失败后，举家乘帆船避难至厦门，并在此

定居。黄拱垣的爱国举动深深影响了他的儿子黄鸿翔。黄鸿翔1881年出生于嘉义朴仔脚（现嘉义朴子）。丧权辱国之耻使黄鸿翔毕生致力于振兴教育，为祖国、为厦门做了不少有益的事。他曾先后在玉屏书院等校授课，并担任过厦门教育会会长。后在厦门自办"育才学社"，培养学生。20世纪20年代末，受陈嘉庚聘请，又在厦门大学任教并担任校董事会董事，协助校长林文庆处理有关事宜。在从英国殖民者手中收回厦门海后滩租界的运动中，黄鸿翔也发挥了重要作用。由于他自身法律知识较为渊博，遂成为与英方交涉的主力之一。他不仅编辑了《厦门海后滩交涉档案摘要》，还积极联络教育会、商会、各团体及各界知名人士共同努力，终于在1930年将海后滩收归我国政府。

郊行是做什么生意的

在今天，人们仍然想知道当时设立在厦门与台湾的郊行所经营的具体项目到底是什么。我们专门请教了本市有关文史专家，得知当时郊行经营的项目都是关系到民生的相关用品，种类繁杂。

总的来说，台湾进口的主要是日常生活用品和建筑材料，出口的则是台湾的土特产。土特产方面，动物类主要有鹿肉、鹿皮等，据说当时台湾岛上有很多野生鹿，人们猎取、捕杀，得到鹿的肉和皮后，作为商品，通过专门的郊行贩运至厦门等地；植物类则有米、麦、糖、茶等物品，同样各有相关的郊行进行运输。从采货地点上来看，商船到漳州主要购买丝线、漳沙、剪绒、纸料、烟、布、草席、砖瓦、小杉料、鼎铛、雨伞等日常生活用品和建筑材料，以及当地所产的芦柑、青果、柿饼等特产；到泉州则主要采买当地的瓷器、纸张；到兴化采买杉板、砖瓦等。商船除了到厦门附近采买外，还到福州载运大小杉料、干笋、香菇，以及建宁的茶叶。

为了获得更多的利润以及适应两岸人民的生活需要，这些商船不仅仅在福建地区进行采买，甚至远至华北一带采购货物。比如有上海的布匹、纱、缎、棉、牛油等，还有浙江的绫、罗、绸、绌纱、湖帕、绒线、金华火腿、宁波的棉花、草席，乃至关东的药材、瓜子、松子、榛子、海参、

厦门联检中心

繁忙的厦门海天码头

银鱼等等。

　　这些货物由漳厦泉的商船采购运往台湾交易，返回时则顺船购回台湾当地的米、糖、茶、豆、番薯、靛青以及鹿皮、鱼翅等土货。郊行的存在正是适应了两岸经济及日常生活物品互补的生活需要，东西虽多而杂，却是人们日常生活所不可或缺的必需品。

台湾茶叶大王张宝镜

郊　　行

　　郊行，或称"行郊"，"郊"则专指顶盘商（即直接从生产商购货的批发商），成员仅限顶盘户。郊行流行于闽南和台湾地区，其实是一种具有明显区域性质的商业组织，它维持了海峡两岸经济贸易的正常秩序，促进和发展了两个地区的经济交流和商业贸易。

　　据有关史料记载，早在清朝雍正年间的台湾地区就有规模不小的郊行出现。其经营地区主要为台湾、厦门等地区，以及汕头、香港、

台湾茶叶大王张宝镜旧居

厦门旧城墙

南洋等地。"郊行"的划分以经营地区和经营行业的分类为主，例如"糖郊"、"米郊"、"纸郊"等等。郊行是系统的商业组织，每年由同业轮值作东，供奉神像，作东商号称为"炉主"。并定有郊规，定期按郊规举行选举、轮值及规定成员的权利和义务等。在事务和功能上，分为内部事务和外部事务，除在协调管理郊内商务外，郊行还在当时的历史条件和环境下发挥着积极的社会作用，促进两岸的经贸往来，提供物品上的互补。两岸郊行在日本侵占台湾后走向衰落。

连战祖籍地
马崎古村传春意

又是一年春花开。2006年初，又传来了连战将于开春之际回龙海谒祖的消息。连战的祖籍地马崎村与厦门仅在咫尺，而大多数的厦门人对这个村落知之甚少，在霏霏细雨中，我们走进这牵系着两岸连氏亲情和血缘的古村。一睹连战祖籍地的风情和乡亲们为准备迎接连战而表现出的热忱。

共饮一江水，马崎村离厦门很近

　　从厦门往漳州方向出发，沿着324国道，进入龙海市榜山镇，眼前一座高山气势雄伟，山形陡峭，山角下延伸处一片平原，平原上九龙江干流北溪与西溪从中穿过，当地的林志良先生告诉我们，这山上有一处古代的关隘，叫做万松关，连战的祖籍地马崎村就在万松关下的平原地带，这一带历史上属于古龙溪县，自六朝以来，戍闽者屯兵于龙溪，皆在此"阻江为界，插柳为营"。因此，这一地带古称"柳营江"。因其处在水陆交通要冲，明代在此设"柳营江巡检司"，清代至民国初，也都在柳营江边设置关卡。柳营江的马崎村，早在数百年前就有连氏族人聚居。

　　我们驱车仅约一个小时，就来到了被一片青山绿水拥抱着的马崎村。走进马崎村，道旁可见几口被磨得非常光滑的古井，甘甜的井水至今还在滋养后人，那古老的圆形石质洗衣臼也还在浆洗子孙后代的衣衫。举目远眺，四周峰峦叠嶂，青葱郁翠，江中偶尔几只往来的打渔小船，衬托在江阔天空的背景下，为这个小村子更增添了几分宁静、古朴而温馨的意味。一位村民对我们说，其实马崎村离厦门很近，现在连战要回来了，说不定连战来马崎村寻根祭祖的着陆点首先就是厦门，然后再到我们这里，我们欢迎他们。马崎村旁边即是古老的江东桥，村前九龙江的干流北溪和西溪相交汇于此。众所周知的北溪饮水工程的源头就是我们此刻所站立的马崎

"思成堂"里故事多

村，通过这个饮水工程，缓解了厦门市淡水供应严重不足的问题，这也是对厦门人民与马崎村民"共饮一江水"的最好诠释。

寻根溯源流，厦门是当年连氏去台必经之地

我们找到了《龙海县志》，其中记载了从明末到清朝年间，龙（溪）、海（澄）有很多批移民到台湾去开垦的详细情况，其中包括康熙年间从柳营江（马崎村）移民到台湾的连兴位一支。因此，台湾台南县急水溪畔，有个以江命名的"柳营乡"，连兴位在台湾的柳营乡兵马营定居，繁衍子孙，经过长年的积累和开拓，连氏一族已经成为当地的望族，他也被台湾地区的连氏奉为始祖。在连横的年谱里明确记载着自己的先祖连兴位是从龙溪去台湾的，而龙溪地区（今漳州龙海一带）很多的连氏都是从马崎分出去的，按照马崎村老人的说法，他们的"连"和我们马崎村的"连"是连在一起的血脉，我们有同一个老祖宗。从连横的年谱记载推算，连战应该是连兴位的第九代子孙。马崎村连氏宗亲理事会的连宗和、连守镇先生告诉我们，柳营江边的连姓和柳营乡里的连姓，都是一个祖宗连氏入闽南的肇基始祖连佛保传衍下来的后裔，连佛保的墓葬至今保护良好。

村里老人得知我们是从厦门来的，特地告诉我们，古代交通不发达，

没有现代化的交通工具前往台湾，所以当初连兴位从马崎村到台湾只能是走海路。从地理条件来说，马崎村位于西溪和北溪的交汇处，九龙江一直向前延伸通向大海，所以他应该就是沿着九龙江，先乘船到厦门出海口，然后再到台湾的。厦门可以说是他去台湾的必经之地。

为迎接连战，村民们已经动起来了

进入村内，得知我们将要对连战祖籍地进行采访的马崎村民聚拢在"连氏宗祠"的门前，大家一脸兴奋地告诉我们："听媒体报道说连战要来，我们都已经动起来了，为迎接连战做准备呢。"随后指引我们参观了修葺一新的"连氏宗祠"。宗祠的大门、屋顶等地方已经重新描漆贴金，祠内的"思成堂"匾额高悬，让人感到有一种庄严、肃穆的气氛。

在采访中我们还遇上了榜山镇有关部门领导来到村中召开现场会议，与村民们共同商讨如何美化村容村貌、迎接海峡对岸的连氏宗亲等事项。从祠堂出来，我们看到村中的土路正在拓宽铺水泥，村里的干部说，借连战寻根谒祖的机会，我们要让村子的规划建设更加完善、合理，利用马崎村天然的地理优势，发展旅游、物流等产业，带动各方面的快速发展。当然我们更希望两地的连氏族人得以共叙乡情，共同祭拜同一个祖先。

八闽名祠"思成堂"

只因都姓连

——访马崎村连宗和老先生

在马崎村里，很多村民对连战与本村的关系都有一定的了解，其中有一位叫连宗和的老人，他是连氏宗亲，尤其熟知这段历史掌故，所以经常接受各媒体采访，因而被誉为新闻界的老朋友。

连宗和老人年轻时曾在厦门当过兵，当兵期间他努力学习文化知识，退伍回乡之后，在村中他当过会计，任过教师，在马崎村里还称得上是一位小"知识分子"。一直以来村里有关宗亲事务他都乐于参与，所以退休之后他就全身心的投入到了连氏宗亲的事务中。他细致深入地对家谱进行研究，对不够明了的家史进行考证。

连宗和先生给我们讲述了有关宗族事务的历史。他说他二十世纪七十年代就开始接触家族历史，算起来已经几十年过去了。后来他了解到连战与马崎村连氏家族的渊源，为了确证此事，他到处搜集资料，经常往返于马崎村与厦门两地之间，并且从厦门得到了许多宝贵的材料。尤其是他和连守镇等老人，在厦门大学历史系教授连心毫的帮忙下，从厦门大学复印到了《民国连雅堂先生年谱》，这是一份十分关键的资料，里面记录的谱系图，为证明连战的祖籍地确实是马崎村，提供了很重要的证据。

几年前有位省领导来到马崎村，调查落实有关马崎村连氏与台湾连氏的渊源关系。他全面地参与了这项工作，并且从中也学习到了许多相关知识，如历史上两岸的宗亲，都是按照祠堂上拟定的对联来排辈分的，看了对联再和名字相对照，就可以确定宗亲间的相互关系。这为两岸寻根问祖的人，提供了便捷的途径。

另外，台湾一家媒体还特意到马崎村，来制作一部电视专题节目。为了让制作组得到连战祖籍地最翔实的情况，连宗和先生和有关宗亲义务地投入到了

谈笑风生的连宗和

连战与夫人连方瑀

制作工作，一忙就是几天，跟着制作组村里村外不停地跑。后来这段节目受到了海峡两岸观众的热切关注，他虽然差点因此累倒了，但是心里却非常的高兴。

现在传来了连战要回龙海谒祖的消息，他们要接待的人就更多了，有时一天要接待好几批访客。今天当我们再次造访的时候，连先生还没等我们自报家门，就很快认出了我们，说厦门日报的记者来了。

连宗和先生今年已经七十一岁高龄了，用他自己的话说，他和宗亲们之所以乐此不疲地为两岸连氏宗亲"效劳"，原因很简单，因为他们都是连氏的后裔，他们有这样一份自豪，也有这样一份义务。

万松关下马崎村

马崎自然村（历史上称马崎社，现俗称马崎村或马崎）原属漳州龙溪县，后因1960年龙溪县与海澄县合并为龙海，因此现隶属于龙海市榜山镇长洲行政村。

马崎村处在"汉唐古道"万松关下、九龙江畔、江东桥旁，西连漳州市区，南接国道324线，福漳高速公路穿村而过，地理位置十分优越。从厦门驱车往马崎村，约一个小时即可到达，交通十分便利。该村南面不远处是九龙江干流北溪与

万松关

西溪的交汇处，与厦门密切相关的北溪引水工程的取水口也在马崎村旁。

近年来，马崎村经济发展快速，家家户户都从事蘑菇种植，户均种植面积达800平方米，每年给村里带来300多万元的收入，使村民生活水平日益提高。而因为厦门与龙海的地缘关系，到厦门打工谋生的马崎村人也不在少数。

由于处在两溪交汇处，马崎村附近的溪水水质清甜、水面宽阔、水源丰盛，远近闻名的"江东鲈鱼"就在这里出产。同时这里还盛产桂圆，桂圆干大量出口新加坡等地。在当地政府部门的重视下，马崎村的建设被当成是一件重要的任务，正在抓紧进行各项工作。

八闽名祠"思成堂"

在马崎村中有一栋历史悠久的连氏祠堂，据传这座宗祠始建于明万历年间，毁于清初"迁界"。清康熙三十一年重建，供祀宋宝文阁学士、广东经略安抚使、霞漳连氏鼻祖连南夫及连南夫的第十代孙、岐山始祖连佛保。祠内至今还完整保存有漳州名宦、清朝礼部尚书蔡新撰写的连南夫墓道碑。在村中的连氏大宗神龛内，安放着连佛保和夫人李氏的神位牌。而去台的连兴位，是连佛保的十世孙。马崎村的连氏宗祠，就是台湾连兴位及其后裔的祖庙。

马崎村的连氏宗祠"思成堂"已被龙海市列为第五批文物保护单位，并列为八闽名祠。

连氏宗祠在2003年重修，祠堂的大梁长6米、直径36厘米，这是宗亲们走遍闽南许多地方才觅到的。列为八闽名祠的镏金铜匾悬挂在祠堂的厢廊里，据村中老人说，祖祠名为思成堂，那是连家先祖希冀后裔事业有成，为国效力。

祠前有对联曰："前起龙山伫看凌云在迩；后环珠水快觌照象连翩"，道出了马崎村所处是一块风水宝地。

2006年4月19日，中国国民党荣誉主席连战先生携家人回漳州龙海马崎村祭祖。（林瑞红　摄）

忠贞一脉传
连家数代秉大义

台湾连战家族对祖籍地的阔别已有数百年，2006年春，连战将回马崎村谒祖的消息让马崎村连氏宗亲望眼欲穿。连氏家族的迁徙，与中国历史的变革息息相关。我们在关注连战回乡谒祖的同时，用更纵深的目光，追溯连氏家族一向秉持的民族大义和爱国精神在几代人中的传承与弘扬。一个家族的变迁就是一部真切的历史。

连横先生

筚路蓝缕，连氏拓台

公元十七世纪，在我国的东南沿海，演绎了两个重要的历史事件，1662年民族英雄郑成功从金厦跨越海峡，从荷兰殖民者手中收复了祖国领土台湾。1683年清朝的康熙大帝把台湾收归版图，实现祖国统一。这时就在闽南一带，一个小小的古村落里，一位连姓的族人在这时从漳州龙溪县二十七都马崎村乘船出海，过澎湖抵台湾，在那里建家立业，繁衍后代，他就叫做连兴位。连氏的家谱对连兴位的拓台做了明确的相关记载。郡望为"上党"的《连氏族谱》云："龙溪马崎连氏之迁台者，有佛保之后文龙、文带、文曲等，皆渡台居诸罗县之小脚腿"。小脚腿，即今台南县柳营乡一带。马崎连氏除开基柳营乡外，还播迁台北、基隆等地，传衍下一脉连氏家族。其裔孙中知名的有台湾爱国史学家连横先生。连横字武公，

连横伉俪及连震东先生1922年于日本

号雅堂，又号剑花。《连雅堂年谱》载：清圣祖康熙中，约1700年，福建漳州府龙溪县万松关马崎村二十七都连氏人兴位公者"渡海来台，卜居台湾府台湾县宁南坊马兵营"。马兵营，即当年郑成功驻兵故地，今台南市南门路至新生路一带。

这是一个大清国土一统的时代，台湾是中国的领土，但那时却是荒野千里，少有人烟，需要人们去开拓、去垦殖。当时的连兴位其实是成千上万的拓垦台湾者中的一员。他的子孙中出了人杰，秉气节、明大义，连家在台湾的变迁与国家历史的变革息息相关。

爱国大义，代代相传

十九世纪至二十世纪中期，中国历史上大事连连。1895年中日甲午战争之后，日本侵占了中国的领土台湾，之后1931年发生了九一八事变。这时连兴位的子孙中有一位叫做连横的仍身居台湾。

连横之子连震东先生所撰的《连雅堂先生家传》记载：连横（1878-1936），先祖父永昌公季子也。少受廷训，长而好学，禀性聪颖，过眼成诵。先祖父痛爱之，尝购《台湾府志》一部授之曰："汝为台湾人，不可不知台湾历史。"后日先生以著《台湾通史》引为己任者，实源于此。连横花费十年时间，写成《台湾通史》。全书共三十六卷，记载从隋大业元年至清光绪二十一年台湾的历史。凡有关台湾的政治、军事、经济、物产、风俗、人物等，都有论列；对大陆人民开拓台湾更有详细叙述。书中以无可辩驳的事实证明，台湾自古属中国。台湾的繁荣，是中国大陆人民，尤其是漳、泉、粤人民同土著人一道，披荆斩棘、筚路蓝缕开拓出来的。

摄于1966年的全家福

正如连横在自序中所说："洪维我祖宗，渡大海，入荒陬，以拓殖斯土，为子孙万年之业者，其功伟矣"。中国民主革命家、思想家章太炎读《台湾通史》称赞这是"民族精神之所附"，后世"必传之作"。连横的大半生是在日本占领台湾时期度过的，他经历了祖国的忧患，饱尝了民族的苦难，身受了"弃民"的屈辱，也激发了对中华民族文化和祖国母亲的爱。他把忧国忧民的思想感情，凝而为诗，诉诸笔端。结集出版了《台湾诗乘》、《剑花室诗集》等大量诗作。他先后五次回大陆，游历祖国山川名胜，收集在《大陆诗草》中的一百二十八首诗作，无不表达了作者一腔炽热的爱国情怀。当日本侵略者极力推行《皇民化运动》，强迫台湾人民改用日本姓名，严禁用汉字，不许讲闽南话时，连横用两年时间，著《台湾语典》四卷，对于台湾通用的方言，寻根探源，从语言方面论证了台湾与大陆的血肉联系。他说："台湾文字传自中国，而语言是多沿自漳、泉。顾其中既多古义，又有古音，有正音，有转音。味者不察，以为台湾语有音无字，此则浅薄之见耳。"

连横的爱国爱乡情怀，到晚年愈烈。20世纪初再次返回祖国的厦门，创办《福建日日新报》，鼓吹推翻清朝政府，影响海内外。南洋的同盟会曾派福建人林竹痴来厦商量改组该报为同盟会机关报。后来因报社的言论为清廷所忌而遭封闭。连横不得不携眷归台，复主笔《台南新报》汉文部。三年后移居台中，主笔《台湾新闻》汉文部，并着手收集史料，准备撰写《台湾通史》。据本市文史专家洪卜仁介绍，连横于1914年呈请北京国民政府恢复其中国国籍。后来他的儿子连震东也经由中国同盟会元老张继等人担保也申请加入了中国国籍，此事落实后张继在给连震东的回书中，希望他"秉先人之遗志，为祖国争光"。

1929年，连横之子连震东从东京庆应大学毕业归台。连横对他说："欲求台湾之解放，须先建设祖国。余为保存台湾文献，故不得不忍居此地。"连震东奉命，带着连横的信来到大陆服务，直到台湾光复才回到台湾。

1933年，连横为"遂其终老祖国之志"，携眷第五次回大陆，定居上海。1936年6月已患重病的连横，弥留之际对连震东说："今寇焰迫人。中日终必一战，光复台湾即其时也。汝其勉之！"这时连震东的妻子赵兰坤，已怀有身孕，他亲自为即将出世的孙子取名，嘱咐："如系男孙，即命名曰'战'。"他认为"连战"有自强不息之义，寄托了克敌制胜，光复台湾，重振家园的希望。

据载，连横1933年离开台南之前，与胞兄连重裕在祖宗灵牌前祭告先父，搜集家谱材料，以待回家寻根谒祖。可惜，到达上海后因时局变化，加之身体不适，未能如愿。连横虽然没有到过他的祖居地马崎村，他的事迹却在马崎连姓乡亲中广泛流传。1994年在马崎村召开了连横学术研讨会，此次连战将回马崎村谒祖，实际是连家数代人的希望。表达了一种执著的精神，一种爱国、爱乡的情怀，在一个家族中的传承与弘扬。

连横在厦门

前国民党主席连战的祖父连横，一生反抗日本的殖民统治，为台湾回归祖国而积极奔走呼号。他一生中曾五度来往于台湾和祖国大陆之间，其中两次居住在厦门，留下了许多精彩的片断。

1902年8月，连横第一次寓居厦门，为一个外国传教士山雅古所聘用，担任厦门的第一张报纸《鹭江报》的主笔。在《鹭江报》工作期间，连横撰写了不少主张男女平等和人权新说的文章，名噪一时。他在《惜别吟诗集序》一文中写道："台南连横归自三山，纵谈人权新说，尤以实行男女平等为义。""同此体魄，同此灵魂，男女岂殊种哉？""呜呼！中原板荡，国权丧失，欲求国国之平等，先求君民之平等；欲求君民之平等，先求男女之平等。"至今读来，仍对社会有所警醒。

1905年春夏间，连横携眷再次来到厦门，借住在鼓浪屿福州路199号的英式别墅内，每天乘坐小渡船往返于厦鼓之间。他与好友黄乃裳、蔡佩香等创办《福建日日新闻》，并出任主笔。期间，他还满怀激情地投身当年厦门"反美拒约"运动，多次出席集会并发表演讲。为维护国权，抵御外辱，唤醒民众而奔走不已。

留驻厦门期间，连横并没有放弃对海峡另一岸的关注。在他的内心中，无时无刻不在筹划着台湾回归祖国的方案。这在他当时所作的诗歌中都有所反映。《鹿泉》是一首七律，诗云：

> 痛饮狂歌试鹿泉，中原何处着先鞭？
>
> 麾戈且驻乌衣国，倚剑重开赤嵌天。
>
> 故垒阵图云漠漠，荒台碑碣水涟涟。
>
> 明朝鼓浪山头望，极目鲲溟几点烟。

乌衣国指厦门，赤嵌天指台湾，郑成功正是从厦门出兵收复台湾的，诗人在流连山水林泉之时，依然念念不忘英雄的历史功绩，并为自己效法的榜样。

（本文由洪卜仁先生供图）

琴声溯童年
古雅钢琴遇知音

2006年4月19日，连战与夫人连方瑀一起来到素有琴岛之称的鼓浪屿，参观了鼓浪屿钢琴博物馆。颇有音乐素养的连战伉俪对这座"中国惟一"的钢琴博物馆里的古钢琴充满了兴趣，对博物馆里陈列的古钢琴几乎是一一驻足观赏，堪称是钢琴博物馆的知音。

据了解，连战童年时就与钢琴有了缘分。小时候他顽皮好动，母亲想出个方法让他学钢琴。"初来的一位张老师非常严格，她以造就音乐家的水准训练我，每周一次，每次两小时，对我而言如同受刑，但张老师为我

连战与夫人连方瑀参观钢琴博物馆

打下扎实的音乐基础。后来换了位温柔可亲的肖老师，使我对钢琴产生了兴趣，愿意主动去练。直到现在，我仍然喜欢古典音乐，若得片刻小憩，能有萧邦、莫扎特，或巴赫、贝多芬的旋律伴我入眠，真是最恬然自得的享受。"连战在回忆起那段经历时说。

在钢琴博物馆里，一位工作人员在一台古钢琴上演奏了一小段，意在"抛砖引玉"，请连战先生也"上琴"露一下身手，但连战表现出谦谦君子之风，谦让了，似乎他更乐于去听用古钢琴弹奏出的优美旋律。

后来，还有两位小朋友一起用古钢琴演奏了一段乐章，连战伉俪认真聆听着乐章欢快优美的旋律，神情愉悦，随后还与他们合影留念。

连战书赠卢志明的 "品梅堂"

风雅 传 佳 话
"品梅堂" 书笔墨缘

　　近日《厦门日报》记者卢志明喜出望外地接到了中国国民党名誉主席连战为他书室题写的墨宝"品梅堂"。

　　连战先生的墨宝如何传来？品梅堂又是什么意思呢？追溯这一缘由颇有传奇色彩。

　　2006年夏天，连战来访厦门，记者卢志明直接采访了他，留下一面之缘。而此前他对其故里马崎采访，刊发了"探访早传春意的马崎"及"一个家族的迁徙和国家的历史"等文章，对百年来连战一家的爱国精神进行介绍，亦得到了赞许。

从事新闻工作的卢志明却热衷闽南文化，对清代金门籍、在海峡两岸享有盛誉的诗人林树梅尤其推崇，更喜其诗文意境高远，时常品读，故将书室名为"品梅堂"，并请连战先生为之题写匾额。在厦台商萧良松先生将此意转达连战先生，海峡对岸的连战先生欣然命笔，在宣纸上挥毫，书下"品梅堂"并署名款。这张跨越海峡而来的连战先生亲笔墨宝由萧良松先生送到了"品梅堂"主人的手中，造就了这段佳话。

长泰县硅后村"踏火"民俗活动

平和县大溪镇

平和县大溪镇的古土楼与台胞联系密切

平和县大溪镇的台胞返乡后，多会登上灵通岩古刹一览家乡全貌

平和江寨村

书香后裔江丙坤

　　继中国国民党荣誉主席连战漳州马崎村祭祖之后，时隔一个月，中国国民党副主席江丙坤也于2006年5月21日首次回到漳州平和县的大溪镇，展开寻根之旅，拜谒祖先。为此，我们来到风景如画、人杰地灵的大溪镇江寨村，这里就是江丙坤先生的祖地。我们探寻了一幕幕尘烟往事，揭开了一段从铁匠到书香门第的江氏家族传奇……

将举行祭祖仪式的江寨村的"济阳堂"

铁匠梦笔，江寨生花

2006年5月21日，漳州市平和县的大溪镇将迎来一位贵客，他就是现任中国国民党副主席的江丙坤。经过各方面的核实，现在已确定江丙坤先生是大溪镇江寨江千五公（江肇元）的裔孙。江寨村位于平和县大溪镇西北部，大溪江氏宗亲共有七千多人，主要分布在江寨、赤坑和溪口三个村，其中江寨村就有五千人，都属客家人。据悉，由于供奉一世祖江肇元的大宗祖祠"梦笔堂"正在重建尚未完工，因此江丙坤此次回乡的祭祖宗祠选在祖祠派下的"济阳堂"。

地处江寨村正中的"济阳堂"，面对着省级风景名胜区灵通岩。记者一路走来，举目远眺，只见四周峰峦绵延，溪水潺潺，绿树掩映，花木扶疏，宛如进入了陶渊明笔下的"桃花源"。有着如此灵秀的山水，江氏后裔人才辈出似乎不足为奇了。村里至今还流传着一个传奇故事：曾有外族之人看中了江寨的风水宝地，想要仗势强夺。当时还只是六七岁小孩的江氏子弟江环，正在村口玩耍，看到来者不善，就跑回家端来茶水，在门口给"来客"敬茶。对方的风水先生看了说，此地风水已出人才，再夺无用，于是就此作罢。后来，江环果然中了进士，并被派到漳浦做官。

据族谱记载，当年江肇元从闽西来大溪创业时，以打铁为业，先后在半山葛布溪、大径、吴子坑、何美公一带谋生，可以想见他尝尽了生活的艰辛。尽管如此，他仍不放弃对书香的追求，他常告诫晚辈：家境虽贫，诗书不可不读。有一次，他竟梦见了孙子用的一支笔开出了花朵，因此，江氏族人把大宗祠命名为"梦笔堂"。因为梦笔堂正在修建，我们无缘观摩其内在，但从古朴简洁的济阳堂，可以窥视到江氏的一脉书香。"济阳堂"门口的三对旗杆石透出这个家族昔日的荣耀。旗杆石是子孙获得功名后所立，用以表彰科举登科的族人。作为科举功名的标志，它的荣耀远胜腰缠万贯。而更引人注意的是，这里的旗杆石比一般的旗杆石要略高一些。据江氏宗亲介绍，江寨的江氏历史上颇为显赫，先后出过多位"进士、举人、廪生"，受皇恩、赐军田，物帛丰腴，是地方上有名望的大户，"济阳堂"内至今还挂有"宠赐皇恩"、"恩赐同荣"、"文魁"的匾额。

诗书传家，树高有根

济阳堂的石柱有对联云："大启千门惠泽仁风容驷马，广储业案宏词博学赐金鱼"；"郁郁斌斌千载汇文章礼乐，唯唯诺诺一门联圭族簪缨"。对联中的"金鱼"是指金鱼袋，唐代规定，只有三品以上的官员才能佩挂；"簪缨"则是指贵

"古君子风"横匾是古代官方对江氏族人的褒奖

族官僚们的帽饰，此处代指贵族和士大夫。这说明江寨江氏的功名多以文爵为主，有着"广纳贤才"的博大胸襟和"英才辈出"的书香风范。特别值得一提的是，在屋顶的一边房梁上，还刻有书卷的图案。这在一般祠堂是很少见的，它犹如一面镜子展示了江氏族人的基本价值观，那就是对于教育的重视。江肇元虽出身卑微，却传衍出了光耀门楣的子孙，以"诗书"传家。这种家风也带到了台湾，数百年来，台湾的江氏子孙依然保持着"刻苦努力，勇于奋进"的精神。其中，江丙坤就是一个最好的例子。

出生于台湾南投县一个贫苦农民家庭的江丙坤，从小就喜欢读书。据说他在放牛时都会抱着书本沉醉其中，有一次，他竟然连一条蛇爬上了膝盖都不知道，结果被蛇狠狠地咬了一口，幸亏这条蛇没有毒。就是靠着这种顽强求学的精神，这个农家子弟最终成了推动台湾经济腾飞的"财经专家"之一。此时此刻，置身于祠堂中的我们，望着道光年间县令赐给江氏家族的"古君子风"的匾额，不禁被一种庄重、高雅的气氛所感染，更为江氏家族从铁匠到书香门第的传奇故事和自强精神所慨叹！

为避兵乱，东渡赴台

"济阳堂"内"重修济阳堂祖祠碑记"记载了两岸江氏历久弥深的血脉之情，上面写道："江府十三世祖包公携眷东渡台岛，艰辛创业……江九合公派下江荣基（二十一世）、江莲藕（二十世）、江世凯（二十一

江氏老族谱

世）等三人，代表在台宗亲长期寻根之心愿，跨海回原籍江寨榕林村（榕树下）认祖。……奉上新台币四十八万五千元。"现在我们所见的"济阳堂"是1992年由台湾彰化宗亲江九合公后裔捐资修建的。

那么，为什么已在当地立下脚跟，并成为大户的江氏子孙要离乡背井，渡海迁台呢？宗亲告诉我们，主要是因为兵祸。明末清初，济阳堂已拥有两千多亩田地。清初，清兵屯兵漳浦、龙海，江氏作为大户人家，要交纳100多石种子。随后，又强派粮饷，济阳堂每月被迫交纳正供30两白银。家族渐渐不堪重负，先是躲避到邻村，却屡遭欺负，直至康熙初年，只得弃寨而逃，东渡到台湾。

在清朝年间，江氏济阳堂渡海到台的人很多。根据族谱记载，济阳堂派下十三世东兴妈刘氏魏娘，于"乾隆九年（1744年）甲子岁春，亲携五男并三孙移台湾，择居彰化县燕雾堡三块厝庄开族，又有十四世江调偕侄欣、艾、动及江星四子，于乾隆廿二年（1757年）迁台湾淡水摆街庄"；又有"十五世江朝雪，于乾隆四十五年庚子（1780年）挈眷渡海来台，卜厝于今之台中北屯区七张犁建族"等等。

近年来，随着海峡两岸的交往日益增多，台湾的江氏宗亲纷纷回到祖籍地寻根，最早可追溯到1990年，但一直以来没人知道江丙坤也是同一宗亲。现在得知这一消息，整个江寨村都沸腾了。因为近几年来江丙坤一直活跃于海峡两岸，特别是去年为国民党主席连战访问大陆打头阵，为海峡两岸和平交往做出了努力和贡献，因此，江氏宗亲为自己的家族有这样的"大人物"而备感自豪，他们兴奋地期待着江丙坤先生回乡祭祖。

背 景

　　采访中，有关宗亲向我们说起江丙坤认祖的过程，颇为有趣。江丙坤原来只听爷爷说过祖籍地在平和县，但并不知确切地点。去年漳州市有关领导到台湾，在和江丙坤闲谈的过程中，江丙坤提到自己的祖籍地是漳州的平和县，且始祖是江肇元。有关领导回到漳州后马上派人进行调查，发现在平和只有江寨村这个地方有姓江的人，拿来族谱一看，上面清楚地记载着始祖正是江肇元！这样，江丙坤的祖籍地就确定为平和县大溪镇的江寨村。

名 人

　　江丙坤，1932年12月16日出生于台湾南投县一个贫苦的农民家庭，九个孩子中排行第八。1959年毕业于台湾省立法商学院地政学系，1960年考取第一届台湾"中山学术奖学金"，1971年获日本东京大学研究院农业经济博士。2001年底，他当选"立委"，次年2月，当选"立法院副院长"。2003年3月，他又出任国民党副主席至今。2005年3月28日，江丙坤率领国民党代表团访问大陆，为国民党主席连战访问大陆打头阵。2006年4月14、15日，随同连战一起到北京参加首届"两岸经贸论坛"，备受两岸媒体关注。

名 村

　　江寨村位于平和县大溪镇西北部，盛产水果，号称粮仓、蔬菜基地。江寨村原有赖、方、范等姓氏。江氏卜筑土堡于江寨之后，人丁兴旺，诸姓氏先后消失而江氏独存。移台粤者以万计。江氏裔孙的共同民系性格

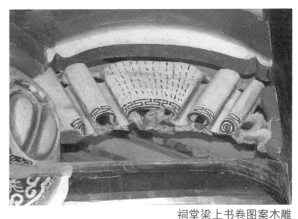

祠堂梁上书卷图案木雕

是：刻苦敬业，勇于奋进，忠孝仁义，笃厚坦诚。

江寨村的"梦笔堂"是江寨江氏的大宗祖祠，派下还有济阳堂和淮阳堂，表示来自河南古淮济。按宗祠办小学、孔庙办中学的传统文化的习惯，1942年梦笔堂开始招收小学生"读新书"，并废除四书五经教材。之后江寨人才辈出。士农工商各界要人，都是从大宗的学堂为起点培养出来的。

由于历史原因，梦笔堂建成后从未修理过，导致木作腐朽。于是江氏宗亲今年初决定拆掉重建大宗祖祠"梦笔堂"，不料打好祖祠地基后就传来江丙坤要回乡谒祖的消息。因此这次江丙坤将先在"梦笔堂"派下的祠堂"济阳堂"举行祭祖仪式。

一条沟通海峡两岸关系的平和大溪镇"大溪"

祖地来寻踪
一条大溪通两岸

　　漳州市的最高峰大芹山孕育了一条溪流，这条溪流穿经平和县西南一方钟灵毓秀的山村绿野。也许正是有了这条溪流的缘故，这个地方就叫做大溪，它现在是平和县较大的乡镇大溪镇。大溪人似乎自古以来就热衷外出创业，厦门、粤东等周边地区都有他们的足迹，特别是海峡对岸的宝岛，由于大溪人历代的播迁，也有一个与平和祖地同样名称的大溪镇，现属台湾的桃园县。两地的大溪人同源同根，一条大溪牵系了两岸。

两地同名：难忘家乡山水

　　从平和县城到大溪镇是一段不短的旅程。驾车穿行于树木和重山之间，虽是新铺的水泥路，但路面随山势起伏不定，有的地段蜿蜒犹如羊肠，六十多公里的路程竟也花了近两个小时。可以想见，在交通工具不是很发达、交通基础设施不是很完备的年代，大溪人跟外界的交往是怎样一幅艰辛的场景。不过有知情者告诉我们，历史上有水路可以通向外界，据说，大溪的一些支流汇入了九龙江，因此他们可以乘船沿九龙江到厦门然后渡过台湾海峡到台湾。

　　我们在大溪镇内采访时，一路闽南话畅通无阻，直到在江寨小学内发现一男子操着陌生的口音大声说话，惊讶之余才记起这里原来也是客家人的聚居地，该男子说的很可能是客家话。统计资料显示，在大溪镇五万多人口中有三万多的客家人，其中也包括跟中国国民党副主席江丙坤同宗的江氏宗亲。

在大溪镇境内，经常可以看到典型的客家民居客家土楼，里面就有已被确认为世界最大土楼的庄上土楼。现在居住土楼的人越来越少了，客家人的生活也渐渐融入当地的闽南话环境中，不过一些特质上的东西始终没有改变。客家人漂泊各地，四海为家，繁衍拓荒的过程中始终怀有的是对家乡的深深眷念。虽然久远的家乡已不可考，但出发前往新的定居地时的故居却还可以记得。因此，当一批江氏宗亲落户台湾而把新的地点命名为大溪时也就不足为奇。这是一种文化的传承，也是心理的寄托，更是乡情的凝练，当然也蕴藏跨越海峡的雄心和豪情。在他们的眼中，这台湾海峡或如一条大溪，挡不住两岸亲情的交融，却能为彼此的交往提供便利。

大溪灵秀山是漳州地区最美的风景区

渡海探亲：七天往返台湾

　　大溪镇书记林艺文先生告诉我们，大溪人迁台已有悠久的历史，两地大溪人交往不断。大溪人早先从事最多的职业主要有三项：做雨伞，刨烟丝，做豆腐。由于平和大溪溪流的水质好，加上特有的技术，所以制作出来的豆腐特别软嫩可口。在平和，大溪豆干由于其独特的制作工艺和口味而享誉乡里，并成为平和的特产之一。到台湾的大溪人当然也会把家乡的技艺也带到台湾，目前，前两者的传统技艺随着时代的进步，逐渐已被更为先进的技术手段所取代；而做豆腐仍是两岸大溪人的特长。据说现在台湾桃园大溪镇的豆腐也是出了名的，且早已经规模、产业化了。现在台湾岛大溪豆腐在传统的技术上又开发出了许多新品，家乡的人们也希望能够交流交流。曾任大溪镇宣传委员的江坤长先生就饶有兴致地告诉记者，他的曾祖父江正体在清末民初经常来往于海峡两岸之间，一年中总要去几回台湾探望和接济乡亲，每次往返的时间大约为七天。由此看来，当时大溪镇人民同台湾的交往就已经十分便捷顺畅，并有可能形成固定线路了。

大溪土楼号称是当今世界最大的土楼

两岸"大溪"：厦门处中间

在大溪镇辖内有一处省级名胜风景区灵通岩，这处名胜景区现在成了台湾、厦门游客经常光顾之地。现任灵通岩风景区管委会副主任的江坤长先生说，一到节假日和周末，就有大批的厦门游客来灵通岩观光旅游，大溪镇每天也有两班汽车直通厦门。在这样的背景下，厦门成为两岸大溪人寻根访祖、互叙乡谊的重要口岸也是一种现实的需要。

由于地理上的特殊位置，厦门自古以来就是两岸大溪人交往的中转站。大溪镇领导曾小群说，历史上大溪人赴台有两条路线，一条通过东山岛扬帆出海，一条是从九龙江取道厦门再到台湾。特别是近年来在厦门学习工作的平和人有将近两万之多，其中很大一部分为大溪镇人，因而许多回乡探亲的台湾大溪人也都选择先到厦门再回平和。

现在，平和大溪人在厦门工作的人数还在增加，穿梭两岸的台湾大溪人更多的在厦门寻亲会友。据悉，这一次江丙坤先生回乡祭祖也是先到厦门再回平和，厦门为海峡两岸大溪人的交往架起了一座桥梁。

平和县大溪镇境内随处可见造型奇特的土楼，有扇形的，有半月形的，当然也有最常见的方形与圆形的土楼，据说世界最大的土楼也在其境内。

宗亲捧出老族谱

此次江丙坤寻祖的第一"功臣"江氏族谱原件到底是什么样的呢？相信大家都十分好奇，而记者更是想亲眼目睹一下它的"庐山真面目"。江氏宗亲平时不肯将族谱轻易示人，但得知我们是厦门日报记者，出于对本报的极大信任和支持，江吉祥老人把用好几层布包裹的族谱捧到了我们面前。

宗亲捧出老族谱

当江吉祥老人小心翼翼地打开层层叠叠的布包后，两本族谱呈现在我们面前。族谱蓝色封皮，由麻布织成，可见年代久远，里面的土纸已经发黄，族谱内容由毛笔写成，内页清晰地罗列出了江氏族人的起源和历朝历代各房的分支。据江老先生介绍，这两本族谱组成一套，其中一本记载了以江肇元千五公为始祖的子孙繁衍情况，而另一本则更早地追溯到江肇元的始祖。

我们打开以江肇元为始祖的这本族谱，看到第一页赫然写着"大溪始祖肇元江千五公"几个大字。我们不禁慨叹：这正是江丙坤的"木本水源"啊！经过了几百年的繁衍生息，即使身在台湾，他仍然记得自己祖先的名字，并凭此最终找到了自己的根。这就是血缘的力量，这就是中华民族生生不息的源泉！

尤其值得注意的是，这份珍贵的原始族谱不仅详细记载了江丙坤的始祖江肇元的情况，而且还记载着江氏子孙播迁台湾的过程以及割不断的闽台情缘。在有限的时间里，我们翻看了几页，就发现江氏子孙无论走到何地，都怀着深深的桑梓情愫。他们年轻的时候到台湾谋求生计，后来在台湾逐渐兴旺发达，富甲一方，并且有了功名，如华章公四子湘"台湾开庄致富几十万捐贡生名汉清造阳楼"、十五世祖巽玉公之次子"捐监生号九荣"、三子入台湾彰化县为"廪生名标三"。尽管如此，叶落归根依然是他们晚年最大的心愿，他们生前一再叮嘱子孙，无论如何都要把自己的遗骨运回家乡，表达了他们对故土的深切眷恋。如族谱里清楚地记载到，已"在台致富"的"华章公次男（谥德良）十五世祖太学生，号巽玉公，生康熙三十五年丙子十一月十一子时，卒乾隆廿六年辛巳八月初十午时，寿六十六，葬下径岭头。"

现在，江吉祥老人的最大心愿，就是通过这次江丙坤的祭祖，能够找到台湾一些房系的族谱，并进行整理串联，让江氏子孙的血脉能世世代代完整地延续下去。

宗亲 乐 奔 忙
喜庆礼篮候亲人

平和县忙起来了，大溪镇忙起来了，江寨村的宗亲们也高兴地忙起来了。从步入平和的那一刻起，我们耳濡目染，深切感受到了大陆乡亲敞开胸怀迎接台湾亲人的无限暖意。

有关部门：为准备祭祖活动开心地忙碌着

中午十二点多了，中共平和县委里其他办公室都已显得安静，惟有县

济阳堂彻夜不眠

委办、宣传部还人来人往。江丙坤这次回来，给平和人带来欣喜的同时，也给报道组的同志增加了不少任务。"我们5月8日一得到江丙坤先生要回来的消息，就马上投入工作，但还是觉得时间不够，很多事情都还没准备好，人手也分配不开。"厦门日报的老相识张碧升、陈华俐略显疲惫地告诉我们，为了做好相关的准备工作，五天内她已经跑了三次大溪镇，而每次从县城到大溪一个来回就要耗掉一个下午的时间。驱车来到大溪镇，我们发现忙碌的不

准备在祭祠典礼上使用的礼篮

祭祠的供品

仅是报道组的同志，许多部门的神经也被祭祖活动紧紧牵系着。在大溪镇文化站站长叶文汇先生的陪同下，我们亲见了大溪镇为此次祭祖所做的部分准备活动。

江寨村：请了县里的播音员为江丙坤讲解

一进入江丙坤祖籍所在地江寨村，我们见到两个女孩手拿厚厚的一叠材料，在济阳堂观察着每一个细部。宣传部的同志告诉我们，她们一位叫陈玲，在县里当播音员；另一位是江寨村的姑娘江秀平。这两位年轻的姑娘起先并不太了解江寨村的历史和济阳堂的变迁，所以接下为江丙坤讲解

的任务时感到压力颇大。然而在村中老人们的耐心帮助和自身的不懈努力下，姑娘们渐渐熟悉了与江寨村和济阳堂有关的许多历史掌故和变迁情况，还掌握了江肇元留在村里的诸多传说和逸事，如今已能头头是道地谈论起相关的事迹。她们兴奋地笑着说："虽然学习的过程很辛苦，但是只要一想到能够和江丙坤先生面对面，并亲自向他讲解江寨村和济阳堂，就觉得又开心又骄傲。我们一定会尽力做好这项工作，让江先生对他的祖地留下最美好的印象，让他永远不忘家乡人的情谊。"

江寨小学：小朋友课余抓紧排练欢迎仪式

未进江寨小学，我们就听到风中传来一阵稚嫩的呼喊声："欢迎，欢迎，热烈欢迎……"好奇地走进一看，只见两队小学生正在老师的指挥下面对面地站着，几十只小手高举，不断做出挥舞鲜花的动作。原来，他们正利用课余时间排练欢迎江丙坤的仪式呢。看到我们出现，小学生们表现得有些激动。我们问其中的一个小女孩：你认不认识江丙坤？她回答认识。再问她知不知道江丙坤是什么人，她做出了精彩的回答："我们都是一家人"。不管这个答案是她自己想出来的还是大人所教，都道出了一个不争的事实：即使相隔一湾海峡、一段时空，我们仍是一家人。

江氏族亲：喜庆之日才用的礼篮也用上了

采访过程中我们还看到了准备盛放送给江丙坤礼物的礼篮。据村老介绍，江寨村有一个风俗，每逢重要的喜庆之日，村民都要动用一种特别的用具：礼篮。这次江丙坤回乡祭祖，礼篮也派上了用场。祭祖当天，礼篮会用红布披挂，里面有的放置礼物，有的放置金烛、纸钱等祭祀用品。据透露，江氏宗亲已将江肇元的牌位迎进济阳堂以供江丙坤先生拜祭。

青云宾馆：特聘名厨与礼仪小姐迎贵客

为了迎接江丙坤的到来，风光旖旎的灵通岩上同样洋溢着热火朝天的气氛。尽管下着雨，工人们还是忙着在青云饭店外面的空地上铺设草皮，几套崭新的厨具也在安装过程中。青云饭店经理向记者介绍，为了提高接待能力，饭店特聘三名厨师、十来名服务生还有礼仪小姐，还邀请了平和宾馆经理前来具体指导。这一切都是为了让江丙坤先生来灵通岩览胜时能得到最完善和贴心的服务。除此之外，青云饭店还特地准备了几样农家菜，其中就有大溪豆干、大溪米粉等特产，届时将请江丙坤品尝家乡独有的风味。

祭祖仪式将遵古礼举行

江丙坤先生近日将前往平和县大溪镇江寨村榕林"济阳堂"祭祖。江寨村的江氏宗亲向我们透露了祭祖仪式将进行的程序。

江氏宗亲小乐队正在排练祭祖乐曲

济阳堂内有一神龛，龛内供奉江肇元等江氏先人的牌位，神龛前悬挂着黄色的帷幔。祭祀典礼进行时将在乐声中启开帷幔，一切如仪进行。

神龛前有一供桌、桌上置放一香炉，供子孙四时八节朝拜。供桌前附设三桌（也称八仙桌），三桌之摆放猪、羊、鸡各一只，发甜米粿一笼屉、红米粿一笼屉、米饭七碗、菜羹七碗、食宴一盘、荐盒一架、苹果、梨、甘蔗等各一盘，茶三杯，酒五杯，其他供品有纸帛和冥钱等。

主祭者为江丙坤夫妇及长子，江氏宗亲中有人参加（其中一名司仪、四位礼生、10名陪祭员）。

整个祭祖过程包括沐浴净身、迎祖、祭祖、酹酒、行献礼、行读祝礼、化纸帛、焚祭文、奏乐、鸣炮、送祖等一套程序。

江氏宗亲备礼费心思

江丙坤回到江寨村祭祖时，应该要送什么特别的礼物给他好表达乡亲们的温暖情谊呢？针对这个问题，宗亲们展开热烈讨论，并提出了许多不同的意见。

有一位老人建议可以赠送江丙坤一袋包括粟、豆、麻、麦、稻在内的五谷杂粮，表示五谷丰登。他说："江丙坤是农民的儿子，对五谷应该怀有深切的感情。送他五谷是希望他记住养育他和他祖先的土地，再合适不过了。"

另一位宗亲也表达了自己的看法："江寨的水质不错，拿来送给江丙坤也挺好的。俗话说'饮水思源'，做人不可以忘本。喝了故乡的水，他一定会永远记得他是江寨的子孙，记得这里还有亲人，

将取这口古井的水送给江丙坤

这不是更有意义？"几番议论之后拟定，在济阳堂前有一口已有三百多年历史的古井，井水甘冽，届时将取井中之水装瓶作为赠礼之一。

江丙坤此次回乡，主要目的就在于寻根谒祖，因此也有人提出送族谱。这样他就能清楚了解到江氏一族在历史上的播迁，加强认同感，便于子孙后代继续联系，使江寨江氏能够在更广泛的范围内相互联系，增进亲谊。

也有族人提议把江寨村的全景图送给江丙坤。他说："现在的江寨毕竟和历史上的江寨不一样了。我们把江寨现在的村景送给他，也就意味着，不管他们离家乡多远，不管双方

80岁的江深河老人穿着新装来到祠堂

都发生了多大的变化，亲缘毕竟是斩不断的。"讨论过程中，宗亲们集思广益，纷纷表达了自己的意见。而最终他们会送什么礼物给即将归来的亲人，只有等江丙坤回乡祭祖那天才能揭晓了。

祭祖仪式采用客家家礼

此次江丙坤回乡祭祖，采用的是传统的客家家礼的仪式。

客家人对祖先极为崇敬，他们有句俗话说："（祭）祖在家，（祭）神在外。"由于祭祖的典礼属于喜庆之事，因此在祭典的每一个阶段都会相应地配上音乐。因为平和县毗邻粤东，民间多流行潮州音乐，所以祭典的乐队是由村里一些潮剧高手自发组成的。

客家祭典的祭礼很有讲究，一般情况下是用五牲作为主要祭品，由于此次祭典意义重大，因此选用的是最隆重的全猪、全羊。因为江寨村不产羊，所以从外地买来一只肥羊，准备在祭典前宰杀，并摆成猪背羊的造型

以寓富贵吉祥。祭品的另一主角是发糕。平时用以祭祀的发糕一般只有碗口大，这次的发糕是用整个蒸笼来蒸，以表示大喜大发。另外，祭品中还有五果：苹果、梨、枇杷、香蕉、甘蔗。其中甘蔗是必不可少的一样，因为它包含着"节节高，节节甜"的美好祝愿。祭礼中，茶、酒也是不可缺少，通过敬茶、酹酒来表达对祖先的缅怀，对亲情的延续。

总之，客家的祭礼体现的是崇敬祖先、崇敬自然、笃重亲情。

祭祖典礼今举行，济阳堂前夜无眠

2006年5月20日，当我们来到平和县大溪镇江寨村时，夜幕已经降临，祭祖典礼举行地济阳堂前写有"江府"字样的灯笼已经高悬梁上，堂内的准备工作正在紧张进行中，而场面最热烈的莫过于乐队的排练。

江丙坤此次回乡祭祖，祭典仪式完全依照家礼进行，因此，所有参加祭典的人员都是江氏本家，就连乐队都不例外。这支乐队由已有30年演出经验的司鼓江务英老人领衔，其他诸如唢呐、扬琴、二胡等乐手也个个都是久经沙场的老将。江务英说，明日祭祖时将演奏的曲目是潮剧传统乐曲《小梁州》，这首乐曲是专门在喜庆之时演奏的，其曲悠扬激越，喜庆中不失庄重之感。问及江老先生之前是否经历过如此盛大的场面，他谦逊地说："我只是个农民，打鼓是我的兴趣所在，绝不敢妄称乐师。但因为江丙坤是我们自家人，为了远道而来的亲人，我也不怕献丑了。"

在排练过程中，担任祭典司仪的江连生先生在乐声中一次又一次地以特殊的语调吟唱着祭典的各个步骤，其中还穿插着客家方言，我们大概能听懂的有"初献"、"酹酒"、"亚献"、"再酹酒"、"读祝文"等字眼。虽然无法完全明白他所念诵的内容，但他吟唱时

写有江氏族号的灯笼高挂，祠堂内灯火通明

乡亲们正在平整祖祠前的大院

认真严肃的神态颇令我们动容。江连生先生告诉我们，这套祭礼是客家人的传统，因此，他作为司仪，在主持祭典的过程中会有一部分使用客家话，当然，为了照顾一些来宾，在某些时候会用普通话和客家话同时进行。他还向我们透露，按照客家传统的生活习俗，在祭典过程中，将配备一名读祝员，还有专门的礼生呈现祭礼。也就是说，届时要敬献给江寨江肇元千五公的祭礼，将先由礼生呈到江丙坤手中，等待他行毕敬献礼后再由礼生捧接呈送于江肇元牌位前的八仙桌上。

除了读祝员、礼生外，在祭礼中，还有10名陪祭人。这些陪祭人很不简单，因为要担任陪祭人，必须经过严格的筛选。参加陪祭的人都是村中三代以上德高望重的老人，他们必须符合夫妻美满、父慈子孝、兄友弟恭、子孙满堂等条件才能参加筛选。另一个更为苛刻的条件是，他们还应当是"六公"，即要拥有内公、外公、叔公、伯公、舅公和姑丈公的身份，才算达到资格。经过严格的挑选，祭典的10位陪祭人已经都到位了，只等届时陪同江丙坤祭拜祖先。

济阳堂里气氛热烈，堂外也一样热火朝天。在堂外的广场上，我们看到了一个拿着扩音器的人，询问之后才知道他是大溪镇的领导，亲自到

大溪镇一角

村里指挥相关工作事宜。一群村民围在镇领导身边，急切地想要得到一份"差事"好为祭典尽一份心力。一位上了年纪的人一直在向镇领导"讨"任务。他跟我们说，其实现在分配的工作都是一些比较琐碎的，很可能连近距离观看江丙坤的机会都没有，但他觉得，既然是自家亲人要回来，他总该为亲人做点事，虽然他年纪已经大了，但做做打扫、装饰祭品之类的活还是很乐意的。

夜渐渐地深了，济阳堂内外依然人声鼎沸，看来，为了迎接亲人的回归，江寨村的宗亲今夜将无眠了。

谒祖一炷香
了却三代寻根愿

　　2006年5月21日上午，中国国民党副主席江丙坤到平和县大溪镇江寨村祭祖。江氏宗亲早早就来到祭祖典礼举行地济阳堂等待江丙坤，欢迎的队伍一直排到村口。拿着花束在路旁迎候江丙坤的宗亲们因为能与江丙坤近距离接触，脸上都挂着笑容，而没被分配此任务的村民也扶老携幼地站在"警戒线"外翘首以盼远道而来的亲人。

2006年5月，江氏宗亲祭祖仪式现场

江氏宗亲的代表将家乡的礼物送给江丙坤

虔诚祭祖，互赠礼品

　　11点整，当锣鼓声震天响起时，宗亲们的精神都为之一振：亲人回来了！在一阵阵饱含亲情的"你好，你好"的夹道欢迎声中，江丙坤先生和夫人笑容可掬地向宗亲们挥手致意。由于旅途劳顿，江丙坤偶染微恙，但他仍虔诚地按完整的程序来祭祖。

　　江丙坤先生与夫人神情庄重地踏入了济阳堂内，开始了他的祭祖仪式。仪式按照既定程序进行，充满了浓浓的客家味。祭祖仪式结束后，江丙坤在堂内与宗亲互叙乡情并互赠礼品。江寨宗亲送给江丙坤先生五谷、井水、族谱、村景图等礼物，江丙坤回赠了一个瓷瓶和传记《拼命三郎》等礼品。

寻根之旅，了却夙愿

接着，江丙坤动容地说起他的"寻根之旅"。这次寻根之旅是他参加海峡两岸经贸交易会时自己提出的。回故里寻根是他期待已久的愿望，也是父辈、祖辈的愿望。

江丙坤详细地述说了江家三代的寻根过程。他回忆说，他的祖父生前很想回祖籍地，日据时期，祖父从台湾省彰化搬到南投，后来父亲曾回彰化寻根，可惜因为祖父去世过早，寻根工作无从下手。不过，当时虽然无法找到其祖父母的名字，却找到一条重要的线索，他看到江屋每户人家家里的"神主牌"（即祖先牌位）上都写有"平和"二字。这极为重要的两个字让他知道了自己的故里是福建省漳州市平和县。这次回乡祭祖，江丙坤顺利地实现了一家三代的心愿。

对于能回到江寨祭祖，完成这趟寻根之旅，江丙坤充满感激和喜悦。"能回到江寨祖地祭拜祖先，总算了却了祖父和父亲的心愿，也让我一偿夙愿。"他满怀深情地说，"终于找到自己的根了！"

回忆童年，祝福两岸

说起对家乡的印象，江丙坤感触很大。他说，平和与南投的地理很相似，都有高山峻岭，都种植香蕉，这让他想到了南投的家。他回忆说，他童年时，因为南投对外交通不便，经济不发达，平均每户人家一年的收入也不过50美元，采用的是传统的耕种方式，连家中的小孩子都要下地干活。那时他曾放过牛，下过田，挑担到街上叫卖。现在，台湾经济今非昔比，他作为江家的一分子，能够参加台湾经济的发展，感到非常荣幸。

江丙坤在讲话中表达了对两岸共同繁荣的美好祝愿。从2005年3月29日到黄花岗那次算起，在一年两个月的时间中，江丙坤一共来了9趟大陆，担负的任务是促进两岸经贸交流。他说，通过经贸交流，两岸人民的生活质量可以得到提升，这是人民的福祉。江丙坤指出，没有和平，就没有繁荣，两岸的经济发展都会受两岸关系的影响，国民党现在虽然不是台湾地区的"执政党"，但仍有责任为台湾的繁荣出力，为两岸的共同发展出力。

此次江丙坤顺利找到祖籍地，得益于好友李瑞河先生的热情支持。与宗亲们依依道别时，江丙坤希望平和的宗亲也能到台湾看看江姓子弟在台湾的发展情况，希望平和和台湾的乡亲常来常往，增进亲情。

构架桥梁，沟通两岸

昨日上午，江丙坤一行来到位于漳浦县赤土镇的"唐山过台湾"石雕园游览。期间，他和夫人看了厦门日报这几天对他此次寻根之旅的报道，江丙坤非常满意，还竖起大拇指连称"好，很好"。随后，他欣然为厦门日报题词。

昨日一早，为了让江丙坤先生及早得知厦门日报有关对他报道的情况，厦门日报在现场采访的记者与驻漳州记者站取得联系，站长林育农冒着大雨从漳州带着当天报纸赶到石雕园，由记者卢志明当面送给江丙坤先生。

正在品茶的江丙坤先生得知厦门日报对他寻根祭祖的过程进行了详细

2006年5月，江丙坤在宗祠前向乡亲们发表热情洋溢的讲话。

2006年5月，大溪乡亲们热烈欢迎江丙坤回乡。

报道，立即打开报纸，一眼就看到了他与夫人上香时的大幅图片及其他相关图片，非常高兴地说："照片拍得很好。"并与记者握手，连称感谢。然后，江丙坤先生与夫人兴致勃勃地认真阅读起报纸，脸上露出笑容。江丙坤还看了厦门日报5月19日海峡周刊对他寻根之旅的4个版的报道，并竖起大拇指称赞"报道很好"。

　　看完报道后，江丙坤欣然为厦门日报题词，一笔一画地写下"厦门日报、 海峡周刊、台海杂志、构架桥梁、沟通两岸"。这是他对厦门日报的祝福，也是激励其在促进两岸交流方面多发挥作用。

白礁乌衣巷
王金平家族寻根

　　与厦门毗邻的龙海市白礁村是神医吴真人的故里，村里那年代久远的慈济祖宫更是闻名遐迩。但人们也许并未知道这古村中的王氏家族其先祖可远追东晋名相王导，而数百年前，王文医从这里到祖国宝岛台湾，在那里繁衍了王氏的子孙。历经数代之后，王氏子孙中又有了一位海峡两岸都知名的人物王金平先生，而白礁就是他的祖籍地。眼下，王金平家族就要来寻根了，我们有幸捷足先登，透过慈济宫缭绕的烟霭，向白礁村深处探访，为您一一揭示那些未为人所知的画面和谜团……

古村萃人文，先谒世飨堂

白礁牌坊上镌有同安知县参与督造的石刻

　　作为古同安白礁村王氏族人在台湾的后裔，王金平家族和其他姓氏一样，都深深牢记了自己在祖国大陆的根。虽每次编修族谱时都不断把家族世系延长，但惟一不变的是祖籍地的记载，代代延续下来。

在王金平家族的族谱中明确记载了王家祖上的居住地是白礁的上巷。在当地的王加兴和王振来两位先生的带领下，我们顺利找到了王氏宗祠"世飨堂"。王氏宗祠已有几百年的历史，祠堂门口的石柱上刻着这样一副对联：巷本乌衣分上下，堂名世飨嬗春秋。这副对联道出了王氏家族的渊源和荣耀。走进世飨堂，屋顶、供案及柱子上，刻满了各种图案，刀法凌厉、精良，栩栩如生，并用金漆油刷，看起来金碧辉煌，十分的气派。在供案的右边，我们还看到了一个写着"八闽古祠"四个大字的牌子，它是由福建省对外文化交

在古牌坊下发现"同安"

流协会和福建省文学艺术界联合会联合授予"王氏家庙"的，目的为了彰显王氏宗祠的历史价值和文化底蕴。王加兴先生自豪地说，现在越来越多的人来大陆寻亲，这些宗祠、家庙得到保护，是为了可以作为台胞寻亲的证据和祭祖的依托，也是联系两岸文化交流与亲情的一个重要纽带。

我们发现堂内的柱子上有一副颇有意思的对联：分支来自固始到白礁腾浪万里，创业本在同安振乌巷长享千秋。在这副对联里，很明确地表明了王氏的开闽渊源以及白礁本属同安的关系。王先生说，自宋代到1957年，白礁在行政区划上都属于同安县，1957年后，才划归现在的龙海市。世飨堂的香气氤氲缭绕着供案，我们走上前，看到上面供奉了许多王氏祖先的牌位，其中有肇基白礁上巷的始祖王右丰的牌位，王右丰所传的派系即是王金平家族这个派系。在一份从台湾复制回来的王氏家族的族谱中也同样记载着台湾上巷派的始祖是王右丰，世飨堂内一直供奉的王右丰的牌位，恰可以与族谱相互印证。

身处"乌衣巷"，古榕叙沧桑

　　在王氏宗祠的石刻和台湾王氏的族谱中都提到了"上巷"这个地方，那么它和"乌衣巷"又有何关联呢？在采访中，这个谜团迎刃而解，"上巷"是白礁村中的一处古老地名，也就是王金平家族的祖上最具体的祖居地。而"乌衣巷"这个名词，来自唐朝著名诗人刘禹锡所写的："朱雀桥边野草花，乌衣巷口夕阳斜。旧时王谢堂前燕，飞入寻常百姓家"。诗中的"乌衣巷"指的是东晋有名的两个宰相王导和谢安在南京的住所；而在白礁村的王氏子孙，以祖先王导为本族的荣耀，五代在福建建立"闽国"的王审知就是王导的后裔，王审知的后代又传衍到了白礁的上巷。这一脉传承的王氏家族的历史，表明了白礁的上巷与历史上的"乌衣巷"有着深厚的渊源，难怪王家祠堂大门前的对联中有"巷本乌衣分上下"之句。

　　我们品读着祠堂的对联，联想起唐诗的佳句，猛然发现现在置身其中的上巷正是东晋"乌衣巷"的意境。从王氏宗祠出来，根据王氏族谱的提示"祠堂边上巷"，于是我们从祠堂边沿着曲曲折折的小巷子一直走，去探寻王金平祖先的居住地。小巷子的两边还有很多古房，飞檐翘角，伴着树影余晖显得格外的优雅，充满古意，静得像一幅未及掩轴的古代山水画，若是在有月光的晚上，定会撩起"曲径通幽处"的雅趣。路上本村的王先生继续向我们解释说，在古代，白礁的前面即是大海，波飞浪涌的大海塑造了村民们坚韧、刚毅的品质以及谙熟水性的强健体格。明末清初的时候，郑成功为了驱逐荷兰侵略者，曾回到白礁村招募壮勇，村里的三百多个青年自愿

白礁村中的上巷

白礁村入海处

组成忠贞军，随郑成功赴台参加驱逐殖民者的战斗。据说，在这三百多个青年中，就包括了王金平家族的始祖王文医。王文医在台湾定居下来，传衍了台湾的王氏家族。从台湾寄过来的世系表中显示，王金平先生一辈就是王文医的第十一世子孙。

我们一路走来，很快就到了上巷的王金平祖上的居住地。巨大的岩石上，一株千年古榕苍翠挺拔，盘根错节，树冠枝叶浓密葱郁，像一把巨大的绿"伞"庇荫了树下依旧生活在上巷的王氏子孙们。居住在那的王家老人说，这几天已听说台湾的亲戚要过来，我们都非常期盼他们早日到来。而我们从树下向四周望去，渐渐感觉到，上巷实际上正悄悄地起着变化。近几年来，随着改革开放的深入，村民们在经济上逐渐富足起来，许多人都已改建了新房，保持上巷旧貌的老房子在一步一步地退出历史的舞台。但我们深信，无论上巷怎样改变，那株历经了千年的老榕树是不会改变的，只会越来越繁茂，在某种意义上讲，它已经成为了上巷王氏家族的一种象征，以古老、雄健的身姿在默默地向人们诉说着千年来王氏家族的沧桑历程。我们只是真诚地希望王家后裔能牢记祖上说过的那句话：家乡的旁边有株老榕树！

同安 颜立水
为助寻根乐穿针

2006年，第六届世界同安联谊大会将在同安举行，据悉，一位备受瞩目的人物中国国民党前副主席王金平先生的胞兄王珠庆先生将出席该大会，与会期间，他将前往祖籍地寻根谒祖。王金平先生的祖上名叫王文医，数百年前，他随郑成功到台湾。今天王珠庆先生受胞弟王金平先生委托前来寻访先人的祖地。数百年沧海桑田，王氏祖祠今安在——

话说从头，邀请乡亲回祖地

说起王金平家族的整个寻根过程，可称得上是颇具传奇色彩。王珠庆先生的寻根谒祖是两岸延续血缘亲情的一种具体体现，而王氏家族的根究竟在何方，这恐怕是大多数人所关注并想要了解的。想要揭开这个谜底，还要从今年的六月份说起。

今年六月份，世界同安联谊会（以下简称"世联会"）从媒体对王金平先生的报道中得知，中国国民党前副主席王金平先生自称自己的祖籍地是同

为王氏家族寻根穿针引线的同安颜立水先生

安。知晓这一消息的世联会很快做出了反应，在九月份召开世联会筹委会后，即通过王氏家族在台湾和厦门的相关友人向王金平先生表达了乡亲们的亲切问候，并以书面形式先后两次发出了诚挚的邀请函，函中说明了这次世联会的主题"同根缘·华夏情"，作为同安人，乡亲们恳切地希望他和他的家族成员能够回祖籍地来看看。这份邀请函通过友人转达到王金平先生的手上后，面对乡亲们的深情厚谊，王金平先生为之深深感动，他为同安世联会寄来了"美丽厦门"的铃印和题词，并且专为这次的世联会题写了"华夏增辉"的题词。这份题词与本届的世联会主题"同根缘·华夏情"可谓相得益彰，彼此契合，共同表达了对华夏血脉的认同和对祖籍故土的眷恋之情。

几经周折，谜底就在白礁村

邀请函发出一个多月后的11月1日，世联会筹委会收到了王金平家族的回执。回执中标明了出席世联会的王氏家族成员，尤其引人注目的是回执中有这样一则附言："敬启者，可否请大会筹委会帮忙协寻我们祖籍的所在地及当地是否有王姓宗祠以便我们寻根，我们的祖籍地址为福建省泉州府同安县积善里白阳堡白礁乡上巷祠堂边人民二十都，谢谢。"

这则回执中，明确表达了王氏家族将要来同安寻根谒祖的愿望，但同时也给世联会筹委会的办公人员出了一道谜题，那就是王氏家族所提供的祖籍地址"泉州府同安县积善里白阳堡白礁乡"是古代的地址，世事经过了几百年的历史变迁，现在的同安区划地图里绝对没有这样一个叫做"积

白礁王氏家庙正门

善里白阳堡白礁乡"的地方。这时会务工作已经进入紧张阶段，每个工作人员手头事务都是满满的，但世联会筹委会的办公人员面对这份回执中所表达的真挚渴盼，决定即使工作再忙也要落实此事，绝不能让王金平所托前来寻根谒祖的王珠庆先生一行失望而归！他们认为，身为同安人，有义务尽乡土之谊，就是拼尽全力地去查、去问、去找，帮助王珠庆先生一行人找出王氏家族祖籍地的确切地点。

白礁王氏家庙中的对联

世联会筹委会的领导专门抽调了人手，组成了调查小组负责此事。他们翻阅了有关同安区划沿革的资料，核实了白礁确曾属同安县所辖，但无法知道王珠庆先生提供的具体地址；后来他们找到了从事多年文物普查工作的同安文化局原局长颜立水老先生，综合有关资讯，弄清了"同安县积善里白阳堡白礁乡"里面提到的"白礁乡"现已不在同安，而是应该在龙海市。世联会筹委会于11月4日组织颜立水老先生、《同声》报主编郭瑞明和同安区委统战部办公室主任洪清良一行赴龙海市角美镇白礁村王氏家族祖地进行实地考察。经过一番比对、核查及实地了解情况，王金平家族的祖籍地得到了落实，王家祠堂保护完好，王家"开台祖"的居住地白礁上巷也寻找到了。至此，终于揭开了王氏家族祖籍地之谜，找到了王珠庆先生所要寻找的"根"。

祖地故人，敞开胸怀迎亲人

为了对今天已经不属于同安的白礁村有更详细的了解，我们一行人又匆匆从同安赶往实地进行采访。在村民的指引下，我们很快找到了王氏宗祠及王氏宗亲会的负责人。

白礁村的王氏乡亲对王金平家族显得非常熟悉，王加兴、王振来先生向我们介绍了王金平祖上移民到台湾的历史过程，在过去的漫长年月里，白礁村的王氏又分衍出许多小宗，王金平家族属于"上巷派"，现在在宗祠的墙壁上还保留着《重修

白礁王氏家庙一角

族谱序》的石刻，里面写着："上巷派部分迁居于同安马巷镇和台湾省高雄县路竹乡"，石刻上有关记载和神龛牌位上的人物姓名与台湾寄过来的王氏家族的资料相对照完全吻合。宗亲们在听到王金平家族要来白礁村寻根谒祖的消息后都很高兴，非常欢迎他们的到来。相关人士告诉我们，厦门方面已经与我们这儿的地方政府取得联络，我们也开始行动起来为迎接他们做准备，对村里的道路、房屋等建筑设施有了大致的规划和安排，到时将会以最隆重的礼仪来迎接王珠庆先生一行。我们真诚地希望通过王珠庆先生一行的寻根谒祖，能使两岸王氏家族的血脉亲情永续不断。

王金平一家

1941年，王金平出生在高雄县路竹乡的"一甲"，那是个淳朴的农村社区，王家是个大家庭，大家庭的重心是王金平的父亲王科。提及目不识丁，却充满企业家气度的父亲，王金平常以崇敬的口吻表示："父亲有六个兄弟，他排行老大。虽因故没能够好好念书，但却总能精辟地分析事理。经营事业，更是做得有声有色。事实上，目前家族里经营的事业，皆为父亲当时一手开创。最重要的，他教了我'认真'和'诚信'两样东西。"

据说王金平有多位兄弟，他排行老三，大哥王珠庆这次带着族人王峻邦、王峻良、王明亮等前来参加这届世界同安联谊大会。

厦门乌石浦
兰陵世家连台湾

2005年底，中国国民党前副主席萧万长先生给乌石浦的萧氏宗亲寄来新春贺卡，春节刚过，一批台湾乡亲前来乌石浦社进行宗亲和民间信仰的文化交流，原本深藏都市一隅、默默无闻的萧氏宗祠和洞炫宫一时间成为人们瞩目的焦点。

乌石浦原是个繁华码头

乌石浦社已经76岁高龄的萧汉忠老人向我们讲诉了这里经历的风雨沧桑。他说直到笕笪港围垦之前乌石浦附近还有一个古码头，如今在江头公园南面就是古码头的遗址。当时外地的人乘船来厦，船只会停泊在这里。这里的港口向外通漳州、泉州，一直通到外海。村里的人当年曾经从这里驾船出海谋生，也不断有各地的商旅来这里贸易。

萧汉忠老人回忆说，在他很小的时候，这里还是一片海，水一直延伸到现在的SM商城的停车场。在萧老先生的记忆里，直到20世纪60年代这里还没有多大改变。这条通向台湾的水路，在萧

厦门乌石浦的萧氏家庙中堂

汉忠先生之前，就已经有很多人走过了。他们中有很多是乌石浦社萧氏的族人。当时，乌石浦社没有什么生计，所以村里的人选择了到金门、到台湾去谋生。有的是举家迁出，有的是部分人先出去，而后家里的其他人再跟着出去。这些迁移至台湾的萧氏宗亲，有时会回乡来看望乡亲，讲述他们在外面创业的故事。于是有了更多的乌石浦萧氏的人出海到金门、到台湾谋生。如今在金门县沙美镇东萧村有一座"萧氏家庙"与乌石浦社的"萧氏家庙"遥遥相望。

萧万长亲自为家庙题匾

在台胞萧良松先生的引领下，我们来到位于湖里区乌石浦社内、紧邻SM城市广场的"萧氏家庙"。萧先生向我们讲述了乌石浦萧氏与台湾萧氏阔别多年之后又续上亲缘的传奇。

1988年后，两岸开始可以以探亲名义进行往来，许多台湾的萧氏宗亲也都盼望来大陆寻根。时任台湾中华萧氏宗亲会会长的萧万长先生十分关心萧氏大陆寻根的事情，据台湾有关族谱资料记载，厦门乌石浦系台湾萧氏祖地之一，因此，台湾中华萧氏宗亲会委托台湾中华萧氏宗亲会执行长（秘书长）萧良松先生于2001年6月8日率团来大陆寻根。萧良松先生来到厦门后，乘坐的车子载着他们一行人经过一个地方时，他突然发现

汉代丞相萧何像

家庙对联

路旁有一个写有"乌石浦"的路标，猛然想起台湾有关族谱记载了台湾萧氏是从乌石浦迁去的。于是他在心里默默记下了"乌石浦"三个字并初步核实乌石浦社至今住的仍是萧氏族人，这一发现令他十分振奋！返回台湾后，他把此行找到乌石浦的事情告诉了萧万长。此后，萧良松先生多次往返于厦台之间，为两岸萧氏宗亲联络事宜奔走。

我们步入萧氏家庙，环视四周，只见雕梁画栋，甚为壮观，正在感慨其气势雄伟时，家庙屋顶迎面正上方的一块金字牌匾吸引了我们的视线，上书"兰陵世家"四个大字。萧良松先生告诉我们，这是2004年9月萧万长先生为萧氏家庙亲笔题写的匾额。2005年9月萧万长首次来厦门，终于实现谒祖心愿，在祭祖仪式上萧万长先生的一句话最能代表台湾萧氏宗亲心声："来厦门乌石浦萧氏家庙祭拜祖先，这是我一生最大的荣幸和盼望，也是我在台湾的萧氏祖先在天之灵所期待的。"

萧良松先生欣喜地告诉我们，2005年乌石浦萧氏家庙被市政府确定为涉台文物古迹保护单位，加上《厦门日报》等媒体热情报道台湾萧氏宗亲来乌石浦寻根问祖的事情，使得越来越多的台湾萧氏宗亲了解到这里的情况，纷纷组团来到乌石浦，来到萧氏家庙祭祖寻根，仅2005年萧氏家庙就接待了好几批寻根的萧氏台胞。

将设基金会开展公益事业

农历新年刚过，乌石浦萧氏宗亲告诉我们，现在萧氏家庙不断地吸引萧氏台胞来这里，近日就一下子来了30多位乡亲，萧氏家庙已成为增进两岸萧氏宗亲交流的平台。萧良松先生说，他们也希望通过这样一个平台，通过萧氏家庙搞一些联谊活动，能够联络更多的萧氏台胞来这里看一看。

萧氏宗亲会也正准备成立基金会，设立奖学金和敬老金，用于开展民间的公益事业上，比如奖励贫困家庭成绩优秀的学生，嘉奖村里敬老爱幼者等活动。

2006年元旦前，萧万长先生特地从台湾寄来贺年片，向乌石浦萧氏宗亲祝贺新年。虽只是一纸来鸿，却饱含了一个台湾同胞对大陆宗亲的挂念和对故土的深深眷恋。萧良松先生说，萧氏家庙常年奉祀素有"麒麟阁上名传世、未央宫内像犹存"美誉的西汉著名儒臣、萧府王爷"萧望之"，并于每年农历五月十七日举行祭祀活动。因此，在今后可以利用类似于祭祀活动等形式，促进两岸萧氏宗亲亲情交流，让更多的台湾萧氏宗亲来厦门，来这里感受两岸的亲缘真挚与纯朴，感受祖国大陆的惊人变化，吸引他们来这里投资创业，为家乡族人做点事情。

洞炫宫的玄妙

乌石浦萧氏聚居村里，有一处充满了玄妙趣味的洞炫宫。它的玄妙之处到底在哪里呢？

来到宫前，首先就看见"洞炫宫"的题字匾额，我们马上问村里的萧丰裕先生这个名字的来历。萧先生笑着说："这就是洞炫宫的第一个谜，也即是它的名字之谜。"他告诉我们，这个宫很早以前就有了，即使他的上辈老人也不清楚它具体建于什么时候，为何人修建，只知道它的起源很早，最迟在明清之际就有洞炫宫了。现在大家看到的这个宫是上世纪九十年代重修时从原址整个地搬移过来的。萧先生说，其实早就有人对它的名字提出了疑问，也曾向地方的文史专家请教过，可是至今，它的名字仍是一个谜。

带着对名字的好奇，我们继续参观其他的部分。刚想跨进门内，又被门口两旁的楹联吸引住了，楹联的上联是："洞派溯漳江源流浮沉浡溢浦"，下联是："炫燃炬蜡烛灿烂焱炖炯煖煬。"乍看之下，觉得挺玄妙，不知所云何物，但细心揣摩，赫然发现对联在字的运用上非常巧妙、独到：上联所用的字的部首全是"水"字旁，而下联所用

洞炫宫内的对联

95

的部首又全都是"火"，但楹联的含义却颇难猜测。

据洪卜仁先生解释，这应该是和宫内供奉的主神有关吧。洞炫宫是集"儒释道"一体的宫庙，主要供奉的则是妈祖和保生大帝的神像。妈祖在大陆东南沿海一带以及台湾地区被从事与水有关的行业的人们奉为神灵，每到出海或远行之时，都会祈祷祭祀求保平安。而保生大帝则是从医，古代"医"和"道"是不分的，保生大帝为了治病救人，往往炼取丹药，炼丹则需用到火了，所以此楹联出现了"水火相容"的情况。

走进宫内，抬头只见"两仪同辉"的匾额悬挂正中，字的上面写着"中原厦门洞炫宫"，左面则写着台湾台中宗亲敬贺的落款，厦门、台湾一衣带水的密切联系竟然也在这体现了。在宫内两旁的石柱上，我们又发现了另一副有意思的对联："妙道还週迅速巡游通遐迩，吴江浩荡源流活泼浊澄清。"除了第一个字以外，剩下的字又全是运用了同一个部首"走"和"水"，与门前的对联有异曲同工之妙。

萧先生说，这些楹联是与乌石浦的古地理状况大有关系的。其实这里离台湾很近，在过去坐船去台湾很方便，古时村里很多人去台湾谋生、寻找出路，村子里现在还有很多当初移民去台湾后，却再也未曾回来的人的亲属。乌石浦的古渡头就是他们去台湾、下南洋实现梦想的起点。

兰陵世家在厦门

萧氏家庙始建于明武宗正德年间（约1515年），复建于1988年，二进中天井，木、石、砖结构，具有典型闽南古建筑传统风格。家庙大门两侧有对联"天宝石奇飞来乌石"、"霞漳江曲流入鹭江"，我们不解其中的深意。萧良松先生找出乾隆丁酉年镌，光绪壬午年重修《凤翼家谱》里的记载，告诉我们"萧霞漳"、"萧国梁"是分布在漳州龙溪（今龙文区）、书洋及台湾各县萧氏族人的先人。萧氏入闽始祖唐刺史"萧曦"，于唐僖宗中和元年（860年）奉任长乐县大鳌坑（今长乐市漳港镇）。"萧霞漳"、"萧国梁"正是"萧曦"的后裔。

萧氏家庙二进殿内柱上有楹联，读来朗朗上口。萧良松先生说，楹联都是请两岸书法家题写的，其中有厦门知名书法家高怀先生的墨宝，还有来自台湾的著名书法家陈羊耀先生的作品。萧良松先生感叹说，厦台两地的书法家为萧氏家庙题写楹联，而这座萧氏家庙又维系了海峡两岸萧氏宗亲的血缘、族缘、亲缘关系，真可谓是一段佳话！

　　乌石浦是厦门岛上的一个古村落，如果有人指点，从当代的都市氛围中我们很难想象近年来这里经历沧海桑田的历史变迁。历史上乌石浦是筼筜港的底部，当年这里有繁华热闹的码头，停泊着大大小小的船只，渔民和商人穿梭如织。

乌石浦

　　乌石浦是个历史悠久的村落，原地处筼筜港末端，近水处岩石呈黑色，闽南话中称"黑"为"乌"，因此得名。乌石浦依山傍海，尽得山水灵气，现在居民中仍流传俚语：脚湿嘴有腥。意思是只要走进村边的滩涂，随便即可抓到小鱼虾，让嘴有腥味。古时，该村与江头相临处有古码头，可由码头上船出大洋，因而村中萧氏族人多有下南洋、过台湾者。

萧氏宗亲在洞炫宫前举行祭祀仪式

永泰 状元公
传衍后裔萧万长

厦门：寻根的起点

　　台湾知名人士萧万长先生的寻根有了重要的进展，其先祖是宋代永泰状元萧国梁，萧万长家族的一世祖萧国梁根在永泰得到了确认。台湾萧家的寻根历经数年，从厦门，到漳州，到永泰，几经波折，近日，我们先到乌石浦萧氏家庙进行采访，又独家跟随中华（台湾）萧氏宗亲会执行长萧良松前往永泰，核对族谱，萧万长先生的寻根夙愿得到落实。据说，萧万长先生已得到这一喜讯，将择机回闽祭祖。

　　前往永泰之前，我们先来到厦门乌石浦的萧氏家庙，因为萧万长先生曾为乌石浦的萧氏家庙亲笔题匾，并曾说，来厦门乌石浦家庙祭拜祖先是一生最大的荣幸和盼望。乌石浦的萧先生告诉我们，当时，萧万长先生题写的匾额为"兰陵世家"，兰陵原是山东省的一个地名，闽台的萧氏都是兰陵萧氏的后裔。据说，兰陵萧氏在唐代末年入闽。厦门萧氏家庙大门两侧有对联"天宝石奇飞来乌石，霞漳江曲流入鹭江"，我们不解其中的深意。萧先生找出清乾隆丁酉年镌、光绪壬午年重修的《凤翼家

2005年11月18日，萧万长先生参加厦门大学举办的研讨会。

谱》里的记载，告诉我们"霞漳"指的是漳州，也就是说乌石浦的萧氏是从漳州分衍过来的，而他们的先祖是宋代的"萧国梁"，因为萧国梁在宋乾道二年（1166年）中状元后出任漳州郡守，家谱明确载道"漳之有萧氏自府君（萧国梁）始也"。因此分布在漳州龙溪（今龙文区）、书洋及现在台湾各地的萧氏族人中许多人都是他的后裔，尊其为一世祖。

萧万长先生的家谱中记载道：台湾萧家自明末从闽迁台，至萧万长先生已历近二十代。近年来，两岸民间来往密切，萧万长先生是个慎终追远的人，自任中华（台湾）萧氏宗亲会会长，早在二十世纪八十年代，他就委托了时任萧氏宗亲会执行长的萧良松先生据族谱提示的线索：厦门"鹭石浦"为台湾萧氏祖地之一，可先到厦门探寻祖地。萧良松先生受此重托于1989年6月来到厦门寻根，他的经历也颇具传奇色彩。因为当时他曾问年轻的导游，厦门是否有个"鹭石浦"，导游想了半天，怎么也想不出来。有一次，他乘坐的车辆经过吕厝，前往机场方向，半路上一个路牌"乌石浦"突然跃进他的眼帘，萧良松先生见到这三个字，马上联想到这是不是台湾族谱上记载的"鹭石浦"呢？当天办完事之后，萧良松先生再特地折

位于漳州的萧国良故居内景

回乌石浦，进入当时的乌石浦村，了解到乌石浦村仍然是萧氏族人的聚居地，感到非常兴奋。他在村里拜会了萧氏的长老，取得了有关族谱的线索，后回到台湾，向萧万长先生做了报告，于是才有了2005年萧万长先生回厦祭祖的那一幕。萧良松先生告诉我们，萧万长先生回厦祭祖把他的妻子儿女等家庭成员全带到厦门来，这在他的出行纪录中是从来没有的。

漳州：寻源的中转站

来厦门祭祖之后，萧万长先生追根寻源的愿望反而又提升了一层，因为台湾族谱中援引古籍载有"天宝石移，状元来期；龙爪花红，状元西东"之句，并载其先祖是福州永福状元，曾任漳州郡守，但现在的地图中，福州所辖并无"永福"，"永福"为何地也未得核实，因此，萧万长先生把追寻先祖作为一种夙愿。经常往来于台厦之间的萧良松先生又为萧万长先生寻根之路继续奔走。在漳州文管部门的支持下，经几个月的寻访，在漳州东门外的一处建筑工地上找到了萧国梁之墓，当时萧国梁墓正处于岌岌可危之中，由于城市建设的需要，这处古墓将被拆迁，而古墓又确是证明两岸萧氏同出一源的实物，如被拆迁，将无源可寻。正在这节骨眼上，漳州市有关部门最终做出了明智的决定，把已列为漳州市文物保护单位的古墓就地保留。

但古墓的主人宋代状元萧国梁并非漳州人，他又来自哪里呢？这时相距数百里外的永泰县的三元文化研究会的郑炳通先生、黄忠平先生、程解放先生在对永泰"三元"文化进行研究时，也发现"三元"之一的萧状元家族迁台的相关史料。永泰的"三元"指的是永泰在从宋

厦门市乌石浦萧氏家庙正门

永泰"三元文化研究会"与台湾萧氏宗亲考察漳州萧状元墓园地

乾道二年至八年（1166年－1172年）的七年中，连续三届由永泰人高中状元，而萧国梁是首位。

由于萧国梁出任漳州郡守，而《永泰县志》也有"天宝石移，状元来期；龙爪花红，状元西东"的记载，并作了详细的注解，"天宝"指的是永福（今永泰）天宝瑞云寺，寺后有奇石，上生龙爪花，而龙爪花开之际正是萧国梁中状元之时。现存的永泰萧氏族谱中还记载道萧国梁有子孙播迁台湾，因此永泰有关方面也正在想尽办法寻找萧状元传衍到台湾的后裔，这也成了三元文化研究的课题。根据研究会已掌握的资料，确证萧国梁家族的后裔有迁台者。由于手头资料仅限于大陆方面，因此对萧家迁台后的情况更亟须了解。就在这个时候，身为厦门日报摄影记者的郑宪先生为两岸萧氏的联系起到了桥梁作用。他把获得的厦门乌石浦萧氏、漳州萧氏和台湾萧氏的有关资料汇总起来，送往永泰"三元"文化研究会核对。资料是那么的翔实，台湾萧万长先生家谱的记载与永泰的有关记载是吻合的。永泰方面对此事极为重视，特地派人来厦门与在厦的中华（台湾）萧氏宗亲会执行长萧良松先生建立了联系。由于寻根是一项严肃、认真、科学之事，萧良松先生决定亲往永泰再度核实。

永泰：翘首盼亲人

我们与萧良松先生前往永泰。在永泰，那些无言的史迹在我们的采访和萧良松先生的亲睹下，叙述出了悠久的两岸萧氏亲情。

据永泰三元文化研究会的郑炳通老先生介绍，萧国梁字挺之，生于永福县陈山岭路乡七斗村，"永福"即今永泰，由此得到破解。萧国梁年少时曾在风景秀丽的青云山狮峰九山书院读书，由皇帝御笔钦点为状元。历官著作郎、太子侍讲兼礼部郎官、广东通判、泉知府州事和漳州郡守等职，并最终卒于漳州任上，成为漳州萧氏的肇基始祖。从现在中华（台湾）萧氏宗亲会执行长萧良松先生手中持有的编订于清乾隆年间的《凤翼家谱》中可以清晰地看出，两岸萧氏是一本之亲。萧状元的五世孙萧奋、萧细满开基南靖书洋，六世孙萧孟容开基南靖金山，三人分别成为"书山派"、"斗山派"、"涌山派"萧姓始祖。据台湾的萧氏族谱称：萧万长属"涌山派"，其先祖萧孟容于明正统十四年（1449年）从书洋移居金山

位于漳州市区的萧国良状元墓

水美，后再移居下永开基。萧万长是萧孟容的第十七世后裔，是萧国梁的第二十三世裔孙。但究竟萧孟容的第几代孙入台开基有待进一步考证。

永泰表彰"三状元"的联奎塔

永泰县的有关部门和领导对此事也相当重视，为此召开了以"萧国梁和萧万长"为主题的座谈会，在会上人们提出了寻源是为了更好发展两岸往来的愿望，永泰青云山有丰富的人文和自然旅游资源，今后可以从萧万长先生的寻根之路当中规划出一条厦门漳州永泰福州的旅游线路，永泰是著名的梅李之乡，台湾也是著名的水果产区，两地农产品可互通有无，共谋发展，永泰有关部门极为重视人才教育，如今正筹备重建萧国梁少年时期的读书处九山书院，旨在弘扬三元文化，传承先贤风范，更加凸显青云山的人文魅力。众所周知，萧万长先生本身就是经贸专家，我们可以利用永泰本地丰富的农产品和人文地理资源等条件，更好的推动两岸之间的交流与合作，加强农业、经贸、旅游的联系与交往，让更多的台湾亲人，尤其是年轻人，有机会到厦门、漳州、永泰、福州感受一下先人祖地的历史人文余韵，领略故土的淳朴民风。永泰的萧氏已准备向台湾的萧氏家族发出邀请，请他们回先祖之地畅叙亲谊。

在我们发稿之前，中华（台湾）萧氏宗亲会执行长萧良松先生告诉我们，他已迫不及待地向萧万长先生作了这次寻根的情况汇报，萧万长先生也表示，2008年3月将在福建举行第六届环球萧氏宗亲恳亲会时，倘时机适宜，一定会回先人祖地来看看，让两岸的血脉之亲永远联系下去。

青云山九山书院

九山书院坐落于永泰县的青云山中，是萧国梁的读书处，他的青少年时期大部分时间都是在此度过的，十年寒窗苦读，一朝成名天下知。因书院地处山间高峰上，清雅幽静，平时罕有人迹，惟有清风明月为伴，极为适合静心读书。但因历史久远，风雨侵蚀，书院的大部分原始建筑早已损坏。在书院边上还存有一块"状元石"，在其边上，举目望去，现今仍保留着的有外围石墙和一个梯形墙，外围石墙石基长150米、宽150米，梯形墙则厚2米至3米，按此推算，当年书院占地约2300平方米。书院场地广阔，规模宏伟。除此外，现南门上还留有"九山书院"四个大字，依稀告诉人们它当年曾有的辉煌。

站在空旷的场地上，阵阵清风扑面而来，当年的朗朗读书声，似乎历历在耳。青云山以其清丽与雄健融会的自然景观和特有的文化底蕴，而被评为"国家重点风景名胜区"、"国家AAAA级旅游区"，成为八闽继武夷山之后，又一座两项殊荣齐获的名山。如今，永泰县政府有关部门正积极擘划重建九山书院，希望能弘扬先贤遗风，继续彰显永泰的优良人文传统。

台湾嘉义的萧氏祖庙

台湾的萧氏祖庙，在南台湾嘉义布袋镇振寮里的萧厝庄，萧厝庄是台湾萧氏祖先开基繁衍之地。明末清初萧氏先祖从闽南渡台开垦，历经胼手胝足、披荆斩棘的艰苦岁月，奠定了萧氏在台的业绩，也造就了不少萧家子弟在台功成名就，台湾知名人士萧万长先生就是其中之一。

台湾萧氏祖庙名为"大帝殿"，因为庙内除了供奉萧氏祖先，还供奉着历史上从祖国大陆恭迎到台的"萧府大帝"。

台湾萧氏祖庙每年农历五月十七都举办盛大庆典，其中"立竹"、"祈水"等活动极具乡土特色，用以表示缅怀故里，不忘乡土。

萧国良状元画像

联奎塔下，就是大樟溪与永泰县城。

当年萧状元读书的地方，如今已成为风景秀美的旅游区

安溪湖头镇
竹山村民念亲人

近日，在厦门工作的安溪湖头竹山村的林再培先生与厦门日报取得联系。他说，他和他的竹山乡亲，都是清代为台湾回归祖国版图立下汗马功劳的大将林儒的后裔，历史上，许多竹山林氏后裔往台湾，传衍在高雄、屏东以及台湾岛的许多地方。当他得知现任国民党副主席林益世近日要来到厦门，竹山乡亲们希望能借此契机，把竹山林氏宗亲对台湾林氏宗亲的思念带到台湾，更希望台湾宗亲能和祖地取得联系，加强双向来往。

古渡口，一道通台的水路

近日，经过大雨洗礼的安溪，天空晴得发亮，空气也更加清爽宜人。汽车沿着306国道，开进安溪县的湖头镇，竹山村就在湖头镇内，湖头镇有一处古渡口，名为西侯渡，康熙年间，出生于湖头的清代名相李光地回乡省亲时也是乘船由此踏上故土的，而后，施琅大将军的手下大将林儒，也几番从这里带着子弟兵和乡亲们前往台湾。此后，渡口成为湖头开向台湾的一扇门，祖辈们看着子孙推门而去，沿着清溪，涌向大海，奔往台湾；而今，乡亲们仍旧在此静候着台湾的宗亲能够叩门而入，在故土祖基上，再续亲缘。

我们进入湖头镇，来到了竹山村，在林儒故居的遗址附近，已经汇聚了一大群闻讯赶来的林氏子孙，争着为我们介绍两岸林氏的深远渊源。在林儒故居附近，一位林姓老人打开柜子，搬出了保存完好的族谱，这份家谱始于乾隆二十九年（1764年），于民国丁丑年（1937年）重修，记载了从康熙时代到道光年间林氏在海峡两岸传衍的详细情况。细心翻阅这份族谱，可以发现许多名林氏先祖曾跟随林儒到过台湾，在有关列传上，详尽地记叙林儒及林氏家族在当时，为底定台湾做出了卓越的贡献，特别是在林

一叠族谱 记载两岸渊源

儒之后的一两百年间，竹山林氏族人多次赴台，参与台湾的开发和建设，其中，就有好几批到达台湾的打狗（今高雄，也就是林益世的老家），以及淡水、南投、屏东、台北一带。

族谱中还记载，在清康熙、雍正、乾隆、嘉庆几个朝代中，林儒后裔迁台几乎成为"时尚"。有的一家一次赴台就有二三十人，据族谱记载，林氏从十二世到十五世的先祖中，有三十二批林氏族人举家迁往台湾，林氏家族的血脉就此在台湾扎根繁衍，生生不息。

竹山村，怀念阔别的宗亲

竹山村在安溪湖头镇称得上一个大村，现在有3000多人口，林三湖先生对我们说，竹山人到台湾，把地名也带到了台湾，据说，台湾南投县有个竹山镇，镇里面许多中学、小学、医院等公共处所也都是以竹山命名的，除此以外，高雄县的美浓镇有个竹山沟和竹山口，屏东县的内埔乡也有个竹山沟。原是血脉之亲的两岸林氏近百年来由于战乱及其他原因渐渐失去了来往。但身在祖地的竹山林氏对播迁到台湾的本家则是一直挂念于心，这种真情在几百年前的族谱中都可见到记述。

在采访时，许多乡亲都围着我们"说台湾"，说起他们祖上哪朝哪代到过台湾，林老先生拿出族谱，在关于十三世祖林士榜后代的记录里，提到林士榜的两个孙子已不知姓名，后面又加了一句"不识兴旺否？"在淡淡的几个字中，深含了满腹挂念。而这亲情穿越300多年的时空延伸到今天，300多年的往事与深情并不如烟，现在的竹山林氏，仍在挂念台湾的血脉亲人。尽管村里面的乡亲父老，至今还没有机会到台湾去寻亲，但从他们的言谈中，却发现他们不仅对宗亲播迁台湾的历史十分了解，对现在宗亲在台湾的几个所在地也都了如指掌。林再培与林山彬兄弟对我们说，在村里他们是小字辈，但他们从小就得知，他们有血脉之亲在台湾，尽管从未谋面，但一种血浓于水的朴素而又真挚的感情却令他们时常有寻亲的念头，因此，他和村中的乡亲父老希望这一次趁林益世来厦门的机会把竹山人想念台湾宗亲的信息带到台湾，希望两岸竹山林氏宗亲能增强相互往来。

竹山村里的林儒遗物

在这次采访中，竹山村的林氏族人带我们见识了许多有关其祖先林儒的历史遗物。在他们的簇拥下，记者先来到了一块神道碑的旁边，此碑有两米多高，古朴而雄壮，碑上的文字挺拔苍劲，足可见林儒当日地位之显赫。但惟一可惜的是，碑已裂成两半，林再培先生惋惜地说，这块神道碑被劈成两半，当作铺路石，他们在几公里之外发现后，就立即买下运了回来，算作迟到的补救吧。

皇帝赐予林儒的诰封箱 "奉天诰命"构件

　　随后，乡亲们又小心翼翼地抬出了林儒的墓志铭，墓志铭叙述了林儒平吴三桂、协助施琅底定台湾的功绩，以及深受康熙皇帝器重的荣耀。行文潇洒自如，风雅厚重。除此之外，林氏子孙还找到了一块皇帝赐予林儒的诰封箱的构件，上书"奉天诰命"，四个大字，精雕细刻，古朴雅致。林山彬先生对我们说，林儒有许多后裔现在台湾岛上繁衍，两岸林氏子孙应以自己的先人为荣。林儒的遗物，是子孙们的共同记忆。现在仍在修建中的祖祠就是为了表明林氏后辈的此种心迹，这座祖祠建在林儒祖祠的遗址上，特意请来技艺精湛的工匠，按古法构建，林氏子孙希望通过这座宏伟的祖祠来彰显祖德，更希望台湾的林氏后裔能前来共同拜祭。

接收我台湾
将军厦门发轻舟

厦门和台湾一水之隔，遥遥相望。这种地缘优势，使得二者形成了唇齿相依、休戚相关的紧密联系。在抗日战争期间，两地人民饱经风雨，备尝艰辛。1945年10月25日台湾光复，从而掀开了这个与厦门有着千丝万缕关系的宝岛的新一页。台厦人民一起欢欣庆祝，他们血浓于水的亲情深深交织，一直延续到了今天。在纪念台湾光复六十周年的日子来临之际，我们沐着习习海风，再次踏寻了台湾光复时在厦门留下的印迹。

台湾许多历史事件都与厦门有关。厦门鼓浪屿上有一栋历史建筑，门牌上写着原"海滨旅社"故址，它默默地伫立在海边，倾听着潮起潮落。对于熟知厦门抗战历史的老人来说，这栋建筑至今仍有着特殊的历史意义。我们探访了这栋老建筑，那历尽沧桑的老屋像个有着满肚子故事的老人，要向我们尽情诉说。

1945年8月15日，日本战败投降，其侵占的中国领土全部归还中国，这

台湾义勇队队长李友邦将军

里面当然包括了甲午战争中被侵占的宝岛台湾。自日本正式宣布战败，国民政府方面即开始着手组织受降事宜，并委派专门人员负责厦门接收工作。由于厦门历来是海军驻防的要港，日本占领并驻守厦门的也是海军，因而中国海军总司令部任命刘德浦为厦门要港司令，令其迅即赴厦协助海军第二舰队司令李世甲进行接收事宜。李世甲成为接收厦门的受降大员，受降时间定在9月28日，地点是鼓浪屿的海滨旅社。

在李世甲主持完受降仪式后的当天，即接到海军总司令部电令，派他为接收台湾日本海军专员，并令"克日前往"。他在厦门逗留七天之后，即开始踏上了光复台湾的行程。台湾光复之舟，正式从厦门起航。

风雨沉痕寻故迹
——重访台湾光复在厦门的印迹

台湾光复，首航厦门

站在和平码头，面迎无垠的大海，极目远处，海天一色；海风袭来，处处透露着繁华都市的现代气息。感受着此刻的和平码头，很难想像六十年前历史的风云曾在这里翻卷。据《重庆大公报》1945年10月12日报道："台闽试航成功，台湾货船抵厦门，船主以台湾既已返归祖国，请以国货待遇报税。……"这条货轮是自日本侵占台湾半个世纪以来，首度以"国轮"的身份登陆中国大陆的第一艘台湾船只，它驶向的目的地即为此刻我们所探访

抗战胜利时，旅居大陆的台湾同乡上街游行庆祝，欢呼台湾光复(资料图片)

的和平码头一带。历史上这一带称为妈祖宫码头、水仙码头，时常有许多台湾船只在这里停靠。现在我们只能在老相片中一窥它昔日的面貌。

这艘台湾货轮在厦门和平码头的成功靠岸，有着不同寻常的历史意义，它掀开了厦台关系的新篇章。厦门与台湾之间，实现了自抗日战争以来在一个中国的名义下的首次通航。从此，台湾船只不必再被冠之以屈辱的"日籍侨民"的名号往来于两岸之间。另外，在这则报道中，我们还看到船主要求自己的货物按照"国货"来进行报关纳税，这里面包涵着船主再次名正言顺地成为中国人的自豪之情，表达了广大台胞对祖国母亲的深深眷恋；也正是这条船，重新建立起了厦门与台湾之间的交流，厦门成了后来台胞返乡的聚集地和大本营，她拉开了无数台湾同胞重回故乡梦的序幕。

台湾义勇队，齐聚鹭岛

沿和平码头往前走，我们顺着鹭江道探访了李友邦将军回台湾的起航地第五码头，随即转入了升平路。在民立小学的左侧斜对面，有一幢红砖楼建筑，原貌犹在，只是显得有些苍老，远远观看时，仍然能感觉到它古朴的气势。据专家指引，这里便是著名台湾抗日将领李友邦将军及其率领的"台湾义勇队"返台前在厦门的驻地。

李友邦将军祖籍同安（今厦门集美区后溪兑山村），出生于台湾，自幼目睹日军在台湾的暴行，产生了强烈的爱国热情和民族正义感，立志要推翻日寇统治，争取台湾解放和民族独立。抗战爆发，他提出了"保卫祖国，收复台湾"的口号，号召全国各地区的台湾同胞，共同参加中华民族的抗日救亡运动。以此为基础，李友邦将军组织和成立了台湾义勇队，亲任队长。这是一支主要由台胞组成的革命队伍，也是台胞第一次有组织的以团体的方式参加到祖国的抗日行列。

李友邦将军夫人严秀峰年轻时的照片
（白桦 供图）

升平路上的一幢红砖楼建筑是"台湾义勇队"返台前在厦门的驻地。

正如专家所言，祖国的"对日抗战，台湾人没有缺席"！

据厦门文史专家洪卜仁老先生介绍，台湾光复前后李友邦将军及其率领的台湾义勇队在厦门从事了许多抗日和帮助台胞的活动，通过各种渠道，援助了大约七八千名流落在厦门的台胞。这些台胞因不堪忍受日本帝国主义的残酷压迫纷纷逃离台湾本土，离乡背井，散居厦门一带，生活上衣食匮乏，饥寒交迫，在日本已宣布投降、台湾尚未光复之时，许多人仍返乡无望。在这种背景下，李友邦和他率领的台湾义勇队拨出部分活动经费，并发动捐款，筹集资金，援助留厦台胞，以解台胞生活上的燃眉之急。1945年9月3日，李友邦派副队长张士德，携带一面国旗先行飞赴台湾。这面象征收复台湾的国旗于次日在台北市台北宾馆冉冉升起，宣示着台湾光复在即。10月10日，李友邦将军组织台湾义勇队员在中山公园悬挂国旗，公开庆祝当时的国庆节，这是在厦的台胞第一次庆祝自己的国庆节，表明了广大台胞认为自己是中国人的严正立场。10月25日，获悉台湾光复，他们再次集会于此，欢庆这一激动人心的时刻。

鸟之两翼，梦圆之时

继续沿着思明西路向前走，就到了局口街。抗日战争期间，留居厦门的台胞有七八千人之多。当日本投降的喜讯传来，散居闽浙的台胞纷纷齐聚厦门，企盼台湾光复返回家乡。在《台湾府志》中记载到："台郡、厦岛，鸟之两翼，土俗谓厦即台，台即厦。"厦门与台湾的这种天然的地理优势，成了两地互通的一条纽带，厦门成了返乡台胞聚集的大本营，而大多数人居住的地方就是我们现在到访的局口街一带，台湾刚光复不久，先后有四批台胞从厦门出发，返回故乡。

走访途中，我们采访了一位已经两鬓斑白的老大娘，她告诉我们，当年日本占据厦门时，她还是个正值豆蔻年华的少女，许多的事情虽已随着时间的流逝而淡忘，但她仍然记得这一带当时有很多台胞开的商号、店铺，当台湾光复的喜讯传来，街上张灯结彩，载歌载舞，甚至鸣炮庆祝，台胞相遇个个喜形于色，互祝胜利光复。台湾光复后，国民政府行政院就发布文件，全体台湾人自动恢复成中国国籍，意义在于承认所有台胞都是中国人。广大台胞经历了战火的洗礼，可以光明正大的、以中国人的身份回到自己的故乡去了，期待了多少年的回乡梦终于在这一刻得尝夙愿。

2007年拍摄的厦门和平码头

寻梦赴宝岛
青年热忱著篇章

杨梦周：著文章针砭台湾时弊

    他们都是厦门人，都曾在祖国宝岛台湾光复后，在台湾留下了自己的足迹。杨梦周，驾起憧憬之舟在光复后的热土上展现了年轻的风采；沈炯锋，以赤子之心感受着台湾人民的挚爱。当此台湾光复六十周年之际，他们都成了采访的对象。此时此刻，撩起那段岁月，他们都按捺不住内心的激动。

定居厦门的台湾著名作家杨梦周（左一）与台湾学者

从玉浦 "放船过沟"

去台湾之前，梦周只是晋江后洋村一个普通的农民。台湾光复之际，他萌发了到祖国宝岛找工作的念头，1946年，在族亲杨镜波的介绍下，他踏上了去台湾谋生的旅程。梦舟与乡亲杨庆云、杨人桢一起，来到离家五六里外的小码头玉

杨梦周先生

浦。当时，福建与台湾的民间交易很频繁，像玉浦这样的小码头都有去台湾的船只，梦舟他们就是搭乘这样的小货船去台湾。船主是个惠安人，经常往返于闽台之间，他把台湾海峡看成一个"沟"，渡海去台湾只是"放船过沟"这样一件稀松小事。船出发后不久，海上风浪渐大，小船在惊涛骇浪中根本无法前行。梦周他们晕船得厉害，把胆汁都吐了出来。船主只得就近把船暂停在一个叫小岞的岛上，等待天气好转。在小岞，他们餐餐喝地瓜粥、吃鱼。两天后，风浪渐平，船终于重新开航。第二天天快亮的时候，船主告诉梦周："快到澎湖了！"这时他们看到海里有一个小岛，于是上岛休息。在岛上，他们到日本遗留的军用机场，还被机场看守抓住审问，不过最后还是放他们走了。在海上颠簸了四五天后，终于到达台湾。梦周一行三人在位于台中的布袋港下船，马上坐上了前往新营的火车，再从新营转去台北。当时一心只想在台湾找份工作的梦周，没有想到却在台湾成就了人生的事业。

在台湾云程发轫

初到台湾，梦周在另一个亲戚、时任经济部特派员杨庆燮的介绍下，进入凤梨公司。梦周从小喜欢读书、写作，在工作之余，他几乎每天都到台北新公园附近的图书馆看书。当时图书馆新进了许多大陆新文学作家的作品，梦周就在那里读完了上海刚出版的精装《鲁迅全集》，还有《马凡陀山歌》、郭沫若的作品等。在台湾，梦周汲取了大量新文学的养料，为

杨梦周发表的部分文章

他的创作奠定了基础。梦周在台湾认识的第一个朋友，是凤梨公司的同事，一个叫王桂木的彰化人。王桂木告诉梦周，在日据时代，日本人不准台湾人学习汉文，而台湾人总是偷偷地阅读汉语书籍、写汉诗。在王桂木的介绍下，梦周认识了很多台湾人，渐渐融入台湾生活，并且形成了自己对台湾现状的认识。台湾人给梦周的印象是朴实，他们大多很反感光复后冒出来的灯红酒绿的舞厅。有感于此，梦周发表了来台湾后的第一篇作品：杂文《舞禁的波折》，发表于《人民导报》。此后，梦周开始频频在《新生报》、《中华日报》、《台湾日报》、《台湾文化》上发表作品。他的文章，以杂文为主，抨击时政，笔调犀利。台湾光复初期的文坛，本省与外省的作家之间联系相对较少，为改变这种状况，《新生报》"文艺"副刊主编、当时台湾文坛领衔人物何欣举办了一次本省、外省文艺创作者的座谈会，梦周应邀出席。会前，梦周还与何欣前往台大拜访了李何林、台静农、李霁野等著名作家。1947年5月，座谈会在台北中山堂召开。会上热烈讨论了许多文学问题，甚至提出成立中国文协台湾分会。座谈会的中餐就是在中山堂餐厅吃的，而且还是何欣自掏腰包。

此情长留两岸间

1948年，梦周离开台湾，经香港回到厦门，从此就长居厦门，之后几十年里，梦周遭遇坎坷，几乎不再发表文章，渐渐消失在人们的视野之中。然而，梦周一直惦记着曾经奋斗过的热土，与台湾的联系也没有终止。两岸恢复往来之后，梦周打听到当年同去台湾的乡人杨人桢已经去世，而另一位乡人杨庆云在台湾娶妻生子，从此扎根台湾。梦周与杨庆云一直保持着书信往来，上世纪80年代末杨庆云还回乡过一趟。在今年8月份杨庆云寄来的一封信上，情真意切地写着："孤客一身千里外，未知归日是何年。无日鼓腹无所思，朝起暮归夜难眠。"对故乡的思念溢于言表。对于台湾的老友们，梦周依然记挂不已。离开台湾数十年后，梦周有一次读到何欣后来出版的文学评论集，觉得其中很多话好像都是当年何欣亲口对他说过的。梦周希望能再去一次台湾，寻访旧友。"老友去世了的，我也很想去找找他们的后代！"老人激动地对我们说。这一份沉甸甸的情意，跨越了时空的距离，绵延在海峡两岸。期待梦周老人的"续情"之梦能够实现。

杨梦周，原名杨思铎，笔名云泥、虹光等。1924年生于福建晋江。1946年到台湾，在台湾开始文学创作，并发表处女作《舞禁的波折》，后成为在台湾文学界有影响的人物。1948年前后，杨梦周返回厦门。

年过八旬的杨梦周老先生，是一位生长于闽南、其文学创作却已在台湾文坛留下深深烙印的作家。60年前台湾光复，梦周一腔热血来到海峡另一端的台湾，在那里意外地发掘了人生最精彩的园地。今天在纪念台湾光复60周年之际，听老人说起他与台湾的不解情缘，令我们感慨良深。

沈炯锋：执教鞭支援台湾建设

台湾光复，百业待举。当时厦门青年沈炯锋志愿投身到宝岛，为光复后的台湾建设做出了自己的贡献。用他的话来说，当时他真的是怀着一腔热忱，纯属"个人行为"。沈炯锋老先生去台湾时才二十来岁，正值青春年少，风华正茂，如今他已78岁，头发斑白，谈起当年投身台湾教育事业，他仍兴奋不已。

"我从厦门登上前往台湾的轮船。"

当厦门人民与台湾同胞沉浸在庆祝台湾光复回归祖国的喜庆氛围中的时候，一位厦门青年却在心中萌发起了一个念头："我要到台湾去！"他就是沈炯锋。几个月之后，沈炯锋提

沈炯锋先生

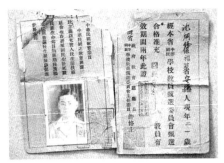

沈炳锋先生在台湾任教证件

着简单的行李，从厦门的太古码头登上了到台湾的轮船。那年他才二十来岁。抗战期间，沈炳锋一家在厦门饱受日本侵略者的蹂躏，他年青时候的成长历程也充满了坎坷，但他是一个执著追求知识的青年。在坎坷的历程中，他熟练地掌握了日语，当然，他还懂得国语和闽南话。因此，他这一次决定到台湾从事教育工作。

老先生回忆说，当时我从厦门启程到台湾，也就是在1946年的七八月间的一个下午。其实在我之前已有好多厦门青年前往台湾，支援台湾的建设了。记得我从厦门登船之后，第二天早晨就到达台湾基隆港。当时基隆市内仍然十分混乱，未撤走的日本人在市面上贩卖家具等物品，价格非常便宜。当时我还买了几张日本作家创作的美术品，据说这些美术品还是当时参加过大型展览的作品。之后我又乘车到了台北，走在台北街头，处处感到新鲜，记得当时台北的邮政筒是红色的。在台北的街头，我看到一则招聘教师的启事，经过资格考试，我获得担任小学教师的资格，从此开始了我在台湾的教育生涯。当时我被分配到台北兴雅国民学校当教师，委任状还是台北市长亲自颁发的。

"不要紧，来我这边，我给你保护。"

后来沈老又转到台北最大的学校永乐国民学校。在台北教书的这段期间内，沈老说他真正感受到了台湾人民的善良和热情，其中有两件事让他至今记忆犹新。一是当时台湾社会治安状况不佳，一些地痞流氓专找初到台湾的外省人，滋事打闹。有一次一群流氓闯入学校，说要"教训"外省人，情况危急，沈老无处躲藏，当时学校的总务主任对沈老说："不要紧，来我这边，我给你保护。"当时恰值总务主任的爱人坐月子，按照习俗，产妇房内是不可以随便进入的，他让沈炳锋躲进了他爱人的产房，免于被这些流氓搜查到，躲过一劫。提起那个总务主任，沈老至今心存感激。

还有一件事情，更是让他难以忘怀。他在台北当教师时，因为既熟悉国语和闽南话，又懂日语，所以受到了学校的高度重视。他那时只是待用教员，没有正式入编，可是工资却比正式教员还要高一些。因为在日据时期，日本推行"皇民化"教育，禁止台湾人学说闽南话和国语，平日交流都是说日语，所以光复后有很多的老师反而只会说日语。这样沈老的优势就得到了发挥。他专门开了国语和闽南话的教学课程，上午教学生，下午教学校里的老师。当时台湾人非常尊敬老师，当地有一种节俗，节日当天很多人家都会请沈老过去吃晚饭。邀请的人家很多，以致沈老在时间上有点赶不过来，每到一家，只能随便地吃两口菜，喝点酒，然后马上就走，赶到下一家。但是那些人家不管等到多晚，仍会一直等到沈老到来，才会动筷开饭。沈老在说到这些时，脸上依旧是带着那份感动和歉意，一直在重复着和我们说："台湾人民对我们非常得好。"正是因为当时台湾人民的尊师对沈老影响深刻，所以在沈老回到厦门后，仍然坚持选择了教师这一行作为自己终生的职业。

在台湾亲历光复周年庆典

到台湾后的沈炯锋有一次让他永难忘怀的经历，那就是他参加了台湾光复的周年庆典。那天他和同学早上八点多一起赶到中山堂，看到蒋介石及其夫人宋美龄，台湾行政长官陈仪及其夫人并排站在观礼台上，蒋介石还做了演讲。台下观望的群众在广场上坐得满满的，人潮涌动，伴随着演讲，人群中时时爆发出一阵阵热烈的掌声，台上、台下一片欢欣鼓舞，人人都很兴奋，手中晃动着小旗子，高声欢呼，共同庆祝台湾光复。沈老还回忆说，当时他回去后街头巷尾都在谈论此次光复节，很多人都对他说："现在台湾光复了，我们都是中国人了，大家都是中国人了！"激动、自豪之情溢于言表。

沈炯锋生于1927年，1945年毕业于共荣学院，1946—1947年到台湾教书，1947年回到厦门，曾执教厦门一中，厦门八中（现双十中学），1982年负责创办厦门第十一中学，并任校长，1988年退休。并于1987年组织厦门一中抗战时期同学会，任理事长，同时兼任厦门一中校友会副会长，一直至今。

厦门学子为台湾战后重建尽心竭力

　　厦门文史专家洪卜仁先生在谈及厦门和台湾光复的关联时说，台湾光复后，厦门为台胞返乡发挥了重要作用，可以说圆了台胞的回乡梦。

　　光复前，台湾同胞深受日本侵略者的压迫和蹂躏，而厦门成了他们的避难之所。光复后，厦门又成为散布在闽南各地台胞返台的最大集中地。当时居住在厦的台胞有七八千名之多。光复之初厦门政府应台胞要求，先后将在厦门和从各地聚集来厦的台湾同胞分四批顺利护送返台。

　　洪老还告诉我们，厦门与台湾特殊的地缘、血缘、亲缘关系，使之成为光复后台湾对大陆通航的首选城市。此后厦台之间间隔了半个世纪之久的正常往来重新恢复。洪老说，当年，欣闻台湾光复喜讯，厦门各界人士同样激动不已，热烈庆祝。当时许多年轻有为的厦门青年在得知光复后的台湾百废待兴、各项建设亟须人才的情况后，纷纷要求赴台支援光复后的各项建设，尤其是台湾光复后的一段时间，厦门大学的毕业生纷纷奔赴台湾工作，表现了大陆与台湾同胞之间深厚的骨肉情谊和血肉联系。

厦门大学新貌

海沧宁店村
自古滨海涉侨台

海沧温厝宁店自然村是一个非常古老的村庄，这里有明代的龙山宫，有建筑精美的古民居，还与台湾及海外有着紧密联系的历史渊源。现在，村庄将要在城市化进程中产生巨大变化，为纪录古村古老的历史故事，我们走进她的深处，探寻到了许多意想不到的发现。

龙潜古地神仙居，龙山宫里负载了太多的两岸人文故事

地理变革：龙山宫前曾经是一片汪洋

如今站在温厝宁店村龙山宫前，很难想像在一两百年前这里曾经是一片汪洋，大大小小的船只可以驶到龙山宫前面，在那里停泊靠岸。也正因为这种独特的地理形势造就了宁店的一方人文。据村里的李振合老人讲，由于这种地理上的便利，当

宁静古村海沧宁店，清朝就用上了"自来水"

年修建龙山宫的时候，很多建庙的原料可以很方便地从台湾、南洋运到这里。李老先生指着宫里粗大的房梁、廊柱告诉我们，这种名贵的古樟木料就是经由海路从台湾运到这里的。

村里的程乌老人说，在很久以前这里还有很多古码头，如今古码头的遗迹已经被林立的楼房所湮没。老先生还是绘声绘色地为我们描述了昔日古码头的繁华景象。他说当年台湾、南洋的商船运送物品来这里贸易，当地的商人也会从这里出发运送瓷器到外面交易。正因为商贸的繁荣，引得很多乞丐在这里"安营扎寨"，当年流传着一个"乞丐营"的故事。在这里行乞的乞丐很多，他们的势力也很大，这些乞丐们还争相传颂着一副对联"官居一品郑元和，位列三公吕蒙正"，什么意思呢？这是乞丐们在炫耀他们中间也出过"人才"。

程老说，也是由于这种地理上的便利，使得宁店的人们可以非常便利地驾船出海，村里当时只剩下妇女、小孩留守家园，男人们大都过台湾、下南洋去开拓事业。也就在这时候形成了宁店跟台湾，跟海外难以割舍的渊源关系。

古宅故事：清朝官府专门立碑禁扰民

当我们在这里深入了解才发现，其实不仅龙山宫有许多有趣的故事，这里的很多遗迹都有丰富的内涵，其背后都掩藏着一段鲜为人知的故事。由海沧区政协委员廖艺聪先生和村里的老人带路，我们驱车来到一座历尽沧桑而光彩犹存的李家古庭院，这里是祖籍宁店的荷兰商人的故居。房东，也是李家第四世孙李炳焰先生，他为我们揭开了这座古宅的秘密。李炳焰先生说，当年他的先祖阔别家乡，从海路到欧洲经商，在那里经过多年的打拼，创下了一片基业，并把一大笔钱带回家乡修建了这座豪华阔绰的宅院，由此还引出了另外一段故事。

李家把在荷兰经营积累的钱除了用于建造家园外，还用一大笔钱来重修了村里的龙山宫。而且有一位名叫李康杰的先祖还决定回村娶亲，但是正当要举行婚礼的那天却遇到了"乞丐营"的刁难。苏登波先生说，古时这里举行婚礼要请人抬轿子迎新娘，而这时丐帮都会乘机勒索。他们看到李康杰是从国外回来的就故意难为他，李康杰就把这些告诉了哥哥李康泽。于是，李康泽通过当时的荷兰使节照会了清朝政府。这件事惊动了官方，漳州府海澄县正堂立即严禁类似事情再发生，并告诫当地人，对这些外国华侨不能歧视，不能够找他们的麻烦，尤其是"乞丐营"不要再惹是生非，不要因为李康杰是从国外回来的就欺负他。这段故事被刻录在了一块"示禁碑"上，如今石碑完好地保存在龙山宫里，成为近代中国正确处理涉外事务的见证。

"示禁碑"是近代中国处理涉外事务的见证

龙山宫里的精美壁画

村中的古神轿

两岸情缘：台胞回乡寻根祭祖

　　村里的苏登波先生说，正是由于宁店历史上通向海洋的便利，在台湾、海外有着许多宁店人的后裔，近年来台湾或海外回来寻根问祖的人多了起来。李振合老人告诉我们，在台湾高雄有一位李发山先生，他就是海沧宁店人，早年到了台湾。李发山先生有着浓厚的思乡情结，他无时无刻不记挂着自己的故里海沧宁店。他在台湾出任了海澄（海沧历史上曾属海澄县）同乡会理事长，在台湾有很高的声望。当台湾同胞可以回大陆探亲时，李先生满怀对故土的深深眷恋之情回到宁店，感受到了家乡亲人的热情和至真至诚的亲情。李先生第二次回来家乡的时候，他把自己的儿子也带回来了。他就是想要自己的后代子孙永远记住自己的根在这里，只有找到了自己的根才不会有漂泊的孤独感。李扬旗老人说，李发山先生回到台湾后，向在台湾的海沧乡亲讲述了自己的寻根之旅，介绍了家乡翻天覆地的变化，在他们当中产生了很大的影响。后来，许多根在海沧的台胞纷纷回乡探视、寻根祭祖。

　　当我们来到宁店的李氏宗祠，许多村民纷纷围着我们诉说台湾同胞回来祭祖的那一幕幕生动场面。我们似乎看到了台胞们回到家乡，触摸故乡泥土时的那种无法用语言描述的感人情景。尽管这里将要在城市化改造过程中发生巨大的历史变迁，但是根在宁店的台胞与这里难以割舍的血缘关系是不会改变的，它可以穿越历史成为人们心中的永恒。

　　龙潜古地神仙居，龙山宫里负载了太多的两岸人文故事。

村中古厝百年前就安了避雷针

两岸 文脉连
中华街区铭记忆

　　中华街区里不仅蕴藏着厦门的"文脉"精髓，同时也蕴藏着厦台历史渊源的诸多沉淀与精华。在该街区迁建拉开序幕之际，市有关部门对保护和抢救其中有关文物特别是涉台文物进行了积极有效的工作，市博物馆的工作人员更是深入其间，了解第一手材料、掌握第一手情况。我们随着博物馆人员在老街区里的一条条小巷中匆忙地穿行，去寻找那远离了的记忆，并在王人骥故居发现了一段台厦两地割不断的历史情缘 ……

石壁街的王人骥故居

虔诚阿婆祭拜中华街区里的"石狮王"

惊喜：小巷深处，发现名人故居

　　石壁街虽然名为"街"，实际上只是厦门老城区中华街道里的一条全长仅260米的小巷。我们从繁华的中山路拐进石壁街，仿佛是进入了另一个世界。小区内幽静祥和，闾巷纵横交错，漫步而行，在一排枝叶茂盛的树木前，我们停了下来。眼前是一座隐藏在现代民居之中的独立院落—清末民初著名的台湾举人、收藏家王人骧的故居。我们敲开了主人家的门，开门的是一位年过七旬的老先生，当我们表明了来意后，他立即亲切地迎我们入屋，随口很平淡地说了一句："王人骧就是我的祖父。"这意外的惊喜顿时让我们精神一振，我们预感到，眼前的这位"名人之后"王世昌先生，将为我们讲述一些王人骧鲜为人知的往事。

　　这是一座典型的闽南传统民居，原是两落的四合院布局，现在仅存单落砖木结构，在靠大门的角落里立着一块毁坏的旗杆石座，显示着主人曾经的荣耀。古代，一般只有举人、进士以上功名的人才可以立旗杆石，而王人骥正是清末光绪年间的举人。

院落里有四棵百年古树，据王世昌先生介绍，其中两棵是杨桃树，结的果实一酸一甜；更奇特的是另外两棵莲雾树，会结出红色和绿色两种果实。王老先生不无自豪地说，在厦门恐怕是找不到比这儿更好的莲雾树了。院落右侧是一个花瓶形状的边门，虽然久经岁月已有些斑驳破旧，但仍依稀可看出当年的幽雅精致，由此也可想见当年主人的高雅情趣。正厅木门上刻着精美的雕饰，据王老先生说，原来正门上方还挂有一块"文魁"匾额，可惜已经损毁了。我们来到古色古香的正厅，只见两边墙壁上挂满了字画，而右侧墙壁最靠外的地方则是王人骥的一幅画像。画中的王人骥正值盛年，看上去气宇轩昂，沉着睿智的神态中隐隐透露出一股坚定。

故事：同船回厦，三家望族结深谊

在厅堂坐下之后，我们便迫不及待地请王老先生为我们讲述其祖父王

古牌坊

人骥的故事。

王人骥祖籍台湾台南的安平县，1895年中日甲午战争后，日本侵占了台湾，富有民族气节的王舜中（王人骥之父）一家不愿成为亡国奴，遂举家内渡，"归籍龙溪"，定居厦门。而令我们想不到的是，王老先生说，当时同船内渡回厦门的还有卢立轩（卢嘉锡曾祖父）一家、黄鸿翔（黄启巽的父亲）一家。

卢嘉锡是一位在海内外都享有崇高声望的科学家和教育

具有闽台传统的"蚶壳井"

家，他的原籍台湾台南。日本侵占台湾时，卢嘉锡的曾祖父卢立轩毅然放弃全部家产，率领子孙回到大陆。1915年10月卢嘉锡出生在厦门，但他依然把台湾当作是自己的另一个故乡，对台湾感情非常深厚，临终时仍念念不忘地嘱咐家人把他的骨灰洒在台湾海峡，希望能早日看到祖国统一。而著名的爱国台胞黄启巽先生（曾任市台联名誉会长），其祖父是台湾的航运界和商界巨子，由于支持台胞抗日，失败后不得不举家从台湾逃到厦门避难。就这样，原本素不相识的三家人，在故土沦丧之时，因有同样的遭遇，怀着相同的悲愤之情和赤子之心，走到了返回祖国的同一条渡船上。他们的相遇似乎是偶然的，但又包含着必然的因素。因为日本占领台湾后，许多富有民族气节的台湾士绅都纷纷内渡，除林尔嘉、林祖密等大家族外，还有著名诗人林鹤年、施士洁、许南英以及卢心启、蔡谷仁、胡南溟、林朝崧、卢振基、魏绍英等家族，分别定居厦门和漳州、泉州，致力于地方的经济、文化和教育工作。

此次的"同船之缘"使三家人成了莫逆之交，这其中既有同为台湾故乡人的惺惺相惜，也有身为中国人的血脉相连，更有爱国士绅的志同道合。据资料显示，王人骥和黄启巽的父亲黄鸿翔曾共同参加过收回厦门海后滩的反帝斗争并最终取得胜利。王老先生说，祖父王人骥的最大心愿，就是等台湾光复后再回故乡看看，而黄鸿翔也希望等胜利之后，黄启奥能带着他回台湾安度晚年。但遗憾的是，他们的愿望都没能实现。直至今日，王、卢、黄三家仍保持着密切的联系，王老先生说，他恢复台籍的时候就是卢嘉锡为其做证明人的。

情缘："台湾举人"，全心投身厦门建设

王人骥来到厦门后就住在石壁街。风华正茂的他凭着才学，并在回大陆后受两名高儒的指点，很快便在福建乡试中考中了举人，随后又在光绪二十八年（1902年）赴日本早稻田大学学习法政，毕业后到了北京，被任命为法部会计司主事，授"中宪大夫"，并官加三级，后晋升为员外郎。王老先生说，他曾亲眼见到过朝廷颁给祖父的圣旨，以及写有"大清国留学生"字样的证书，这说明当时王人骥是公费留学。他还说，厅堂里原来还挂有张謇（清代状元）送给王人骥的书画，以及梁启超、康有为、柳亚子等人所赠的题字，可惜这些珍贵的文物或在文革中被烧毁，或因其他原因遗失了。

后来，王人骥因父母年高返回厦门，受兴泉永道台刘庆汾之聘协助新

政。1912年任思明中学校长，大力改革教学制度和教材，增设英语、音乐、体育等课程。王人骥在厦门期间，致力于地方教育事业、市政建设和文献的收集整理，为厦门的发展尽心尽力，是社会上享有名望的贤达；并曾得到民国大总统黎元洪亲手题写的匾额"孝德永彰"。

当时，石壁街附近居住着许多厦门的文化名人，如创办厦门女学的陈桂琛、文化名人李禧、诗人柯伯行、收藏家林采等。王人骥与陈桂琛、李禧的交情

台湾举人、收藏家王人骥像

尤为笃厚，王老先生至今还记得在他小的时候，陈、李二人几乎天天到家里来，与祖父品茶闲聊，相谈甚欢的情景。

王世昌老先生原先在广西从事教育工作，上个世纪八十年代退休后回到了厦门老家。对于这座外人眼中的"名人故居"，他感受得更多的是亲切与平实。他说，他的祖父王人骥共有三个儿子，父亲排行老大，但是，由于在台湾还有伯祖父（也就是王人骥的哥哥）的后代，因此在家谱中，父亲排行第四。这种厦台两家共同排辈的方式，使我们再一次强烈地感受到：不管是地理的阻隔还是人为的障碍，都无法割断两岸人民的骨肉亲情。正可谓是"树高千尺不忘根，两岸文化脉相承"！

Part 2　感受 "两门" 情

青屿 灯塔
为两岸和平导航

　　青屿灯塔是厦金海域现存最古老的灯塔之一，有关文物部门已将其申报为文物保护单位。拥有130多岁高龄的它仍是一位永不下岗的海上指路人。在厦金海域航运日趋热络的情况下，它与其他"灯塔兄弟"担负起了为和平导航的使命。当春天来到的时候，我们特赴青屿拜见这位"灯塔长者"……

海上望青屿

青屿大担，姊妹塔留传奇

　　青屿灯塔就坐落于青屿岛北面突出斜坡岸边，与对面大担诸岛形成犄角之势。青屿与大担诸岛直线距离不过三千米左右。历尽沧桑的青屿灯塔塔门上方镌刻着"1875 D. M. HENDERSON ENGINEER"（大意是1875年工程师HENDERSON设计），塔身为花岗岩结构，八角形，塔身有门可进入其内直通塔顶，塔顶设有航标灯。

　　青屿灯塔并不是厦金海域上最古老的灯塔。据说，厦金海域上最古老的灯塔是大担灯塔，它建于1863年，比青屿灯塔还早12年。当时，并没有专职的灯塔工作人员，每当夜幕降临，大担岛上一座庙宇的和尚就爬上南山的峰顶，在一处用石块垒砌的原始灯塔上，点燃一盏油灯，为在黑夜里来往的船只助航，这是厦金海域的第一座航标，后来在这个地方也建成了巍峨壮观的灯塔。这之后，厦金海域的航标逐渐增多，它们为各地来厦的或经过这一海域的船只指向助航。

　　1875年，青屿灯塔建成之后，和大担灯塔成为名副其实的一对"姊妹塔"。可惜当我们站在青屿灯塔前，眺望大担的时候，大担诸岛清晰地展现在我们面前，却完全见不到大担灯塔的踪影。原来大担灯塔消失在两岸

青屿灯塔与咫尺相望的大担诸岛

巍然屹立的青屿灯塔历尽沧桑

1875
D.M.HENDERSON
ENGINEER

对峙的硝烟之中，令人不胜感慨！

见证历史，从炮战到和平

　　在海峡两岸对峙的那段时间，青屿岛经历了历史硝烟的洗礼。岛上房屋全部被毁，惟独灯塔躲过那场浩劫，仅在塔身留下八处弹痕，而灯塔却岿然不动。因此，灯塔实际上也是青屿岛上最古老的建筑。灯塔也就因此成为幸运儿，而它最幸运的应该是，不仅见证两岸从对峙到和平，而且至今还担负起为和平导航的重任。

　　饱经沧桑的青屿灯塔，历经一百多年风雨见证了海峡两岸从对峙到和平的历程。1958年炮战之后灯塔长期闲置，直至1974年7月重新维修，恢复了发光。1983年青屿灯塔移交交通部上海海事局厦门航标处管理。交通部海事局投资对沿海灯塔进行了修缮和改造，青屿灯塔也随之重焕生机。1999年5月，这座百年老塔装进了TRB－400型美国进口灯器，射程达18海里。2001年元月厦金航线开通，它逐渐成为海峡两岸往来的"黄金通

道"。而大担岛附近海域，是厦金航道的厦门段。青屿灯塔就地处此段的咽喉位置，因此其现实意义更加凸现。2005年7月间随着JX11号航标的成功抛设，厦金航道厦门段10座航标全部抛设完成，从而实现了厦金航线厦门、金门航道的成功对接；而金门方面也已完成金门段全部10座航标的抛设，此次顺利完成航道航标工程建设，对改善厦金航线通航环境，促进海峡两岸经贸发展和人员往来具有重要的意义，掀开了海峡两岸交流的新篇章。如今，青屿灯塔的能源也已改为电力供应，并配备自燃灯罩，其光度得到加强。不管刮风下雨，寒冬炎夏，它都默默地点亮自己，照亮别人，引导着无数船舶在厦金航线上安全畅行。

如今，这座距今已有百余年历史，至今依然伫立在厦门港门户的灯塔，仍旧昼夜护佑着中外船舶安全进出厦门港。这位尽忠职守的海上"守望者"，犹如厦门港口的一颗耀眼的海上明珠，又如厦门港的迎宾塔，昼夜在那里迎来送往。

大担诸岛近景

沧桑灯塔，成为人文载体

　　青屿灯塔历经130多年风雨和枪弹的洗礼，仍然完好无损，是与航标处、驻岛官兵的精心呵护分不开的。青屿岛上驻扎的官兵对灯塔爱护有加。一茬茬的守岛战士不断地登岛、离岛，吴连长说，官兵们对待灯塔就像对待自己的武器那样爱护，灯塔的灯泡坏了，会有战士立即换下来；灯塔的灯脏了，战士们会很快将它擦洗干净；灯塔运行出现故障了，战士们会很快进行维护，在最短的时间内让它恢复运转。彭教导员还为我们讲述了一个关于战士们爱护灯塔的故事。1999年的一次强热带风暴严重影响厦门地区，青屿岛首当其冲，岛上的灯塔就成了重点保护对象。战士们冒着惊涛骇浪坚守着，防止灯塔被台风毁掉。当时条件十分恶劣，台风一连持续几天，战士们去吃饭时都要匍匐前进。尽管如此，青屿灯塔虽经台风肆虐，却丝毫未受到损坏。

　　刘中校说，青屿岛上驻守的官兵，经常开展一些爱国主义题材的教育活动、文娱活动，他们常常会将背景选在这富有象征祖国和平统一意义的灯塔旁边。在新千年来临之际，岛上官兵配合中央电视台，录制了新世纪盼和平盼统一的有关节目，新千年的第一缕阳光同时照在了大担、二担和青屿岛上。青屿灯塔下荡起和平之波，岛上官兵以此向对岸同胞表示祝福的心愿。

两位部队领导告诉我们，新春又将临近，他们已经在筹备相关迎新春的活动，到时相关节目也是与灯塔分不开的。这座灯塔有历尽沧桑的身世，融入了驻岛战士、航标处工作人员的心血与情感。可以说是一个负载了厚重人文的载体，有它特殊的文物价值和文化意义。

金门"太武号"首次直航厦门（摄影/朱庆福）

寻访 跨越
厦金的朱子行踪

　　2006年的初春，在纪念厦金旅游一周年、厦金直航五周年之际，金门采风协会的黄振良先生提供了一条独家信息：金门将重修当年朱熹讲学的燕南书院。朱熹是位足迹涉及金厦两门的历史文化名人。这条信息可以说向我们提示了两门旅游，特别是特色游方面，还有许多发现和发展的空间。我们特追寻了一段朱熹赴金门的故迹，亲历了一次跨越千年而意犹未尽的特色之旅。

大嶝古码头，隔海"访朱熹"

　　大嶝岛上的古码头，可谓历尽了千年的沧桑。当我们驱车至古码头，尽管是多云天气，能见度不是很好，但站在古码头上，向海面远眺，金门

大嶝金门一水间

同民安关隘遗址

岛的整个轮廓还是清晰地呈现在我们眼前。

　　岛上的老一辈对我们说，远在唐宋时期，这里就有通航金门的码头。这处老渡口千百年来一直是通向金门的最佳渡口，他们年轻时海峡两岸没有人为隔离障碍，大嶝、金门民间往来频繁，用木船摆渡到对岸的金门，也无非是个把小时。对当地文史颇有研究的张天骄先生则对我们说，这个地方很可能就是当年朱熹浯岛采风的扬帆处。据《金门县志·沧浯琐录》记载："朱子主邑簿，采风岛上，以礼导民，浯即被化，因立书院于燕南山，自后家弦户诵，优游正义，涵咏圣经，则风俗一不变也。"燕南山即太文山，是金门西半岛地势最高耸处，据说书院设于山麓古丘村。我们用电话采访了金门的黄先生，他告诉我们，朱熹在金门的遗迹除了燕南书院外，还有朱子祠和浯江书院。清乾隆四十五年（1780年），驻金门的通判要移驻马家巷（今翔安马巷镇），金门人黄汝试便捐款买下了整座通判署，改设立为浯江书院，在书院内塑朱子像并配祀宋代闽南乡贤许升、王力行、吕大奎（南安人）、邱葵（小嶝人）；后来，又增加配祀明代翔安乡贤林希元及金门乡贤许獬，这就是金门最早的朱子祠。1968年，金门开展"推行中华文化复兴运动及保存历史文化与乡土文献"活动，浯江书院及朱子祠得以重葺一新，台湾省国学大师钱穆题额"朱子祠"，旁挂朱子题书轩联："立修齐志，读圣贤书。"

　　行程中，阵阵海风向我们袭来，让我们觉得有几分寒意。由此联想到当年，金门岛是"四向沧波"之地，朱熹冒险渡海，"以礼导民"在岛上办学是多么的不易，才使得"此地山林"成了"他日儒林"。至今朱熹仍受到金门民众的崇敬，"人犹知敬信朱子之学，颇知以气节自励"，可见中华文化的深厚影响并不会因人为的隔离而改变。此时此刻我们多么想跨海而过，去亲历一下金门岛上的朱子遗迹。可惜的是，尽管现在有金马游的项目，但对厦门人来说，手续仍然繁复。黄先生告诉我们，倒是厦门方面宽容大度，金门同胞要到厦门来很容易，他说他很想到翔安来拜谒朱熹的遗迹。他告诉我们，在翔安的小盈岭不仅有一处朱熹的遗迹，而且那里的古道还是科举时代金门学子赴考的必经之地。于是我们又驱车驰向翔安、南安交界处的小盈岭。

同民安关隘，学子足迹在

小盈岭上最著名的古迹是同民安关隘，它位于厦门、泉州交界处的古驿道上。南宋绍兴年间，任同安主簿的朱熹，来到小盈岭时，见山岭两翼高山夹峙，形似漏斗，大风由此直入，行人和村民多受风沙之害，便建石坊，以补岭缺，并手书"同民安"三字作匾额，现在匾额仍完好地镶在关隘上。我们来到关隘时，看到在同民安关隘周边，翔安有关部门已经着手对关隘周边的景区环境进行美化。这时下起了小雨，我们立马感觉到这里的风比山下大了许多，气温也低了一些。在关隘旁，有几株大榕树，据说是当年朱熹手植。关隘后，有一方石碑，上书："南安同安交界处"，一条古道呈现在我们面前。当地的许太极先生告诉我们，这条古道历史悠久，古泉州府同安县的公文都需经此地传

朱熹塑像

递到金门，科举时代的金门学子也都是乘船到翔安（古同安），然后步行上小盈岭，从小盈岭进入泉州赴考，有的还上福州参加"省考"。我们走进古道，踯躅在满道的荒草荆棘之中，体验着先人艰苦的跋涉，蓦然发现小盈岭的山脚下已开通了一条崭新的大道，大道上的一个广告牌写的是泉州某某企业。原来，就在这"一步"之间，我们已经到了泉州地界，不过几十米的行程，我们就横穿了厦、泉两地。回到小盈岭上，许先生还告诉我们一个有趣的现象，他说："你们都带有手机吧。在关隘前手机还是厦门服务区的信号，过了关隘，信号就马上变成漫游了。"同行中有人马上拨机一试，一个站在关前，一个站在关后，相距不过十米，拨通信号，果然变成两地通话。

朱熹主簿同安任内，曾两次渡海到金门，留下《游金门》诗云："此日观风海上驰，殷勤父老远追随。野饶稻粟输王赋，地接扶桑拥帝基。云树葱茏神女室，冈峦连抱圣侯祠。黄昏更上灵山望，四际天光照碧漪。"我们采访行将结束时，也已是黄昏，但小盈岭下的大道上，却仍然是车水马龙。由于地理之便，现在许多金门企业家都喜欢在翔安或泉州选择投资地点。当年金门学子来到这里是为了赶考，而现在，络绎不绝的金门同胞台湾同胞则是前来投资、旅游和凭吊他们敬仰的朱熹。

游客 初揭金门
神 秘 的 面 纱

　　大约两年前的这个时候，在冬日的暖阳中，第一批福建游客登上了前往金门旅游的客轮。时光荏苒，当冬日的暖阳再次普照厦金海域的时候，人们开始纪念他们这趟载入史册的游山玩水。五十多年的隔绝，使原本近在咫尺的金门在这些老乡眼里显得如此陌生，品读他们的游记，我们感受到一种来自灵魂深处的感动，这种感动，来源于两岸间的血缘亲缘，也来自于岁月的雕琢，我们相信，这种感动，同样会萦绕在许许多多去过或者正要去金门的大陆游客心间。

福建居民赴金门地区旅游活动首日

五朵金花带你游金门

金门有什么？除了美丽的风光、醇厚的高粱酒、神秘的坑道还有美丽的导游。在纪念金门游开通一周年的日子里，我们请出五位美丽的导游，让她们带您走进神秘美丽的彼岸金门。

藏甲兵于九地之下

Hello，厦门的朋友大家好，我是来自金门育升"国旅"的导游蔡容英。有一些朋友将渡海到金门来游玩，那么我先来介绍一下金门旅游的特色路线之一：地下坑道探秘之旅，看金门坑道如何藏甲兵于九地之下。

战地观光是金门旅游的一大特色，主要景点有翟山坑道、四维坑道、马山坑道、琼林坑道等。现在先着重介绍翟山坑道和四维坑道。翟山坑道位于金门岛上的古岗湖东方翟山腹里，于1961年开挖，共费时5年时间完成，可由陆地通往海面。坑道为A字形，分为陆地坑道及水道两部分，全由花岗片麻岩穿凿而成，可耐炮弹袭击，内建兵舍。陆地坑道全长101公尺，宽6公尺，高约3.5公尺；水道总长约357公尺，宽约1105公尺，高度有8公尺，可容纳40艘小艇驻泊。该坑道为当年国民党军队开凿，用于从海上接驳从台湾运进金门的军粮补给，再从坑道转运军营之用，是一处重要的军事基地。

再来看小金门岛上的四维坑道。它又名"九宫坑道"，位于烈屿岛东南方四维和九宫之间的岬角内，与翟山坑道并称"金门海岸坑道双奇"。

金门地下坑道

金门水头码头

金门古厝

坑道为丁字结构，共有四处出海口，是防御金烈水道的重要据点，总长约790公尺，规模比翟山坑道大了将近一倍。四维坑道曾是台湾海军两栖舰队驻守金门区小艇大队的所在营地，目前已由军方移交付"金门国家公园管理处"保存和维护。

长天碧水鸬鹚飞

大家好，我是厦门旅游集团的李燕，现在轮到我来当导游，为大家介绍金门的生态旅游了。金门的地理环境得天独厚，近300种野鸟中，有不少是台湾地区未曾出现或较少见，而在金门却是常见的留鸟（如戴胜、玉颈鸦）、候鸟（如四声杜鹃）和过境鸟（如凤头燕鸥）。金门也是每年冬季候鸟南来北往迁徙的最主要中继点。其中最吸引人眼球的是鸬鹚：体型大、数量多、极易观赏。当成群的鸬鹚晨昏往返觅食及停栖时，辄见长鸣经天，飞羽蔽日，点点鸟影在天空中不断地变换飞行队形，停留枝头的鸬鹚则张开双翼将沾湿的羽毛晾干，衬着红橙色的夕阳，壮观而优美。12月到2月是鸬鹚数量的巅峰，也是观赏鸬鹚最佳的时刻。最佳的观赏地点则是慈湖，只要站在慈堤旁的观景台上就可以清楚地看到它们飞行的英姿了。

金门还有可观的潮间带，主要分布在西海岸与北海岸，最具代表性的是浯江溪口潮间带。潮间带的生态资源非常丰富，有数不清的弹涂鱼、招潮蟹及各种无脊椎动物。涨潮、退潮时所有生物最为活跃，也吸引了大部分的水鸟前来觅食；是观鸟及观赏潮间带生物的最好时机。退潮时循水路往建功屿方向寻宝，说不定还可看到鲎及各种海葵。

每年11月到翌年3月，是金门举办"鸬鹚季"，推广赏鸟活动的生态旅游季节，如果您在这时候来金门，还可以一并品尝地道的金门高粱美酒以及螃蟹大餐。

从金门眺望厦门环岛路

碉堡艺术馆探奇

听两位同行介绍了那么多金门的战地观光景点，现在就由我，同样来自金门的金瑞旅行社的导游王雅施，来给大家说一说金门的碉堡艺术馆。战争结束后，金门遗留了许多废弃不用的碉堡。2004年9月11日，金门县政府邀请大陆旅美艺术家蔡国强先生精心规划了一项"碉堡艺术馆"活动，使碉堡群蜕变为一座座文化艺术馆，展现出旧碉堡的另类风华。

在现在的碉堡里，参观者可以游乐、看表演、喝茶、唱卡拉OK，艺术家们通过精彩的艺术创作，以绘画、摄影、戏剧等方式，将原本孤寂的碉堡改造成充满创造性的空间。如在肉眼可看见大陆厦门的一个碉堡顶上，新焊接成一个巨大的广播喇叭，从中伸出一块类似舌头的平板，让游客坐在喇叭内喝茶。以悠闲的姿态远眺原来身处的厦门，您将会有一种奇妙的感觉。不管是坑道，战备车道，还是碉堡，都值得您到金门一探究竟，亲身体验不同艺术空间里的动人呼吸。

海岸线抢滩体验之旅

各位厦门的乡亲大家好，我是金门育升"国旅"导游张百合，很高兴有机会向乡亲们介绍金门的美丽与魅力。和各位所熟悉的厦门一样，金门也有着曲折的海岸线和旖旎的海岛风光。现在，就让我带您走一遭金门水域，领略一番被历史加了点"调味料"的海滩风情。

金门有两大海滩，即南海岸与西海岸。南海岸从欧厝到成功一带，是金门最大也是最美的沙滩。在这里，您可以和家人戏水，与情人散步，自己动手摸蛤仔，和一群人一起牵罟。每年五月或六月的花蛤季和七月底八月初的抢滩料罗湾活动都会在南海岸的成功海滩举办，这些活动可以让您完全亲近海洋，亲自领略金门的海岸线是如何从戒严到解严。西海岸的慈堤外海是个很有意思的地方，退潮后，您可以赤脚踩在干净的沙洲上，欣赏夕阳和晚霞映照下变化多端的海水。如果您是冬天来金门，就能看到上千只鸬鹚归巢的壮观景象。要是还觉得这不够新鲜的话，那么您可以亲自

金门百货一条街

体验一下退潮时踩着石板路经由"海底"徒步从金门岛登上一公里外的建功屿那种"凌波而来，踏海而去"的神奇感受。金门海岸线上还有一种特殊景观"轨条砦"。轨条砦是昔日的军事设施，如今已成为独特的观光资源。

游了大金门，无论如何也不能错过同样精彩的小金门。小金门又称烈屿，面积不到15平方公里，素有"外岛中的外岛"、"前线中的前线"之称。小金门海岸地质景观优美，有猫公石、生痕化石等奇岩。岛上的环岛车辙道原为供战车训练行驶之战备车道，目前已整建为自行车环岛旅游专用道。在夕阳照耀下骑着车迎着徐徐的海风幻想自己驾驶着战车，是最好不过的享受了。

吃喝逛购斗阵行

大家好，我是厦门旅游集团的导游曹恒青。金门除了贡糖、钢刀和高粱酒"三宝"外，还有很多风味独特的小吃和特产。

金门最著名的小吃有广东粥、蚵仔面线、满煎叠、炒沙虫、紫菜蚵仔煎、芋头扣肉等，都是老饕们口耳相传的美味佳肴。抵达金门岛后，如果您还没有吃早餐，建议您一定要试试广东粥，再配一根刚炸出来的热热的油条，定会让您回味无穷。另外金门还有"二味"、"一珍"。"二味"即一条根、面线；"一珍"是陶瓷艺品。一口酥、马蹄酥、糯米酥等小茶点都是旅客最喜欢购买的金门旅游商品和土特产。现在台湾水果已经"登陆"了，但是如果您来金门，一定可以大饱口福。因为金门的水果种类繁多，有芭乐、柳丁、凤梨、莲雾、释迦……个大味美，而且好吃不贵。

知道了这么多好东西，那么该到什么地方品尝和购买呢？金门最主要的商业街是莒光楼、模范老街和民生路。最具特色的老街是模范老街，现在叫自强街，到金门旅游的旅客一般都是到这里买土特产，而且最地道的广东粥也在这条街上。买风狮爷，金门菜刀，喝奶茶，到这儿就没错了。

话要说一半，金门更多的精彩请您自己来体验，看红砖民居，观战地坑道，赏海涛鸟影，吃面线，买菜刀，品高粱酒……金门的乡亲邀您吃喝玩乐斗阵行。

金门滩头一角

直航金门
他首先找到亲人

　　厦金直航演绎了两岸亲情一幕幕的悲悲喜喜，也为两岸人民的交往写下了一页意义非凡的全新篇章。黄镜彤老先生一家与金门亲人亲情的再度延续，是两岸同胞亲情的缩影，也是两岸人民"五缘"关系的折射。

金门寻亲，亲人几乎多了近百人

　　见到我们，黄老先生显得特别高兴。他告诉我们五年来金门省亲的收获一直在不断增加，这些收获就是与一些亲友直接联系上了，与亲友之间的往来不断增加，两岸亲戚的关系越来越密切，这可是你们都还不知道的哦！像我的表弟蔡世炎，金门会亲之后，他显得比我更兴奋，几十年没有来往，他在家乡大家都知道他是"单丁

黄镜彤老先生（中）与金门亲人相会的情景

黄镜彤老先生在导游小姐的陪同下找到亲人并在祖祠前合影

独传"，这一下他知道了在厦门有这么多的兄弟，可高兴坏了，逢人就说："谁说我是'独传'，我有许多兄弟姐妹在厦门。"金门寻亲几年来，我家的金门亲人几乎多了近百人，要是没有五年前的这次特殊旅程，这些亲人可能就会永远地失去联系。

黄老先生深情地回忆了当时的感人情景。2001年2月6日，他与三弟黄汉钟先生、四弟黄泰安先生，应金门方面邀请，回到暌违多年的金门故土。

年逾古稀的黄老先生，已经在厦门居住六十几年了。1937年，日本侵略者在金门登陆，黄镜彤之父，时任金门海珠小学校长的黄清桂由于领导金门抵制日货会而遭到通缉。为逃避日本兵的搜捕，黄清桂举家从栖身的山后村海珠堂迁到了鼓浪屿。当时黄镜彤先生才7岁，他的三弟黄汉钟先生也只有5岁。

此次回到金门，黄镜彤老先生一行人的最主要目的就是寻访亲人。船到料罗湾，一上码头，黄老先生就急切地在人群中搜索，希望能发现一两张记忆中熟悉的面孔。尽管码头上人山人海，但他还是很快就在众人中看到他的两个舅舅！这多么令人欢欣鼓舞啊，同去的人都不无羡慕地说："你是第一个找到亲人的人，太福气了！"

海珠堂里，搜不尽童年记忆

到了故乡金门，找到了久违亲人，当然不能不到儿时的故居找寻一下曾经遗落在此的欢声笑语。在亲人的陪同下，黄镜彤老先生一行人重返了当初父亲任教、一家人居住的海珠堂。年纪稍长的黄镜彤老先生对海珠堂的古厝有着清晰的记忆，三弟黄汉钟小时候总是在其中一家门前的石板上睡觉。黄汉钟老先生听闻，兴致勃勃地跑到门前。门内出来一个年轻人说："这是我家，你们有什么事？"黄镜彤老先生微微一笑，缓缓说出年轻人几位父辈的名字，听得年轻人一愣一愣的。说起这件事，黄老先生依然开心不已，脸上洋溢着自豪的微笑，回忆里有淡淡的馨香。

到金门之前，病床上的大哥叮嘱黄家兄弟要帮他拍一张大厝天井水池

2004年12月7日，首批赴金门旅游的福建居民搭"同安号"从厦门和平码头出发

的照片带回来。是什么样的水池让他如此念念不忘呢？原来，黄家大哥小时候曾经掉进池子里，当时黄镜彤还被母亲背在背上。正在洗衣服的母亲发现孩子溺水，慌忙伸手去拉，差点让背上的二儿子也掉进水里。大哥被救上来后，已经没了呼吸，母亲连忙呼救。村里的一个婆婆让她赶紧把孩子鼻孔里的泥吸出来，但是年轻的母亲不敢，最后是婆婆救了孩子一命。这种"攸关生命"的事件，难怪会在他的记忆里烙下如此深的烙印。黄老先生说，他们回厦门后把在金门特别是海珠堂的见闻讲述给大哥听，大哥很高兴。现在海珠堂里的水池已经没多少水了，但它作为一段记忆将永远留在黄家人的心中。

了却心愿，延续了下一代亲情

采访中，黄镜彤先生颇得意地告诉我们，近几年来，他们几个兄弟都退休了，但却都有一项特殊而有意义的工作，那就是经常接待金门方面来的亲友。他们金门寻亲之后，金门方面的亲友接踵来厦，可算是他们的成就之一。亲情在隔绝了五十年之后，再度延续。黄镜彤老先生感慨地说："如果没有这次金门寻亲，等我们这老一辈人不在之后，一些至亲的后代根本无缘相见。现在我们的下一辈也有经常来往。"

"当初去金门，了却了我两个心愿。"他还说，"一是找到了久未联系的亲人，替父母拜谒了外祖父母的墓；另外一个就是再次看到了以前住的地方。但还是有遗憾，因为我们没有找到我们家的祖坟。最大的遗憾就是我大哥当时由于病魔缠身，最终没有机会再回到金门家乡。"但他留下了一首饱含深情的诗作："梦里依稀回故乡，偕弟来到海珠堂。古厝犹在人已空，幸好民俗换新装。"多少遗憾，多少欢欣，都融在这短短的四句诗里。

金门之旅还让黄镜彤老先生收获了一份额外的亲情。在四天三夜的相处中，陪伴他们的杨文萍导游深为黄镜彤老先生的乡情所感动，旅程将要结束时，杨小姐数度表现出依依不舍的情绪，有人就开玩笑要黄老先生干脆把她收下当干女儿好了，杨小姐也兴奋不已。"可惜我当初没带信物。"黄老先生说，"不过我回来后我们有用电话联系，她一直在电话里叫我'爸'。"结束了在金门的行程，黄老先生一行人在乡亲的欢送下登上了回厦的轮船。迎接他们的两个舅舅又到码头送行，轮船开动了，年迈的舅舅一激动还爬上两米高的护栏对着他们用力挥手。杨小姐和几个相熟的导游也聚集在护栏边，目送着轮船逐渐驶远，久久不去。

当黄镜彤先生从金门回来后不久，他的表弟蔡世炎按照黄先生留下的联系线索来到厦门进行了回访，世炎从金门来厦门找兄弟，难掩兴奋之情，拉着黄先生一路下来把厦门游览了个遍。他们在观赏厦门的美景时，总是用他们的眼光选取背景拍摄，有关海峡两岸人文的背景是他们一定要拍的，在游览白鹭洲公园时，在一块有石刻的巨石前，表弟忽然眼睛一亮，惊喜地喊道："找到了，找到了，我要拍的就是这个。"黄先生循声望去，原来硕大的石头上刻着两个醒目的红字："回归！"在这一刻，黄先生终于明白，表弟觉得最有意义的背景是什么，他想要把这种亲情、这种回归的感觉像"勒石为铭"一样永远地印下来，永远地镌刻在心中。黄先生看着在石头前兴奋留影的表弟在阳光下展开最舒心的笑颜，心头一热，感慨万千，其实，这也是我们兄弟共同的愿望回归！

黄镜彤先生1931年出生于金门，1937年秋日寇侵占金门后，随父来厦定居鼓浪屿。2001年2月作为首批福建省亲团的成员之一回金门省亲。

金门方面热烈欢迎厦门前来探亲的老大娘（梁伟 摄）

金厦 海域茗茶
清香溢两岸

　　2006年6月25日，厦金海域上演一场由厦门日报、福建省茶叶学会、两岸茶叶展示合作交易会组委会等单位共同举办的，精彩纷呈的首届"海峡情两岸海上茶王争霸赛暨两岸茶叶品牌推介会"。此次盛会吸引了多家强势媒体的关注，业内人士称，举办这样的活动将为弘扬茶文化和为海峡两岸品茶爱好者的良好沟通创造一个广阔的平台，对两岸茶界的交流和合作将具有重要的促进作用。我们登上了赛事举办地点"成功号"仿古游船，为即将举办的盛会揭开它神秘的面纱。

游客"成功号"上品茶

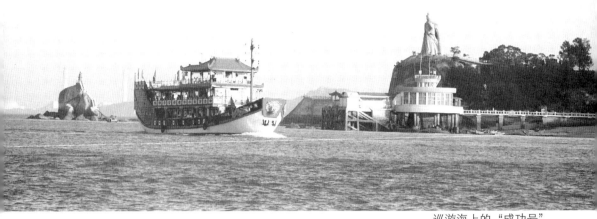

巡游海上的"成功号"

"成功号"上举办茶王赛

　　我们一行人在筹办组委会工作人员的指引下，来到位于和平码头，仿古游船"成功号"呈现在眼前，旗幡招展，真是威风八面。船头一个巨大的龙头，大有气吞八方之势，它将乘风破浪，巡游在厦金海域，承担起承载茶王争霸赛的重任。

　　赛事组委会秘书长李文举先生告诉我们，之所以选择"成功号"作为此次茶王赛的举办场地，目的是希望将中国几千年的茶文化和"成功号"仿古的雕梁画栋完美结合。"成功号"长期行驶其间的厦金海域，现在已经成为两岸间经济文化交流的重要通道，此次在驰骋于厦金海域的"成功号"上举办茶王赛，也可以给这条黄金水道增添些许茶文化的内涵，届时，来自海峡两岸的茶界朋友欢聚一堂，共同品读两岸共有、流传数千年的茶文化。

　　负责茶王赛场地工作的厦门波赛东海上旅游有限公司营销部经理郑立松先生说，届时将会在"成功号"两侧醒目的地方挂上有关"海

纤纤素手表演茶艺

峡两岸海上茶王争霸赛"等内容的标语，同时会知会金门有关部门，当"成功号"行驶到金门附近海域时，金门的同胞们可以将其作为一道特殊的风景进行观赏，一睹茶王争霸赛的风采。

品茶会、木偶戏、茶艺表演

李秘书长介绍说，他们的设想是将"成功号"船体的一楼布置成"品茶区"。在一楼大厅中间有一个高一米多的狭长平台，平台的中央将会陈列由两岸茶商、茶农提供的大量参展茶样。这些茶样来自福建、浙江、广东、安徽、湖南、海南、云南、四川、山东、上海、北京等17个省市及港澳台地区。茶样分为以乌龙茶为主的毛茶组和精制茶组，包括安溪茶组、台湾茶组、广东茶组、漳州茶组、武夷茶组、永春茶组、华安茶组，其他茶组为黑茶组、黄茶组、绿茶组、白茶组、红茶组及再加工茶组。这些参展茶样都是参赛者精心挑选的颗粒饱满的最佳茶品，预计将达到500多份。

在茶样的四周将设置多个专门的泡茶点，有工作人员负责冲泡，提供给两岸评茶员、茶艺师、茶商、茶农、茶艺爱好者等品尝。届时，在一楼还有精彩的漳州木偶戏表演，引人入胜，为茶王赛平添了几分雅趣。这里还将成为两岸茶商、茶友会面洽谈、切磋茶艺、品评茗茶的场所。

品完了茶香，组委会将邀请您到"成功号"的二楼去观看茶艺表演，茶艺小姐会为您当场献艺。整个表演分为高山流水、春风拂面、乌龙入海等程序，她们通过优美的动作演绎泡茶的程序，把您引入一个富有美感的艺术境界。观者可以观茶艺，品茶香，体会好茶香气的清新醇厚；细品慢啜，体会齿颊留芳、甘泽润喉的感觉，使人有一种置身于自然的山林中，浸淫在满室茶香里的感觉，平日都市生活的压力得以完全释放，彻底远离尘嚣，以达到身心的宁静。同时，茶王拍卖活动也将在这里举行，届时由中国国际星级茶王大赛知名评审专家评选出来的"茶王"，将会现场拍卖。拍卖场地规划在"成功号"的三楼，这时船行厦金海域，海阔天空，视野辽阔，扣人心弦的茶王拍卖与沧海碧波一起澎湃涌动，美景、香茶相得益彰，将构就厦金海域一幅别致的风情画。

茶文化融进了两岸情

历史上，闽台间"茶缘"源远流长，福建铁观音和台湾高山茶都是名扬海内外的乌龙茶的优秀代表。早在明清时代，福建安溪人在向台湾迁徙的同时，也把乌龙茶带到了台湾，成为两岸"茶缘"最好的历史见证。海峡两岸茶文化也是一脉相传，两岸同是炎黄子孙，共同承继着老祖宗留下的茶的生活智慧与经验。因此，两岸之间通过开展茶文化交流，可以让中华茶文化在双方彼此的努力下扬名国际、造福人群。

即将举行的首届"海峡情两岸海上茶王争霸赛暨两岸茶叶品牌推介会"，就承担了这样一种责任，茶文化被赋予了特殊的内涵。特别是这次盛会邀请了许多台湾茶业界的人士到会，包括茶商、茶农、评茶员、茶艺师、茶艺爱好者等，使得此次赛会将成为两岸茶业界交流的大好机会。

人们在细细品味两岸茶香的同时，乘着"成功号"仿古游船缓缓行驶在厦金航道上，欣赏着两岸旖旎的风光，更是独具深意，对两岸茶界间进行茶艺切磋，以茶会友有积极作用，对推动两岸茶业界在种植、栽培、技术交流等方面也具有积极影响。特别是茶王赛体现了两岸人民共同的茶文化习俗，藉由茶文化的交流，进一步增进两岸人民的情感，增进彼此的认同，共同为华夏子孙开拓更宽广的视野和创造最大的利益。

茶乡女欢唱茶乡歌

"成功号"上

再续厦台茶缘

台湾有茶源自闽

"年年春自东南来，建溪先暖水微开。溪边寄茗冠天下，武夷仙人从古栽……"这首范仲淹的茶诗，说明了福建茶历史的悠久。福建省是乌龙茶的故乡，有一千多年的茶文化历史。福建产茶最早的文字记载，见诸南安县丰州的莲花峰摩崖石刻，比陆羽《茶经》一书的记载还要早三百多年。而台湾近二百年来所产制的乌龙名茶，如冻顶乌龙、木栅铁观音与高山茶，其品种皆源自福建。

从历史上看，台湾茶叶生产的创始者，都是从福建移居台湾的先民。台湾南投县的冻顶乌龙，是在清咸丰五年（1855年），台湾举人林凤池从武夷山带了36株乌龙茶苗回台，种植于鹿谷山区的；木栅铁观音，则是清光绪二十二年（1896年），由安溪萍州村人张氏回乡时，将纯种铁观音引入台湾，在木栅樟湖山试种成功的。

现在，台湾省的全境皆产茶。东部有台东的鹿野与花莲的瑞穗，主产清香型乌龙。中部，则以南头鹿谷的冻顶乌龙最为有名。此地茶园开发较

各种茶具配件

早，制茶技术纯熟，有近二百年历史。在台湾海拔800米的山区，许多地方终年云雾缭绕，产制醇香幽雅的冻顶乌龙。而通往阿里山海拔1000—2000米沿途，则有高山茶园，产制量少质优的高山茶。台湾的南端，也有佳乐风景区的港口茶等。北部，自然是重要的产茶区，有著名的文山包种与木栅观音。但大多的茶，追根溯源，与福建茶都有千丝万缕的联系。不仅如此，在茶叶经销的历史上，厦门与台湾的关系显得尤为密切。

茶让厦台手牵紧

当福建茶让台湾的山山岭岭都飘起茶香之后，这一丛丛的绿色小精灵终于变成了台湾巨大的财富。在清同治七年（1868年）到光绪二十一年（1895年）间，台湾茶叶出口总值占台湾出口总值的54%，而当时台湾茶多数是从厦门走向世界各地。1882年到1891年的厦门海关十年报告中指出，茶叶是台湾对外贸易的第一大商品，也是台湾输往厦门的最大宗商品，台湾茶叶大量外销，厦门是其最重要的转口口岸。历史上，茶叶是台湾—厦门—国际三角贸易中引人注目的产品。据历史文献指出："茶固然是此地（指台湾）出产的，但茶叶商人都在厦门设有总店，生意都是在那里做的。"台湾学者林满红曾经在《茶、糖、樟脑业与晚清台湾社会》一书中指出："台湾茶叶的发展站，无异为厦门之分支……台湾的茶行、茶农多来自厦门，资金、技术多赖厦门供给。"连横的《台湾通史》则指出，台

"成功号"上看金门

湾茶业大兴，吸引了大量大陆茶商、茶工来台，但这些茶工主要是由厦门与潮汕商人雇佣的，"厦汕商人之来者，设茶行二三十家，茶工亦多安溪人，春至冬返。"史料中将到台湾制茶的安溪人与厦门

安溪茶都 交易红火

人视为一体，安溪近厦门，因此厦门茶商，应含安溪人。James W. Davidson 的《台湾之过去与现在》提到："而由厦门附近的安溪等之地方移民来，因其对茶有知识而得到利益。"

在历史的长河中，海峡两岸的茶业都随着历史经历着波澜起伏，但海峡两岸的茶缘愈结愈深。在当前两岸经贸往来越来越密切的状况下，茶能结缘，茶融交情，使得厦门扮演着更重要的角色。这次由厦门日报等单位主办的"海峡情两岸海上茶王争霸赛"实际上是承担了一种加深两岸情谊，促进两岸往来，沟通两岸情感的责任，同时也将是一场轻松欢快的两岸茶人的文化盛会。茶友们齐聚一堂，乘着"成功号"仿古游船缓缓行驶在厦金航道上，边欣赏两岸旖旎的风光，边品茗论道，可谓独具意境。

满山苍翠铁观音

纤纤素手
演绎曼妙茶艺

在民间，茶是备受海峡两岸民众喜爱的健康饮品，被雅称为"饮中君子"。随着两岸茶文化的发展，作为中国茶文化重要组成部分的茶艺也渐渐融入人们的生活之中。人们不仅可以品茶香、尝茶味，也能够观赏到茶之形，为品茗增添乐趣。"海峡情两岸海上茶王争霸赛"举行日期临近之际，我们来到厦门今日全国评茶师、茶艺师培训基地，采访了报名参加茶王赛的学员们，感受到他们学习茶艺与评茶的热情，也与他们一起领略茶艺的魅力。

李文举追本溯源说茶艺

茶起源于中国，至今已有将近五千年的历史了。作为中国传统文化重要的组成部分，中国茶艺历史悠久，内容丰富。

曼妙身姿舞茶香

　　茶艺是指品茗的方法及意境。茶艺始于唐代，由茶圣陆羽所提倡。我国的茶艺精神以"美健性伦"见长：美即美律，治茶时态度从容，连贯而下，能显示优美的旋律，造成最佳气氛；健是健康，为治茶之大本，茶质要好，水质亦要佳；性为"养性"，品茗时，由清趣中培养灵性，持之以恒并了悟禅理，为修身之佳法；伦则是说茶犹如桥梁，可和睦人际关系，增进情感交流。

　　茶艺乃是中国历史文化名人从长期的饮茶实践过程中，根据茶的特性及与饮茶紧密相关的饮茶环境、茶具配置、冲沏技能、品饮艺术等入手，再结合地方风俗、文化特点，总结出的一套饮茶礼法。它代表了泡茶的主人对茶文化的理解，或是主人、客人间的亲和与敬重。

美妙舞姿，诠释茶香

　　茶艺是饮茶生活的艺术化，有关专家曾说：茶艺，归根结底是一种泡茶与品茶的学问，是如何享用一杯茶的艺术。在采访过程中，我们与培训基地的学员一起，观赏了一段曼妙绝伦的乌龙茶茶艺表演，看茶艺小姐如何通过一系列优美的动作诠释杯中的一缕茶香。

茶艺的表演形式很独特，备好一方茶席、一张茶几、一套茶器，茶艺师就可以进行表演了。茶艺小姐先逐一介绍茶具，接着边翻动十指，动作灵巧地提壶举杯，边用甜软的语调念出一道道乌龙茶茶艺的程序：焚香静气，活煮甘泉；孔雀开屏，叶嘉酬宾；大彬沐淋，乌龙入海……每一道程序的名称都文雅得如同从古书中翻出来一般，听在我们耳里别有一番滋味。

茶艺表演的泡茶顺序其实与平常无异，只是茶艺重在"艺"字，因而带有浓厚的表演意味，演绎的动作相较之下也略显夸张。但也就是那翘起的兰花指，挥动手臂时那圆润的曲线才使茶艺与平常的泡茶方式区分开来，一招一式都能给人以美的享受。特别是将茶汤倒入闻香杯后，茶艺小姐耍杂技般一个"鲤鱼翻身"的动作，有急有缓，柔中带刚，三指成优美的雀首状，看得观者大呼妙哉。

饱览茶艺表演美妙景象的同时，我们也认真倾听着茶艺小姐对整个过程的详细解说。据茶艺小姐介绍，在茶艺表演中，泡茶的每一道程序都有其特定的内涵。比如将茶海中的茶汤快速均匀地依次注入闻香杯中的动作称为"祥龙行雨"，取其"甘露普降"的吉祥之意；当茶海中的茶汤所剩不多时则将巡回快速斟茶改为点斟，这时茶艺小姐的手势一高一低有节奏地点斟茶水，形象地称之为"凤凰点头"，象征着向嘉宾行礼致敬，在民间，这道程序称为"关公巡城，韩信点兵"。而令我们惊叹的"鲤鱼翻身"一式则借助了中国古代神话传说中鲤鱼翻身越过龙门可化龙升天而去的寓意。茶艺表演最后，茶艺小姐往杯中各斟了七分满的茶汤，余下三分是谓情谊，这又是中国茶文化的另一特殊内涵了。

以茶为媒，架构桥梁

观赏完醉人的茶艺表演，我们与学员们聊起了茶艺。来自武夷山的游国兰小姐原来是做服装生意的，趁此次茶王赛的机会来厦门学习茶艺，她认为学习茶艺可以使自己受到文化的陶冶，提高自我的品位。

从事旅游业的吴丽玉小姐既是来学习茶艺，也是来学习评茶技术的。她说她并不是想要做茶艺表演的工作，而是觉得茶艺很高雅，如果能将其与生活结合的话，日子会过得更有意思。还有一位远道而来的王雪小姐，她从黑

美人献茶艺，玉杯溢茗香

龙江特地到厦门学习茶艺与评茶。王小姐对我们说，黑龙江不产茶，也没有喝茶的习惯，但她一直对闽南的茶文化很有兴趣，来到厦门后更是感觉到茶与生活的联系密切，她这次来参加培训，就是为了进一步了解闽南的茶文化，提升自己的文化品位。

在采访时，学员们都表达了一个共同的愿望，他们说，闽台两地茶缘悠久，我们现在来学茶艺和评茶，还有一个原因，就是希望有一天能够以茶为桥梁，以茶为使者，密切两岸之间的交流，到时我们就能到宝岛台湾去交流茶艺了，这可是我们共同的心愿呢。

"TEA"源自闽南话

1905年，厦门海关有个税务司（职务），名叫包罗（C. A. Vbo Wra）。他曾用英文写了一本书，书名就叫做《厦门》（《Amoy》）。在书中他这样写道："厦门乃是昔日中国最早输出茶的港口。'Tea'这个字是由厦门方言的'Tey'字而来的，并非由中国其他地方的方言'Cha'字而来的。毫无疑问，荷兰人从厦门得到茶以后，首先将茶介绍到欧洲去。昔日厦门茶的输出甚为大宗，在1858年至1864年之间，每年输出的数量为四百至七百万磅，而后在1874年至1875年，竟有7,654,386磅的厦门乌龙茶运到美国。"其实，早在包罗对厦门的茶出口进行叙述之前，镌于道光十九年的《厦门志》在有关厦门对外贸易的记载中，就提到了茶是厦门对外贸易的主要商品之一。

茶缘——幸会茶艺小姐

高级茶艺师陈润娣小姐是厦门今日展览公司的员工，她来自茶乡江西婺源，由于深受茶文化的熏陶，从小便爱上了茶艺，后到江西一所茶艺学校深造，学习茶艺表演。在"成功号"上，陈小姐当场献艺，为我们表演茶艺，把茶文化演绎得出神入化。

陈小姐刚来厦门不久，我们问她对金门和对承载茶艺大赛的"成功号"将要通过的厦金海域有什么感受和认识时，她激动地说，能够参加这样一次茶艺盛会，她感到十分的荣幸，希望能通过此次盛会结识更多茶艺高手和高级品茶师，给自己提供一个增长见识和进一步学习茶艺的机会。她同时也表示，这是公司给她提供的展示才艺的一个绝好机会，她一定会好好珍惜，努力把最精彩的茶艺表演呈现给大家。

厦台茶礼，如出一辙

　　海峡两岸的中国人对茶可谓是情有独钟，中国人饮茶的历史可以追溯到几千年前。在明清之际，大批的闽南人前往开垦宝岛台湾，很自然地把源远流长的茶文化也带到了台湾。特别是闽台两地同样喜爱乌龙茶和闽南式的"吃茶"，因此可以说：茶为国饮，两岸同源。

　　时至今日，我们仍可以觉察到，闽台行为茶文化大同小异。行为茶文化是人们在茶叶生产、消费过程中约定俗成的行为模式。如："吃讲茶"，"施茶会"，将乐的"擂茶"，畲族的"新娘茶"，茶礼、茶俗及茶艺等表现形式。

　　安溪茶艺冲泡的十六道程序：山泉初沸、孟臣沐霖，乌龙入宫、悬壶高冲，春风拂面、孟臣重淋，若琛出浴、玉液回壶，关公巡城、韩信点兵，三龙护鼎、鉴汤赏色，喜闻幽香、初品茗汤，再斟玉液、品啜甘霖。这一种泡茶口诀也同样流传于海峡两岸，至今仍为海峡两岸的茶人所津津乐道。不仅如此，那些已经融入两岸民众生活之中的茶俗、茶礼在海峡两岸如出一辙。比如说，相亲时候的"压茶盘"、当新娘时向长辈奉茶、友朋相聚先泡一壶好茶……这些都可以让人们在茶的韵味中来感受这些愈结愈深的茶缘与亲情。

茶文化学者卢善庆：茶的背后是文化

　　"茶的背后是文化。"厦门大学卢善庆教授如是说。卢善庆是本届茶王争霸赛茶艺师评选活动的评委，也是对茶文化颇有研究的一位学者。他认为，茶和文化的关系有三层：茶叶是一种文化的载体，茶叶不纯粹是一种植物或者饮料，从丝绸之路到郑和下西洋，无不和茶叶有关；茶是一种文化现象，中唐之后，酒消茶兴，白居易等都是爱茶的人；茶有文化内涵，茶和那么多文化积淀、历史名人结合，摆在我们面前的一壶茶，怎么泡，怎么喝，都有很多故事。

　　作为茶文化，又和旅游有密切的关系，每个地方喝的茶不同，茶文化

古斋茶韵意无穷

也不同。我夫人是南安人，她从南安买了很多蜜饯，带回我的老家扬州，但是大家觉得太甜了，因为蜜饯要和酱香型的乌龙茶配，而扬州喝绿茶，茶配和闽南地区不同。各地对茶的要求和饮法都不同，每个地方都有独特的茶文化。我们要去无锡澡堂，一进去，跑堂的就问你，要红茶还是绿茶，通过体验茶文化可以体会地方特色，增加当地旅游收入，留住旅客。福建应当思考如何深层次挖掘茶文化，发展茶文化旅游路线，甚至到安溪、漳平的茶园旅游。

常有人来送茶向我"行贿"。有客人来，我先泡一壶好茶，客人觉得茶好，那就带走！以茶会友，和大家分享，"独乐乐，不如众乐乐。"

金门戏台
厦门戏班用武

　　近日，我们赴金门采风，在金门友人蔡先生、林先生指点下，我们走访了散落在金门深巷老街中的诸多戏台，这些绚丽缤纷的戏台，让人大开眼界，特别是厦门的戏班经常来金门演出，它们不仅为厦门的戏班提供了用武之地，更增进了两门民间的情谊。

看戏：金门人的"大事"

　　夜色阑珊，在走向金门金城镇的途中，蔡、林两位先生一路上娓娓道来，金门最精彩的戏台都隐藏在深巷老街之中，目前还没有哪家旅行社把她们列为游客的观赏点，可金门戏台却称得上是金门人文的精彩一瞥。未见戏台可要先说说金门人看戏。

厦门翔安吕塘戏校在金门烈屿演出

　　金门自宋明以来，蒙受朱子教化，民情守约习礼，对于庙会庆典、逢年过节的戏剧表演无不视为大事，原因为何呢？一方面，在看戏中民众能够亲自领受热闹欢愉之感，二则感受剧中情节，有教忠教孝、潜移默化之功。在

同样的乡音表演，吸引着金门乡亲

厦门翔安吕塘戏校赴金门前认真练功

表演生动 引人入戏

学校里没读过几年书的林先生坦言，他文化水平并不高，但做人守信用、讲礼貌等一些人生的基本道理，可以说都是从看戏中得到启迪的。另一方面，来金门上演的剧团均是闽南的歌仔戏、高甲戏、梨园戏等本土剧种，乡音乡语、地瓜腔调，入人心脾，许多人都能哼上几句，有的看多了、记熟了还能全剧背下，私下演练出能登台表演的水平。就目前而言，虽然有五花八门的娱乐形式进入金门，但看戏仍是许多金门人热衷的娱乐形式。每逢厦门以及闽南地区的剧团要到金门演出的消息一披露，许多戏迷都会翘首以盼，在村中、在人群中口耳相传，无须在媒体登广告。

戏台：鬼斧神工的杰作

　　边走边谈中，不知不觉进入了金门古城的范围。其实金门古城与厦门一样建于明代，而且同为名将周德兴所建，现在城墙早已不存，仅存一些地名。蓦地，一座精致的戏台呈现在面前，金门友人说，这是东门代天府

厦门小演员在金门演出

的戏台，台柱上有联曰：急管繁弦臻奥妙；曼舞娇姿更精神。台面虽不宽大，但台顶上的雕梁画栋却极工巧，夜色中，台上没有管弦，亦无"娇姿"，但品读戏台对联似乎"无声胜有声"。

金门友人说，西门的外武庙也有一座类似的戏台，南门天后宫前则是活动戏台，但最为精美壮观的要数北门北镇庙的戏台。我们兴致勃勃地赶往北门。未到戏台，但见远处灯光下露出峥嵘一角，五彩琉璃，燕尾高翘，不用说，这是戏台一角了。赶到台前，真是令人眼睛一亮，一座飞龙舞凤、巍峨壮观的戏台在小十字路口处展现出来。戏台为须弥座式，重檐歇山顶，极其富丽堂皇，歇山顶上一组组鎏金的戏剧人物雕刻活灵活现，尽管这时戏台并无演出，但那些凝固在戏台顶上的一组组雕塑也够你尽情观赏一番，真是鬼斧神工，叹为观止。

把目光转回戏台内，但见戏台后有两扇通向后台的门，门上分别镌刻着"出将"、"入相"并配有联曰：现身说法冠裳满座，妙语解颐粉墨登场。戏台的台柱上也各镌刻着对联，其中一副长联云"古今忠臣治政，国富民强，真真假假全作戏；世代贪官办案，争权夺利，是是非非成连台"。戏言戏语，耐人寻味。

金门古城之外还有诸多戏台。公园里的一座设计新颖的露天戏台，是节庆日演出民俗曲艺和当代歌舞的场地，戏台周边雕塑了水牛、巨蜥、鲨鱼等动物，营造了一种休闲场地的氛围；在金门县体育馆里，还有一座大型的室内戏台。前年厦门闽南话歌星李霖就曾在这个戏台上献艺，倾倒了许多金门观众。我们此行的当天恰是2005年的最后一天，当晚有幸在这个戏台前观赏了一场迎新年晚会，戏台上金门当地的明星们正在载歌载舞，台下人潮涌动，许多金门青年就在戏台前欢快地度过。

请戏： 缔结金厦深情

金门与厦门由于特殊的地理人文关系，很早以来，金门的戏台是厦门及闽南一带戏班的用武之地。早在近百年前，厦门金莲升高甲剧团及一些有名的歌仔剧团就常到金门演出。两岸人为隔离的那段期间，金门戏迷们仍念念不忘这些厦门剧团。两岸民间恢复往来后，厦门的一些剧团常应邀到金门演出。金门人把邀请剧团前来演出称为"请戏"。金门人讲究传统礼仪，被"请戏"的剧团到达时，都以隆重的礼仪接待。金门友人告诉我，现在厦门吕塘戏校常被"请戏"，一年中赴金演出好几趟。

目前，金门本地也相应组建了一些剧团，这些剧团有时还与被邀到金门演出的厦门剧团联袂演出，相互交流，逢这种盛况，金门称为"双台戏"。所到之处，人们扶老携幼，成群结队前往观赏，有的甚至连夜驱车赶往，有些戏迷跟随演出场地变换而日夜按时前往捧场。金门的戏台不仅为厦门的戏班提供了用武之地，还深深地增进了两门民间的情谊。

金门北镇庙的戏台

厦门戏叩开关闭45年的金门

厦门与金门相距不过4000多米，两地人民千百年来亲如一家。同根同源的文化背景使两地人民有着共同的爱好——看戏。

1931年，时属金门县的大嶝岛人谢天造，和金门、同安莲河几位乡亲一起，合股收购了泉南的天福兴高甲戏班，因为股东多数是金门和同安莲河的人，于是取金门之"金"字，同安莲河镇之"莲"字，加上以示吉祥的"升"字，取名"金莲升"。自创办以来，金莲升高甲戏班就经常在同安、厦门、金门一带演出。抗战胜利后，更成为闽南侨乡及东南亚侨居地驰名的高甲班。解放初期，金莲升在厦门、漳州一带巡回演出，最后在厦门定居。1953年，该班正式命名"厦门金莲升高甲剧团"。金莲升剧团聚集蔡春枝，蔡文坛、陈宗熟、林赐福等一批著名艺人，从传统戏《薛蛟充军》、《万花楼》等，到《审陈三》、《屈原》，到《金刀会》、《上官婉儿》，在不同的历史时期，剧团成员齐心协力，佳作迭出。

1994年3月，厦门市金莲升高甲戏剧团一行45人，在团长陈耕的带领下，赴台湾、金门演出，成为祖国大陆赴台湾演出的第一个闽南方言戏剧团体，也是自台湾开放祖国大陆演艺团体赴台演出以来第一个到金门演出的剧团。《中国时报》、《民生报》等台湾报刊纷纷报道过其时盛况。有的港台报纸甚至用了"厦门叩开关闭45年的金门"这样的通栏大标题。

从3月26日到5月25日，剧团先后在台北、基隆、台南、金门等地演出，观众约10万人次。4月7日，应金门民俗文化联谊会的邀请，金莲升跨海赴金门。当剧团到达后，当时的金门县长陈水在带着所有乡长、镇长、村长、里长和各界知名人士摆下盛大酒宴欢迎大家。金门的朋友祝酒致辞：金门厦门门对门，四十五年方相聚。

老人们热泪盈眶，年轻人欢天喜地，剧团的演出场场爆满，围观看戏的金门人中还有不少的驻地士兵，他们后来也打出"欢迎厦门亲人"的横幅标语。剧团本来没有到小金门演出的安排，烈屿乡的乡亲得知，派代表找到剧团，诚恳要求："我们小金门面对厦门，背靠大金门，与你们最亲了，多年不见，说什么也得去演几场！"剧团领导和演员都被感动了，特地乘船到小金门，两天里在球场上演了4场。仅2000多人的烈屿乡，几乎家

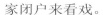

家闭户来看戏。

原金门高甲戏老艺人林惠登先生自金莲升剧团到金门后，三天两头到剧团串门，谈戏讲古。他见到谢天造的女儿、剧团老旦演员谢素华，分外高兴。他说："当年金门人称你父亲谢天造为'天造师'，他在金门演过戏，还教过戏。"

剧团在金门原拟演20天，最后在金门同胞的强烈要求下演了45天，共38场，几乎走遍金门每一个村庄。每一场演出都座无虚席，加椅加站，人潮如海。如果不是手续到期，金门乡亲哪肯放金莲升离开。

2001年1月2日，厦门金莲升高甲戏剧团又应金门县长李炷烽邀请，乘厦金直航首航赴金公演。

2005年9月，应金门文化局、交通旅游局、浯岛城隍庙的邀请，厦门市金莲升高甲剧团一行48人再次赴金门演出，为金门乡亲献上优秀剧目《孟丽君》、《追鱼》等，与金门乡亲共度中秋，再续乡谊。

漳州的民间艺人正在表演传统木偶戏（林瑞红 摄）

金厦同胞
大马创业传奇

　　不识庐山真面目，只缘身在此山中。隔着海峡看，厦门金门是两岸，大陆台湾是两岸，可如果我们把眼界放宽，用全球的眼光审视这块被一道海峡阻隔的土地时，我们发现中国是大家共同的符号。近日，我们应邀前往马来西亚，参加"探索马来西亚一亿三千万年故事"研讨活动，被两岸中国人在大马携手打拼，心怀故土的情怀深深感动，特成文以飨读者……

百年前的马六甲同安金厦会馆

吉隆坡：金门杨忠礼打造"星光大道"

在马来西亚首都吉隆坡，一条叫武吉免登的大街近年来声名鹊起，并被当地人誉为"星光大道"，因为这条街凝聚了马来西亚多元文化的风情，吸引了世界各地的著名影星歌星，而这条街道的主要投资者，就是金门人杨忠礼。

杨忠礼是位现代企业家，被马来西亚政府授予"丹斯里"勋衔，他的家族企业被列为马来西亚十大华商企业之一。上世纪八九十年代，他大手笔地投资吉隆坡的城市建设，精心打造出了这条令整个吉隆坡都感到骄傲的名街。

杨忠礼先生在马来西亚已呆了几十年，事业也已达到顶峰，但他至今仍对故乡金门及闽南怀着深深的思怀之情。去年，金门建县90周年之际，杨忠礼发表了庆贺金门建县90周年的献辞，传递了对故里的思念之情。了解他的人对记者说，杨先生是位乡土情结很重的人，遇到家乡来客他都喜欢用闽南话交谈。前不久当地媒体对他进行专访时，他仍深情地用闽南话告诉采访他的记者：他是金门人。据熟悉杨忠礼的人士称，杨忠礼把金门、厦门视同一家，因为金门古属同安（厦门），他每与故里来客晤谈，总要多了解一些故里的近况。

与杨忠礼先生一样，来自闽南安溪的林梧桐也在马来西亚闯出了一片天地。他创建了经营旅游业的名胜集团，把"云顶高原"打造成世界级的旅游胜地。据说当年他是从厦门搭船下南洋的，其企业至今仍与厦门业界有密切的业务来往。林先生对厦门对福建一直怀有深情，在他的公司里，我们看到了他把与福建省领导人晤面的照片放在了很显要的位置上。

马六甲：一口福建话路路皆畅通

马六甲是马来西亚历史悠久的港口，明代郑和下西洋时曾多次抵达马六甲，历史上许多闽南人在马六甲开拓经商。走在马六甲的老街里，闽南式的燕尾脊、马鞍脊的老建筑在异国他乡演绎着闽南风情，特别是用闽南

记者正在采访著名艺人光良

话与当地人沟通，几乎是通行无阻。

在一条名叫甘光于汝的老街上，店铺里的陈老先生得知我们是厦门来的客人，特别高兴，叫来家人看铺面，硬是请我们到内厅喝一杯他从厦门带回来的铁观音。陈老先生说，他祖籍金门，几个月前他刚回厦门参加世界同安联谊会，因为他的先人后来从金门下坑迁居同安的曾厝村（现属翔安内厝镇），又从曾厝村来到马六甲。在漫长的历史中，陈姓子弟多次多批地来到马六甲，甘光于汝一带成了他们的聚居地，还形成了别具特色的闽南货一条街。

陈老先生说，在马六甲，曾厝陈氏的后裔有五六千，他们和我一样，祖籍都是在金门。他说在参加世界同安联谊会期间，他本想回金门走一遭，但时间紧，手续不好办，没去成。不过他回到了曾厝村，令他印象最深的是，他们这个来自金门的家族，迁到厦门曾厝村之后，几乎家家户户的门额上仍然高悬"浯水流芳"或"浯江衍派"的匾额，可见厦门的宗亲不忘祖地。

陈老先生说，随着社会的发展，原聚居甘光于汝的族人已散居马六甲各地，原设在这里的同安金厦会馆，现在已搬迁到新的大楼，虽然大家居住分散，由于有了会馆，大家仍有很强的凝聚力，在马六甲的金门、同安（厦门）乡亲，经常一起参与会馆的有关活动。

马来西亚马六甲青云寺是一座闽南式的寺院

位于马六甲的同安金厦会馆

马六甲街景

异国里：海峡两岸本一家

　　在马来西亚，知道厦门和台湾的人很多，我们下榻的马六甲世季酒店、彭亨州的"国家公园"、丽真酒店都是经常接待中国游客的地方。世季酒店的负责人林欣丽小姐，祖籍闽南永春，她说，台湾、厦门讲的都是同一样的口音，都是闽南话，尽管她家到马来西亚已经好几代了，但她还是会讲"福建话"（当地有人把闽南话称为福建话），因此每遇到来自海峡两岸讲闽南话的游客她都会备感亲切。

　　导游李金麟先生还告诉我们，由于历史上前来开发马来西亚的闽南人特别多，他们把台湾和闽南的一些美食传到了马来西亚，这些美食在当地被称为"福建吃"，如一种在台湾和闽南常见的炒面条，他们统称为"福建面"。（这可能是因为在中国历史上，因台湾曾属福建省有关。）在彭亨州国家公园担任导游的马来族青年华酷（他自取的中文名），会讲一口流利的中文，他说，他的中文是自学的，因为到马来西亚旅游和进行文化交流的中国人越来越多了，学好了中文，当导游的机会就大多了。

　　马来西亚航空公司还向我们透露：现在吉隆坡和厦门几乎每天都有航班，乘客中有不少是台湾游客，有的是从吉隆坡搭机前往厦门，也有的是从厦门来到马来西亚，你们同样的口音，同样的文化，有时候还真分辨不出是厦门人还是台湾人了。

马来西亚云顶游区工作人员正在介绍林梧桐先生的创业经历

陈诗抽掌舵
同金厦会馆

　　陈诗抽先生是马来西亚马六甲同安金厦会馆的主席，他说他的祖地是厦门也是金门。因为他的祖上是从金门迁居同安曾厝村（今属翔安内厝镇），然后来到马六甲的。正是缘于这特殊的祖地情结，陈先生几十年来为促进海外的同安（厦门）金门乡亲的情谊，特别是凝聚马六甲的金厦乡亲的亲情而奔走忙碌，为他们加强与祖地、与祖国的联系牵线搭桥，用他的话说，"木本水源，勿忘故土"。

马来西亚城市风貌

接待远客，长者之风

赴马之前，记者从翔安陈诗抽先生的宗亲陈添火先生处得知了陈诗抽先生在马六甲的联系电话，到了马六甲，记者拨通电话，告知造访同安金厦会馆之意，请教如何前往，但听陈先生爽朗一笑："你是祖地来客，哪有坐待来客之礼，我去接你！"按约定时间，陈诗抽先生驱车来到记者下榻的酒店，一下车，这位年过花甲的老先生便快步走来，紧握记者双手连称难得。让长者来接，笔者甚是感激，一旁的陈夫人笑道：他每当知道祖地有来客，都比客人还急，急着见见来客，急着听听祖地的状况。

祖地情深，乐此不疲

同安金厦会馆坐落于马六甲的加南邦亚（JALAN BUNGA RAYA）街，说起会馆，陈诗抽先生一往情深，他说，自古来，金厦本一家。身在异国，亲情乡情是十分可贵的，为乡亲排忧解难一直是会馆的工作内容之一。他在三十年前就参与了会馆的工作，担任总务达二十八年。上世纪九十年代初，陈诗抽先生随同马六甲有关部门到福建省各地参观访问，在祖地，淳朴、真挚的亲情深深感染了他。回到马六甲后，他的心情久久不能平静，由于在马六甲的厦门金门乡亲人数众多，许多已好几代未回祖地的厦金乡亲，迫切希望加强与祖地联系，对祖地能多些了解。不久，厦门（同安）与马六甲同安金厦会馆商定第三届世界同安联谊会在马六甲举行。1998年11月马六甲同安金厦会馆成功地主办了第三届世界同安联谊会，当时有来自世界各地31个乡团的数千名乡亲参加，盛况空前，乡亲的热情让陈先生大为感动，认为金厦会馆在促进与祖地的情谊，增强与祖地的合作方面确实大有可为。

金厦一家，力促友谊

四年前，陈诗抽先生当选为马六甲同安金厦会馆主席，兼任马六甲福建会馆理事。问到为什么能几十年如一日地全身心地投入金厦会馆的工作时，陈诗抽先生不假思索地回答，那是受到乡情与亲情的感化。陈先生愉快地回忆起几个月前，他组织两百多位在马六甲的同安、金门、台湾乡亲回祖地参加世界同安人联谊会的事，他自豪地说，马六甲回同安参加的团，是该届联谊会最大的团队之一。他说，这虽然有他的一份心力，但关键的是金厦本一家。在这些乡亲中，有好多在马六甲好几代了，但对祖地仍然有强烈的认同感，因此乡亲们都非常配合他，也使得身为马六甲同安金厦会馆主席的他，工作开展得很顺利。

一旁的陈夫人调侃道，顺利是顺利，忙起来可是没日没夜的，因为要组织那么多人与会可不是件容易的事。陈先生笑着说，我可是以身作则的哦，我一家就有20多人参加这次联谊会，最小的是四岁的孙子。说起小孙子，夫人一腔自豪，她说：出生在马六甲的四岁的小孩子，已能讲地道的

陈诗抽畅叙金厦情

闽南话，参加会议时，有人问说："你祖家哪里？"小孙子回答说："同安的马巷曾厝（曾厝历史上曾是马巷辖内）"。其实，大人没有刻意教他，可能是小孙子经常听我们念叨记上了。

陈诗抽先生说，他当前的工作，更注重厦门、金门、台湾乡亲的联系，力促两岸乡亲的来往。前不久，他还到台湾走访了有关乡亲，在他心里，这些乡亲都是一家人。同时他致力推行的还有一项工作，就是奖励那些好学上进的年轻子弟，凡是乡亲中有子弟考上大学者，会馆都会给予一定的奖励或资助，目前已资助了三百多名子弟。

陈诗抽先生还是位风雅之士，他对闽南的南音有特殊的爱好。闲暇时，偶尔也拨弄管弦，唱上一曲《望明月》。不管有多忙，有一件事是他每天必做的"功课"，那就是阅读华文报纸。当地有许多著名的华文报纸：《中国报》、《南洋商报》、《星洲日报》等，都辟有报道中国、海峡两岸消息的专栏，他非常关心这一方面的报道。他说："身为同安金厦会馆的负责人，怎能不关心海峡两岸的事！"

陈诗抽现为马来西亚马六甲同安金厦会馆主席，马六甲福建会馆理事。其远祖是金门下坑人，后迁居翔安曾厝村，因此他认为金门厦门都是他的祖地，他在马六甲长期从事同安金厦会馆的工作，为"促进友谊，增强合作"做了许多实事。先生雅好南音，是马六甲沁兰阁音乐社副社长。

金门邱良功牌坊

Part **3** **品味海峡韵**

厦台一水连
菜肴两岸香

台湾地区的饮食文化特征与其地理人文关系密切，台湾饮食文化的特点，是与台湾的地理位置、文化现象分不开的。台湾是一个"五方杂处"之地，历史上台湾居民大多来自闽南地区，闽南的饮食文化对他们有深远的影响。此外，由于台湾的特殊地理位置，其饮食文化融入了东南亚甚至欧美等地的饮食文化成分。此外，日本人对台湾的殖民统治，使得台湾饮食又融入了日本饮食的风味。因此，形成了人们津津乐道的"台湾美食"。厦门与台湾地缘近，台湾美食在两岸热络的交往中登陆厦门，可谓繁花似锦。

地理造就美食

台湾和厦门的主要地理特征是四面环海，海产丰富，因而厦门、台湾美食以烹制海鲜最拿手，两地菜肴口感清淡、醇和、鲜美，并杂以甜辣味，长于使用辣椒酱、沙茶酱等佐料。

在厦台湾餐馆大多品位精致,情调高雅

海蛎，在厦门和台湾被称为蛎仔，是深受台、厦民众欢迎的食物，做法也很多样，蛎仔面线、蛎仔煎、蛎仔粥等，可谓是两地风味相同。但是，台湾在制作酥炸蛎仔时用的是闽南民间的做法，把蛎仔裹上面粉炸，外层酥脆，里面的蛎仔则软滑清甜，而覆在蛎仔上的绿色叶

雪莲果香飘两岸

子很特别。这种叶子，名叫九层塔，属于薄荷家族的成员，是东南亚一带制作菜肴必不可少的香料。它的味道极其特别，集薄荷叶与柠檬叶的香气于一身，但芳香又不同于二者。在台湾美食登陆厦门之后，九层塔也被厦门的厨师采用，并为厦门饕客所喜爱。

台湾美食中还形成了很多与地名相关的地方特色风味，像位于台湾省北部的宜兰县就有最独特的宜兰鸭赏。所谓鸭赏，是把老菜鸭涂上香料，用竹片撑开加以曝晒，再放入铁皮烤箱中，以炭火燃烧、甘蔗熏烤而成。它的食法是把鸭赏切成细丝，加上同样切成细丝的京葱，下麻油拌匀。酱油色的鸭赏，甜、咸，有嚼头；京葱，香而微带刺激，这就是宜兰鸭赏，可谓风味独特。

在台湾美食中，还有著名的淡水鱼丸，它的做法是先将上等的鲨鱼肉打成浆，再加少许的芡粉和水，和匀之后，包进肉馅，丸子就做成了。淡水鱼丸很有嚼头，吃的时候还要小心，先得把鱼丸咬开一小口，吸吮里面的肉馅和汤汁，然后才可以大嚼。做鱼丸和卖鱼丸的在台北的淡水比比皆是。基隆庙口的美食摊从清朝同治年间就有了，现在有两三百个摊位。那里的美食最著名的莫过于螃蟹羹。螃蟹羹主要由鲜笋丝、鲜香菇丝、发菜、螃蟹腿肉等6种材料做成，色香味俱全。当你坐在炉子边上，一碗螃蟹羹下肚时，会觉得天下美味莫过于此。而高雄旗津著名的番茄切盘，主要是将带青的番茄切成块状，放在盘子里，蘸酱油和梅子粉后再送入口中，那种味道好得实在无法形容。

台湾饮食文化溯源深远

由于地理位置和历史渊源关系，台湾地方风味受闽南饮食文化影响最大。它以福建闽南饮食文化为主，但又结合了中国大陆各地的饮食文化特点，形成丰富多彩的饮食文化。因此，台湾很多出名的美食实际根扎大陆。像如今台湾最主要的饮食文化闽（南）客（家）饮食文化，就是从大陆的饮食文化发展而来，成为今天的"台湾菜"。

知名者有基隆庙口的天妇罗（一种食品的称呼）、彰化的肉圆、嘉义的鸡肉饭、新竹的贡丸、台南的担仔面、士林的大饼包小饼等。相传，宋代大文豪苏东坡所著《仇池笔记》中记载的"盘游饭"，是台湾流行的筒仔米糕的前身。其做法是先在竹筒底垫上卤好的三层肉，再将肉丝、香菇、蚵干、卤蛋等炒好的配料，佐以糯米饭，加卤汁拌匀，再送蒸笼里，以文火蒸成。糯米饭香软，卤汁的味道很重要，不能太咸，也不能太淡。竹筒米糕，得趁热吃，才能领略到其中的妙处。

因此，可以说台湾饮食文化是一个历史悠远、特征鲜明、文化品位很高的多层次的系统，也是台湾与祖国大陆关系源远流长的见证。它不但为闽台文化增添了令人难以抗拒的魅力，而且为中华饮食文化增添了绚丽的色彩。

台湾美食在厦门

厦门位于东南沿海，地处台湾海峡西岸，是一个重要的海港城市，台湾、厦门在饮食文化上有着相似的地理背景和深远的历史渊源关系。厦门人同样擅长制作海鲜，并且多有羹汤。这种相似性为台湾美食成功登陆厦门提供了便利条件。台湾的餐饮业者在厦门经营餐饮，几乎不用在获取制作食物的原料方面犯愁，因为他们所

葱烧排骨

需的制作原料在厦门很容易就能找到；台式饮食的制作工艺大多原本就来自于闽南地区，现在又回到故地，而且二者之间更可以相互学习，相互切磋，互通有无。他们也不必担心台湾美食不合厦门人的口味，因为厦、台饮食的天然渊源关系，厦门人在台湾美食馆用餐一点都不会有不习惯的感觉。

台胞曾女士用百合花精心装点她的特色餐厅

在厦门的街头巷尾，台湾人经营的台式风味美食店少说也有300家。在这些美食馆里，你经常能够品尝到最有特色的台湾美食。比如"棺材板"光是名字就会让你大吃一惊，它是一种来自台南的正宗美食。"棺材板"是一个长面包（西式面包），把面包心掏空，成一个槽形。预先拌好馅，这馅子有荤有素，口味多样，各家都有绝好的配料和手艺。把拌好的馅子填进掏空的面包槽内，放进滚油的平锅里炸一炸，把外面都炸黄了。上面再盖上一片炸透了的面包，形状似乎是一副棺材，名字大概源于它的形状吧。摊上有供你吃西餐的刀叉食具，吃起来，松软香脆，味道达25种之多。如果馅子用料好，比锅贴还好吃。它名字的特别反而吸引了许多客人前往品尝，表面又酥又脆的口感使很多人成了它的回头客。不过，现在聪明的经营者已经将它令人生畏的名字演化成"升官发财的跳板"。

海峡两岸地缘上的接近，使得有些台湾美食在厦门"近水楼台先得月"。一种原产南美洲的"天山雪莲果"传入台湾之后，又传到闽南平和崎岭乡，这种生长在千米高山天生娇贵的雪莲果，近日也悄悄进入厦门。它既是果又是蔬，闽南、台湾在制作方法上各有特色，这种两岸共享的美果，也成了两岸厨师和两岸饕客竞相追逐的热门美味。

在厦门，台湾美食已经越来越受到众多食客的青睐。据悉，将来在厦门要开辟几处具有闽台特色，集小吃、休闲、娱乐为一体的台湾小吃一条街。与厦门饮食相比，看似"貌不惊人"的台湾美食，本身就是一种特色。历史上早就有人说"台即厦，厦即台"，台厦情深，连同美食也传递着一股浓浓的乡情。厦台饮食文化的相似、相近，为闽台文化平添许多魅力，也拉近了海峡两岸同胞的深厚情谊。

宝岛美食地理

台北美食：

西门町：鸭片粉圆、挫冰、肉羹、卤味

圆环夜市：蚵仔煎、鹅肉、木瓜牛奶、炒米粉、炒生螺

龙山寺小吃：麻辣鸭血、麻辣臭豆腐。

万华夜市：蚵仔煎、郑家碗、胡椒饼。

士林夜市：豆花、豆干、广东粥、炒花枝、花枝羹、刀削面、猪肝汤。

公馆夜市：水果摊、越南菜、泰国菜、红心粉圆、东山鸭头。

饶河街夜市：担仔面、沙威马、日本料理、肉粽、药炖排骨。

永康街小吃：生煎包子、牛肉面、江浙小菜、小笼包。

基隆美食：李鹄饼店咖喱饼、凤梨酥、海鲜、甜酒酿、奶油螃蟹、蚵仔煎、一口吃香肠、旗鱼羹。

台中美食：太阳饼、肉粽、润饼、肉圆、当归鸭、麻油鸡、米糕、草湖芋仔冰、蜜豆冰、菜根香。

嘉义美食：阿里山野菜、莲子汤、香菇肉羹。

台南美食：新化熏羊肉、肉羹、肉粽、椰子鸡、豆签羹、肉丸、梅子鸡、梅汁排骨、梅酱虾球。

高雄美食：烤七里香、盐蒸虾、炒螺肉、过鱼汤、鸭肉米粉、鸳鸯米粉。

屏东美食：林边莲雾、椰子、津山荔枝、红仁鸭蛋、东港海鲜、猪脚。

澎湖美食：丝瓜、南瓜炒米粉、红烧鱼头、蜜汁鸡腿、葱烧排骨。

“阿度”在鹭岛
巧展“台湾”味

作为“厦门十大餐饮必去名店”之一的“阿度”，以其浓浓的台湾文化风味和自己独特的经营方式，在厦门牢牢地扎下了根。那么，“阿度”是什么？它实际上是台湾餐饮文化和厦门本土文化的融合。

把“台湾”带入厦门

未进其地，先闻其声。刚踏进阿度的门内，我们就被一阵轻缓优雅的钢琴旋律吸引了，举目望去，整个空间的布置错落有致，干净清爽，脚旁甚至有洼浅浅的小水池，里面随意游动的小鱼别样活泼与灵动。在店内的左面，是两扇很有中国韵味的朱红色大门，半圆拱形，墙壁上挂着透雕的木刻，但杯碟却是玻璃质地的器皿；在右面有一株干枯的树干，被掏空的树心里放置了鲜绿的长青植物，给人“枯木逢春”的感觉，边上的小桌犹如古代的八仙桌，被摆放在类似于炕上的地方，备觉亲切温暖，但地面却是大理石的，光亮鉴人。空气中更是流淌着典雅的西方轻音乐，和着袅袅的茗香烟雾，岂是一个雅字了得！据说这是台湾园艺和插花艺术在餐饮场地上的运用。

阿度的林磊明先生告诉我们，阿度是台湾人在厦门投资经营的，因而在布局和经营上带有台湾文化的特色是不足为奇的。这时有一个身穿特制文化衫的服务生走过来为我们倒茶，我们惊奇的发现，在他衣服的前面用一种可爱的字体写着“阿度来了”，我们忍不住问他原因，他笑着说：

"我就叫'阿度'啊。"他看到我们张大了嘴巴，继续解释说："'阿度'的名字来源于英文'Abound Delight Oasis'的首字母的缩写，中文的含义是'一个充满乐趣的地方'。在阿度里面，每个人都可以被称作阿度的。不过您也可以叫我David，这是我在这里的英文名字。除了我之外，其他服务生也都有自己的英文名字，这种现象在台湾的餐饮界是很普遍的，这只不过是台湾现象在厦门的一种体现而已。"

厦门人喜爱的台湾味

一个叫Amanda的女孩帮我们斟好了茶，我们看到这种茶也和我们平时冲泡的茶不太一样。它非常有层次感，色泽明艳，泡沫丰富，我们先闻了一下，清新淡雅的香味扑鼻而来，品了一口，感觉滋润爽口，有股淡淡的回甘留在舌尖。她看我们很享受的样子，继续说道："这叫泡沫红茶，可是地地道道的台湾风味哟。告诉你们一个秘密吧，实际上泡沫红茶就是用红茶为原料，融合了西方饮料的制作手法而创新的。它具备了闽南茶的口味和特点，同时又满足了现代人的快节奏生活，不必花很多的时间和功夫去冲泡。"

"阿度"还告诉我们，特定的历史因素，构成了台湾餐饮文化的多元

阿度餐厅

性，东方文明的古老传统和西方文化的现代精神，在台湾餐饮文化中都有强烈的表现和色彩，这一点也体现在我们的饮食上。比如我们店内特别推介的葱烧排骨，跟厦门的红烧排骨有点类似，可以说是它源自闽南、创新在台湾的。拿爱心铁板牛肉片来说就更是如此了，它主要结合了闽南和日本做菜的特色。按照传统中国人盛菜主要是用瓷器，古代曾有用银器和铜器的，但发展到现代已经不多见了。然而使用铁板盛菜却是日本的独家特色，日本人用铁板盛菜，可是食物不直接称之为"菜"，叫做"料理"，传到台湾后，这种方式被进行了改装，照样用铁板盛菜，却用中文为菜命名，这也算是一项融合吧。现在我们把这种做法和味道带到了厦门。

阿度的主要服务客群，大多是比较年轻时尚的都市男女。这里环境轻松，品味高雅，颇有小资情调，是大家休闲娱乐的良好选择。我们顺便和店里的客人聊了几句，他们说自己早已是这里的熟客，几乎每天必到，把在阿度喝茶、休息当做了自己平日休闲生活的一部分。最后林先生告诉我们，其实，台湾文化是闽南文化的延伸，这也正是阿度有品味、有魅力、受到大众喜爱的真正原因。

"长升"有高手
菜肴通海峡

　　白鸿民厨师长，生于闽南长于闽南，可谓深深扎根于厚实的闽南餐饮文化。他从事餐饮行业二十余年，游学、工作于闽南金三角地带，练就了精湛的厨艺。现在他在颇具闽南文化氛围的华美达长升大酒店工作，有不少与台湾同行切磋技艺的机会，因此受到启发而改革创新的菜肴得到众多老少饕客的追捧。台湾美食为他的烹调技术注入了新的活力，而他的创新又给台湾同行提供了许多有益的借鉴。在他身上看到了台湾菜与闽南菜的交流过程。

雕鹿橇大话台菜

　　在华美达长升大酒店举行"环球美食月"期间，我们有幸采访到名厨白鸿民。进入白厨师长的"辖地"，但见轻盈的雪花伴着鲜艳的旗帜绽放在

擅长烹调闽菜、台湾菜的白鸿民厨师长

红妆对话—两岸美食家的最爱

九层塔炒蜗牛

大厅柔和的灯光下；门口的西式壁炉内纸质火花跃动，添了几分家的温馨；而最吸引我们眼球的却是左侧食物台上方悬挂的驯鹿拉雪橇的大型泡沫雕：疾驰而来的驯鹿前蹄微曲，后蹄翻飞，充满动感。这就是白鸿民厨师长的杰作。据说，在闽南和台湾，人们把鹿视为最佳的吉祥物，在闽南话中，"鹿"和"乐"谐音，这精彩的雕塑实际上体现了白厨师长对闽南餐饮文化深层次的领悟。

在大家的啧啧惊叹中，白厨师长已经走到我们面前，他穿着厨师服，戴一副半框染色眼镜，儒雅中又带有几分时尚。得知我们此行的目的，他很热情地和我们分享了他所了解、烹制的台湾菜。

"台湾菜和闽菜其实很相似。"白厨师长甫一开口，我们就感到奇怪，难道台湾菜等于闽菜？"我记得很早以前一个台湾朋友说他每次吃厦门菜，都感觉回到了童年时代。当时我和你们一样吃惊呢。"白厨师长解释道。原来福建台湾两地人民血脉相通、地缘相近、语言相通，大家的饮食习惯自然也十分相似。

受启发盘活名菜

"台湾'三杯鸡'的调料很特别噢，除了一杯米酒、一杯麻油、一杯酱油，还加了九层塔，所以一点腥味都没有。"说到九层塔，白厨师长有些激动，他告诉我们，这是他和台湾同行聊天聊出的"附产品"。原来无论闽菜台菜，海鲜都是主要的原料，如何更有效地去腥就成了两地业者共同关心的话题。从前他一直习惯用姜、醋、辣椒等调料去除腥味。有一次和台湾同行洪国彰先生说起这事，洪先生马上向他推荐了九层塔。九层塔学名罗勒，又叫金不换，生得碧绿小巧，有淡淡的芳香，是台湾主妇厨房内必备的去腥佳品。他急忙试验了一下，效果出奇的好。兴之所至，白厨师长现场给我们炒了份"九层塔炒蜗牛"，装盘后的蜗牛杂着深绿的九层塔煞是好看。我们一试之下，蜗牛果然滑而不腻，鲜脆无异味。

　　不单是洪先生推荐的九层塔给白厨师长的厨房加了味好调料，台湾人简化了的家常"佛跳墙"还给了他创新名菜的想法。我们都知道福州名菜"佛跳墙"是一道需饭店打理的复杂菜肴，它原料丰富，做工繁复，一般人是很少在家里做的。可是白厨师长听另一位台湾朋友洪建源先生说，在台湾它可成了台湾主妇们手中的家常菜，她们删繁就简，仅用老鸡、猪脚、墨鱼干等主要原料，加调料一并装入瓦甑中，盖好盖口，用文火煨制几个小时，荤香浓郁的家常"佛跳墙"就可以开吃了。既然"佛跳墙"可以简化，那不是也可以西化吗？总是惋惜"佛跳墙"揭盖时香气散失的白厨师长，突然灵光一闪，想到了用面团代替坛盖封住坛口的办法。有着扎实西点功底的他，大胆地把西点的起酥方法运用到这道传统名菜上，把面团起酥包住坛口，这样既保留了"佛跳墙"独特的香味，又让这道菜多了个可食用的外酥内润的"黄金"起酥坛盖。现在这道"起酥佛跳墙"可成了长升酒店的特色菜啦！

用水果巧做新菜

　　台湾水果进入厦门之后，谁也没有想到给白厨师长一个施展身手和创新菜肴的好机会。"白厨也别总说向朋友学到了好厨艺，你不也创出了让台湾客人惊叹的'台湾水果菜'吗？"看白厨师长迟迟不肯亮出招牌，

白鸿民厨师长正在专心烹制佳肴

他的同事倪经理禁不住揭了他的"王牌"。台湾水果还可以做菜啊？我们马上来了兴趣。今年大陆扩大开放台湾水果准入以后，一时间，各种各样以往只闻其名不见其形的台湾水果出现在超市的货架上。看到眼前出现了这么多品质优良的台湾水果，白厨师长有了拿它们做菜的想法。心动不如行动，他利用台湾水果个大味美的特点，创出了大受饕客欢迎的"菠萝焗蟹"、"芒果烩海鲜"等新菜。

一大片金黄的台湾菠萝做底，把剥洗好的膏蟹放在上面，浇上浓汁，然后用锡纸将他们仔细地包裹好放入烤炉，等到火候一到，打开锡纸包，异香扑鼻，这就是白厨师长的"菠萝焗蟹"啦。想象菠萝嫩黄衬着蟹膏金黄，诱人蟹香混着浓郁果香的情景，真是道"色、香、味、形、养"五美俱全的佳肴。另一道"芒果烩海鲜"也毫不逊色。他别出心裁地一改以往单炒海鲜的做法，他先把台湾芒果剖成两半，取出果肉切丁同海鲜一起翻炒，再重新装入去除果肉和果核的芒果皮中，这样装在别致"芒果杯"的"芒果烩海鲜"就摆在食客面前了。如此美味，无怪一经推出就大受欢迎呢。

白厨师长告诉我们推出这些"台湾水果菜"后，不但各地的客人喜欢，台湾的同业朋友也赞他有创意，并不断有人慕名前来向他学习。

白鸿民现为华美达长升大酒店西厨厨师长。从事餐饮业20余年，曾在华侨大酒店、东南亚大酒店、泉州酒店等知名酒店工作。擅长烹调闽菜、台湾菜，制作各式西点等。

愿　望

厦门、台湾两地的厨师切磋交流的机会很多。白厨师长现在有一个心愿，希望能在繁忙中抽出一个时间，走入宝岛台湾，和宝岛的厨师进行零距离的切磋交流。他动情地说，他厨师技艺的长进，很大程度上受益于台菜和台湾水果的启发，他有许多心得，可以提供给同行借鉴，也希望能从台湾同行那吸取更多的营养来充实自己。

闽西汀州百壶宴（摄影/林密）

鹭岛聚学子
共建闽南学

　　2006年8月27日，来自海峡两岸的闽南文化专家学者聚首厦门，在思明西路闽南文化研究所举办首届"闽南文化论坛"。这次盛会由厦门市闽南文化研究会、台湾闽南文化论坛社等15家民间社团和学术单位共同推动。论坛以弘扬海峡两岸的闽南文化，加强两岸闽南文化理论和实践的交流为热点，提出闽南学学科体系理论框架的建构。专家们在论坛中各抒己见，为闽南文化的发展定位、定向。同时，他们围绕厦门作为闽南文化的重镇，应如何与台湾共同携手弘扬闽南文化等议题进行了深刻探讨。厦门市委宣传部、厦门市文化局、厦门市社科联等有关领导出席了本次论坛。

　　厦门学者陈耕首先就闽南文化的概念进行阐述。他指出，闽南文化是中原文化的地域表现形态，是闽南民系创造的文化。历史上随着闽南人过台湾下南洋，闽南文化的影响遍及海峡两岸以及东南亚。闽南人特别强调慎终追远，因此闽南文化有很强的传承性；闽南所处的特殊的地理位置，使闽南文化具有很强的包容性和创新性。

　　台湾学者魏萼则强调，由于闽南人过台湾、下南洋、徙潮汕、迁浙南的迁移史，使闽南文化区域在地理上不完全相互毗连，并且在漫长的历史发展中，不同地理区域中的闽南文化也产生

厦门市南乐唱腔比赛

厦门乡村南音表演

了差异性。当前，尤其应当关注闽南的闽南文化与台湾的闽南文化的比较和研究。从上世纪二十年代以来，林语堂、顾颉刚、林惠祥等两岸学者在探究两岸闽南文化的渊源上颇有建树，而当代的学者就两岸携手共进、建构闽南学、弘扬闽南文化等方面做了大量切实有益的工作。

本次论坛确认了闽南文化研究今后的方向，即把闽南文化发展成独立的学科闽南学，并且在进行学科建设的同时，更加关注闽南文化在两岸当代社会中的发展和应用。两岸学者将在闽南文化的传承、交流、普及、保护、建设、宣传与创新上，发挥更加积极的作用。

本次论坛有来自台湾、金门、漳州、泉州、龙岩、潮汕、福州等地的20多位专家学者参与。当天下午，两岸学者为厦门市闽南文化研究会的全体会员做了一场以"共同弘扬闽南文化"为主题的学术报告。

台湾情，闽南心

在首届"闽南文化论坛"举办之际，我们对台湾著名学者魏萼进行了专访。魏萼是台湾淡江大学专任教授，台湾大学原任教授，北京大学客座教授，经济学博士，并且是台湾闽南文化论坛社的召集人，一直致力于闽南文化的研究与发展。采访中，他的第一句话就是"我怀有台湾情，闽南心，让我们共同为闽南文化做贡献吧"。

台湾闽南文化根在大陆

魏萼从客观的角度评价了闽南文化在两岸的不同发展状况。他说台湾闽南文化的根是在大陆，闽南文化在台湾发展得很好，形成了自己的特色，但是闽南文化的母体是在祖国大陆，因此台湾可以源源不断地从母体吸收营养，充实发展自己。现在台湾的每个县市都有闽南同乡会，同乡会的人经常在一起，探讨闽南文化，因此都有很强的根的认同感。

现在，在台湾一些闽南文化现象已经形成了自己的特色。如妈祖信仰、保生大帝信仰、关帝信仰，其庙宇之多和信众之广确实有过于祖地，这一点是不容否认的，因此现在有人认为这种文化现象就是台湾的本土文化。但魏萼强调，其实不是，由于历史际遇不同，使得台湾闽南文化的发展更具有开放性和前锋性，但不能因此而改变源流关系，所以我们更要加强两岸的文化联系，明确这种脐带关系。

厦门是闽南文化聚宝盆

尽管两岸的闽南文化在目前的状况下，有些方面出现了一些差异，但不能因此就各顾各的，必须进行交流，取长补短，这样才更有利于闽南文化的全面发展。他提出"三宝一盆"之说，即福建是宝库，台湾是宝岛，东南亚是宝地，厦门是聚宝盆。

关于闽南文化怎样促进社会经济发展的问题，魏萼又提出了"三定"。首先要给闽南文化定位，即两岸闽南文化必须在认同同一个根的前提下进行发展。其次是要定向，由于闽南文化历史

来自台湾的闽南话歌星刘福助先生在表演

录音棚里，技术人员正在为歌手录音

悠久，内涵丰富，在研究的过程中，我们就一定要定准方向，才能健康发展。最后要定力，深入进去，齐心协力，共同打造两岸闽南文化的新篇章。

两岸共创闽南文明圈

闽南文化有一千多年的历史，分布于漳州、泉州、厦门、龙岩、潮汕、浙南、海南等地，十分广泛丰富。闽南文化产生以来就具有十分鲜明的民族性和地域性，所以具有强大的生命力，深刻地影响了闽台社会经济的发展。因此发展闽南文化具有十分重大的意义。

魏萼提议两岸要携手共创"闽南文明圈"。两岸可以共同研究不同地域的闽南文化的传承方式和不

两位活泼的孩子将为"闽南话歌赛"表演节目

同现状，相互学习，彼此交流对方的经验和教训，共同推动闽南文化的创新。闽南文明圈，将更有利于闽南、台湾以及东南亚整个闽南文化区域的经济发展，尤其是两岸闽南文化的融合与发展，更具有独特的意义。厦门处于这样一个有优势的位置，要发展海峡西岸经济，闽南文明圈必将起到巨大的推动作用。

台湾学者一语定音

关于首届"闽南文化论坛"的缘起，始于台湾学者魏萼的提议。

魏萼是台湾闽南文化论坛社的召集人，一直十分关心闽南文化。今年4月，厦门大学85周年校庆期间，魏萼先生应邀来到厦门，并与厦门市闽南文化研究会有关负责人进行了交流，提出现在是闽南文化传承和发展的关键时期，闽南文化是两岸文化交流的枢纽，两岸学者应共聚一堂，展开闽南文化的高峰论坛，深入地探讨海峡两岸闽南文化发展的各种问题，给闽南文化"定位、定向"。这个建议一提出，立刻得到了厦门、泉州、漳州、潮州等地研究学者的认同。于是，首届"闽南文化论坛"诞生了。

追溯闽南歌
厦台曲相通

由厦门市文化局与厦门日报主办的首届闽南话原创歌曲大赛启动以来，受到了两岸人士的高度关注，组委会希望通过大赛扩大创作队伍，提高创作水平，推动两岸闽南话歌曲更加蓬勃地发展，厦门是闽南歌曲产生、传播、发展的重镇。厦门与台湾在闽南歌曲的创作与传承上一衣带水，息息相关。回顾一段往事，是为了当今更好地发展，我们期待海峡两岸，在这次赛事中，从厦门掀开闽南歌曲崭新的一页。

台湾的闽南歌曲源头在厦门

闽南文化学者彭一万先生表示，厦门和台湾的闽南歌曲有着深远的渊源。清末民初，闽南的歌仔就在两岸风靡一时，当时厦门的二四崎顶（厦门地名）"文德堂""和二四崎脚"会文堂"就是印刷闽南方言歌仔册的出版商。他们先用水印，后来随着技术的逐步发展，用石印，这些小册子，在厦门的销量很好，还销售到

三名闽南话歌手正在录音棚里录音

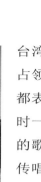

老外也对闽南歌曲感兴趣

金门民俗学者黄振良

台湾。清末，台湾被日本占领，台湾人民中许多人都表现出了民族气节。当时一首名为《雪梅思君》的歌仔就在海峡两岸广为传唱。歌里唱到："唱出一歌分你听，雪梅做人真端正......劝你列位注意听，要学雪梅这所行（品行）"。讲的是一个女子在丈夫死后，一个人带着孩子，坚强地生活，而这个故事传到台湾后，被赋予了新的意义，因为当时台湾处于日本的统治之下，所以人们借女子思夫，为其守节，来表达自己不甘于日本的统治，做人要端正，要有民族气节。《雪梅思君》在当时被称为"国庆调"，或"厦门调"。

1922年厦门才女周淑安创作了第一首闽南话花腔歌曲《安眠曲》，用钢琴伴唱，堪称是闽南话流行歌曲的雏形。随后厦门人姚占福渡海赴台进行闽南话歌曲的创作，他的力作《苦酒满怀》和《心酸酸》风靡全台。著名词曲作家曾仲影，也是在厦门大学毕业后就去了台湾，这些人对台湾闽南话歌曲的发展起到了不可估量的作用。在上世纪20—30年代，台湾产生了一批闽南话歌曲的创作人才。如台湾本土音乐人詹天马作词，王云峰作曲的《桃花泣血》，蔡德音的《红莺之歌》，则是用《苏武牧羊》的古调重新填词。1933年－1937

年是台湾闽南话流行歌曲的黄金时代，现在还传唱的许多经典就是当时所创，如《望春风》、《月夜愁》、《雨夜花》、《四季谣》等。这些歌声像一股温馨柔和的春风，吹拂过大街小巷，吹拂过城市乡村，抚慰在"四脚仔"（指日本统治）控制下的"甘薯仔"（指台湾人）的孤寂胸臆，也流传在一衣带水的海峡对岸。

闽南话歌曲风靡两岸

《望春风》几乎是无人不知无人不晓的闽南经典歌曲，它风行两岸已经几十年了。1933年台湾音乐人李临秋以根植于《西厢记》中"隔墙花影动，疑是玉人来"的中国古典情怀诗句意境写出了《望春风》，加以郑雨贤的中国传统五音阶曲调配曲而珠联璧合，打造出来这首经久不衰的佳作。歌词唱道：独夜无伴坐灯下，冷风对面吹，十七十八未出嫁，想着少年家，生成标致面肉白，谁家人子弟，想要问他怕坏势（不好意思），心内弹琵琶。已爱郎君做夫婿，已爱在心内。不知何时君来采，青春花当开。门外好像有人来，开门去看迈（看看），有人笑我惩大呆，乎（被）风骗不知。《望春风》以含蓄的方式反映了少女复杂的情感是一首词曲并美的经典之作。

如今许多闽南人，甚至来闽南的外地人也都会唱"天黑黑，要下雨"和"爱拼才会赢"等"土歌"。闽南话歌曲，具有特殊的韵味和魅力。"土歌"给两岸人民的生活带来欢乐和理想，给两岸人民的人生带来了意志和力量。《爱拼才会赢》歌曲中唱到"一时失志不免怨叹，一时落魄不免胆寒……三分天注定，七分靠打拼，爱拼才会赢"等等。这首歌鼓励了多少人勇敢地继续前行，人们被这种拼搏开拓精神一直鼓舞着。

近年来，闽南话歌曲在两岸十分流行，《车站》、《家后》、《烧肉粽》等经典歌曲或流行歌曲常常萦绕在人们的耳际。但是厦门的有些有心人士却发现，这些流行歌曲，大都是由台湾创作的，从海峡对岸传唱过来的。曾经在闽南话歌曲创作上有过一段辉煌的厦门，近年来似乎没有产生能在海峡两岸流行的歌曲。看来厦门滞后了，要奋起直追了。

闽南话原创歌曲大赛望两岸同创辉煌

闽南话歌曲是闽南文化的奇葩，在海峡两岸及世界各地闽南乡亲中广受喜爱。"咱的乡亲，咱的歌"，包含了闽南人特有的乡情亲情，它融合了两岸的共有的生活情趣和地方文化，能让人深刻感受到它的乡土气息。据有关人士透露，2005年评选出的闽南话十大金曲，其原创作者全部在台湾，这让闽南文化重镇、闽南话歌曲源头的厦门深感有重新振奋的责任。首届闽南话歌曲原创大赛在这个时候不失时机地展开，可以说为厦门在闽南话歌曲创作上迎头赶上发挥了有效的助推作用。

本届赛事组委会表示，举办这次闽南话原创歌曲大赛的目的是想通过这次大赛，聚集海峡两岸的文化精英，挖掘散落在民间的种子，提高闽南话歌曲创作水平，促进闽南话歌曲的传承和创新，繁荣两岸文化娱乐市场，并扩大海峡两岸的文化交往与交流，并且让闽南话歌曲不仅作为一种音乐形式而且作为一种文化形式，进入更多人的视野，包括非闽南话地区，让闽南话歌谣世界化。

二十世纪四十年代在台湾拍摄的闽南话影片《雨中鸟》其同名主题歌由厦门人曾仲影谱写，后来成为闽南话流行歌曲。

"弃医从歌"的林清月

在上世纪三十年代，闽南话流行歌曲在台湾风靡起来，当时台湾有位医生名叫林清月，虽然已过不惑之年，但对闽南话歌曲却十分痴迷，最终竟"弃医从歌"，造就了歌坛的一段佳话。

林清月本是台北的一位名医，曾潜心研究鸦片的戒治，独创方剂，极有成效。不过，林清月有一个特殊的爱好，对闽南话歌曲"凡歌必记，有闻必录，时时歌唱以自娱"。他深深地迷恋上了闽南话歌曲，一面行医，一面研究闽南话歌谣。林清月在行医的时候，如果遇到患者是闽南话歌谣的爱好者，常常把患者视为知音，如谈得投机，则有相见恨晚的感觉，于是兴致高昂，同病人大谈歌曲，病人忘了病苦，他也十分快乐。所以当时人送他"歌人医生"的称号。

后来，林清月转变了他的专业方向，开始潜心研究闽南话歌曲，竟然拒绝了长长的候诊队伍，"弃医从歌"。在诊所的门口，贴起了卖歌集的广告，模仿那时从厦门进口、由"厦门二四崎顶"书局出版的歌仔册体裁，自己印行歌本，每份卖一钱（分）或者二钱（分）。这样他就全心全意地投入到闽南话歌谣的收集、创作、整理与印刷中了，对闽南话歌谣早期的传播起了很大的推动作用。

后来，林清月逐渐介入台湾的闽南话流行歌坛，写出了《老青春》、《岂可如此》等在台湾风靡一时的流行歌曲，还自费出版了《仿词体之流行歌》和《歌谣集粹》。在他七十大寿的时候，林清月举办了台湾歌谣演唱会，自做《七十自寿歌词》，并亲自登台演出，引起了不小的反响，可见其对闽南话歌谣的钟爱。

要有自己的闽南话歌

台湾著名电影导演、作曲家曾仲影先生，是位熟稔闽南文化的"老厦门"。1946年，他从厦门大学历史系毕业后便到了台湾，1949年开始从事乐曲创作。这位厦门人在宝岛淋漓尽致地施展了他的才华，他创作的富有深厚闽南文化底蕴的乐曲在台湾得到了极大的认同。群众的喜爱与认可及由他自身闽南文化的深厚根基生发而出的源源不断的灵感，促使他在台湾乐坛纵横驰骋了近60年，直至今日仍笔耕不辍。近60年来，曾先生曾导演过多部电影和多部连续剧，为500部电影和多部连续剧谱曲，还曾是歌仔戏名角杨丽花的"御用"曲作者，为杨丽花创作了200多首歌曲。可以说，在那个年代，如果没有杨丽花，歌仔戏界会沉寂，而没有曾仲影，那么杨丽花也会沉寂。

如今，曾导恋乡情浓，经常从台湾回到厦门，亲近故土。他告诉我们，现在厦门流行的闽南话歌曲《一颗流星》和普通话的《蓝色的梦》都是他二十九年前写的作品。曾先生说起这些，脸上洋溢着淡淡的欣喜和快慰。他提起了上世纪50年代的台湾闽南话歌坛，那时日本影片蜂拥地进入台湾，迅速占领台湾市场，日本歌曲随即风靡台湾，本土音乐失去了市

场，许多本土作曲家要么赋闲在家，要么改编日本音乐，连电影主题曲也是用曲配入台湾本土语词，整个台湾本土乐坛一片低靡。曾先生说起旧事，仍颇为痛心，他说，厦门要汲取台湾的经验，作为一个开放的多元城市，在充分吸收外来文化精髓的时候，更应注重本土文化的繁荣，闽南话歌曲就是其中重要的一项，厦门要有自己创作的闽南话歌，外来音乐在厦门百花齐放的同时，闽南话歌曲也要立足原地蓬勃发展，发出更大的声响。

李霖歌声妙
知音台湾来

　　李霖，厦门本土闽南话歌手，陈威廷，精通闽南话歌曲的台商，海峡两岸的他们原本素不相识，是音乐使他们结下了不解之缘。两人共同有着对闽南话歌曲的热爱和为闽南话歌曲发展做贡献的心愿。李霖以她的音乐天赋和孜孜以求的敬业精神打动了对闽南话歌曲有着无限深情的陈威廷，激起了他的创作热情，此次恰逢厦门举办闽南话原创歌曲大赛，于是二人各取两岸闽南话歌谣之所长，倾力合作，共同打造闽南话原创歌曲的新作，在闽南话原创歌曲大赛中共显身手。

《红酒》一曲，情动两人

　　采访中，谈起身处两岸的他们是如何相识的，没想到还引出了一段浪漫的故事。陈威廷从小就十分喜欢闽南话歌谣，很有音乐天赋，学生时代就经常和张宇、罗大佑等人一起唱歌、作词、写曲，后来陈威廷虽然没有走音乐之路，而是来到厦门创业，但是，他对闽南歌谣的热爱却始终如一，随着自己的成长对闽南话歌谣的关注更是有增无减。一次陈威廷在开车的时候，偶然听到电台

闽南话歌手李霖

在播放一首十分动听的闽南话歌曲，电台的主持人介绍说这首歌是厦门歌手李霖演唱的，他平时听的歌大多是台湾歌手唱的，于是对这首歌更加有了好感。这位台湾的闽南话歌迷为了能更好地欣赏这首歌，居然不顾行程，把车子停到了路边，直到静静地欣赏完这首令他倾情的歌曲，才继续行驶，这首歌就是李霖的《红酒》，未见其人，先闻其声，正是这位隔空知音的出现，使得李霖的音乐生涯有了质的提升，也造就了海峡两岸音乐缘的一段佳话。

取长补短，更上层楼

陈威廷和李霖相识以后，陈威廷仍经常往返于海峡两岸，他们的音乐缘并没有因此而受到阻隔，志趣相投使他们成了好友。两人一个生长在台湾，一个生长在大陆，在音乐方面受到不同的熏陶，陈威廷对闽南话歌曲素有研究，从演唱到作词、作曲样样精通，而且近年来，台湾闽南话歌曲发展迅速，他在关注台湾闽南话歌坛的同时，也关注到厦门闽南话歌曲的发展。而李霖则对大陆歌坛的情况有较全面的了解，更熟悉厦门这个闽南文化重镇在闽南话歌曲发展方面所具有的潜力。这使得他们在音乐方面，可以更好地沟通，取长补短，在促进各自发展的同时，也促进了两岸音乐的交流和发展。

陈威廷对李霖的音乐天赋很佩服，对她的主打歌曲《红酒》也很欣赏，但是从一个音乐人的角度，他认为这首让李霖走红的歌，还没有把李霖的唱功淋漓尽致地发挥出来，以她现有的能力完全可以唱更有难度的歌曲，并且他认为李霖的歌唱潜力还可以再挖掘。李霖接受他的建议，不仅更加刻苦地练习唱功，而且还积极地补充乐理、文学艺术等各方面的知识，不仅在专业上提高自己，而且更加注重自己内涵的提高。她还把自己新出的唱片送给陈威廷，请他指导，陈威廷结合闽南话歌曲在两岸的发展情况，认为她唱片里的歌，主要是以情感类为主，虽然有很强的感染力，但是也应该有一些更加大气、更有渲染力的歌曲，这种歌曲更有生命力，能够经久不衰，真正流传下来。陈威廷给李霖很大的帮助，所以私下里，李霖把陈威廷称为老师。

李霖的言行也给陈威廷很大的触动，在他们还未相识的时候，李霖在闽南话歌坛已经很有名气了，被称为"温情歌后"，但是陈威廷看到的她，依旧保持着一颗平常心，依旧有着孜孜以求的敬业精神，丝毫没有浮躁。陈威廷说，现在某些年轻歌手，刚刚小有名气，就开始不思进取了，像李霖这样，能够认识到从艺道路永无止境的人，是难能可贵的。这一点让他看到了大陆闽南话歌曲的希望，也看到两岸闽南话歌曲未来的广阔发展空间，于是更加激发起他对闽南话歌曲的热情，和创作闽南话歌曲的欲望。他要亲自为李霖写歌、谱曲，让她的专辑首首动听，曲曲感人，既叫好，又叫座，让她的唱片真正体现她的实力，体现大陆闽南话歌手的能力，体现闽南话歌曲的魅力，并能在两岸广泛传播，促进两岸闽南话歌曲的发展。

倾力合作，打造亮点

现在恰逢厦门举办闽南话原创歌曲大赛，两人相互传递着两岸的信息，对赛事的发展都十分关注，自己本身也都十分积极地参与。在歌词原创阶段，陈威廷很早就给组委会发出了原创歌词，歌词抒发了他对两岸三通的期待，他说随着两岸越来越紧密的交流，三通必然要实现。李霖也送出了自己的原创歌词《相思猪》和《失去的惟一永远尚美》。他们还准备共同打造原创歌曲《阿母的心》，这首歌反映的是人世间共有的母爱情怀，但是在作词、作曲方面，更注重两岸闽南话歌曲的融合，充分吸收大陆深厚的闽南文化底蕴和闽南话歌曲悠久的历史内涵，并结合台湾闽南话歌曲多元及丰富的节奏性和富有激情的旋律性，总之，这首海峡两岸携手共创的新歌融两岸的闽南话歌曲之优长，成为本届赛

歌手李霖和她的台湾知音

事令人期待的热门之选。

关于本次大赛，这两位闽南话歌曲的忠实支持者与参与者，也提出了自己的看法。陈威廷认为通过大赛能够更好地推动闽南话歌曲在两岸的发展，大赛可以给两岸的歌手、词曲作家，提供一个良好的交流平台，两岸风气互动，优势互补。他还说，闽南话歌曲发展风气很重要，但是风气要一点一点的带动，并非一次两次大赛可以解决的，所以希望以后这样的大赛能够继续举行。李霖作为本土歌手，她深深地体会到了只有用自己的母语（闽南话）才能真实地表现出自己的情感，她说，她想当一名闽南人的歌手，为闽南人而歌唱，所以，每次演唱闽南话歌曲时，总会觉得是在向听众诉说一段故事，故事中有我，有你，也有他。她希望通过举办大赛，能出更多的好作品，出更多的好唱片，让闽南话歌曲感动四方，唱出每个人的心声。

李霖是厦门本地知名歌手，2003年发行第一张闽南话个人专辑《红酒》，被誉为闽南话歌后、温情歌后，在海峡两岸的有关赛事中多次获奖。被台湾宝岛歌王叶启田收为大陆惟一门徒，现为厦门卫视《看戏》栏目主持人。

陈威廷是在厦台商，台湾台北县人，英国基尔大学数位音乐科技硕士，台湾区大学歌谣比赛冠军，曾为校园民歌手，创作闽南话歌曲仍是他目前的最大爱好。

位于环岛路上的《鼓浪屿之波》音符雕塑

歌王刘福助
不尽闽南情

　　台湾一代歌王，著名闽南话歌星刘福助作为特邀嘉宾前来参加首届闽南话歌曲大赛，我们在即将迎来2007年春天的一个下午在厦门举办首届原创闽南话歌曲大赛的中心音乐厅采访了他。作为土生土长的台湾人，他以一种故土的情怀和历史责任感来进行歌曲的创作，同时希望出现一些好的作品。

歌曲是文化的延伸

　　他说，歌曲是一种很重要的文化传播方式，有些人虽然不会讲闽南话，但是却会唱闽南歌，当唱闽南歌的时候受到的则是一种文化的感染和熏陶，歌曲是一种文化的延伸。最近存在一种现象就是"好歌难学"或者根本拿不出一首真正的好歌。并且该行业也在萎缩，一些比较专业的学者转到其他行业了，形成了一些不够专业的或者是爱好者来写东西，这是很不够专业的。所以，要发展闽南话歌曲、传播闽南文化，必须有好的作品，而闽南话歌曲正是传播闽南文化的一种很有效的方式。

新作《美丽的福尔摩莎台湾》即将面世

　　刘福助的新作品《美丽的福尔摩莎台湾》花费了10年的时间将台湾的

历史文化、本土特色，民情风俗结合起来进行创作的作品，用交响乐团70个人伴奏，可以说是一个大制作，打算在月底推向市场，并且要在厦门推广。这部作品基本上包括每个县市当地的历史文化背景和地方文化特色，而且每个市、县几乎都分别有一首歌，如金门的菜刀，高粱酒等都写进去了，对于比较大的市如台北等就写两首，比较小的市、县就写一首，一共包括28首歌曲。

在进行本作品的创作的时候，他还加入了许多现代、时尚的成分，如台北市的市歌加入了最新节奏rap，而且根据各地的属性，尽量去接近现代，能唱的就尽量唱，不能唱的用道白的方式加进去，将历史文化、地方特色、民俗风情和城乡发展有机的融合在一起，既保存了各个地方的传统文化特色，又紧跟时代的步伐，不失现代时尚的感觉。

费尽心思保存祖先文化

但问及他为什么要做这么艰巨的工作的时候，他说，主要是一种历史责任感，首先，他现在所做的东西前人没有做过，而他这一代歌手也没有人做，没有能力的没有能力，老的老，小的小，所以只有他来做，而且他也不能把这个工作寄希望于后代。尽管在创作的过程中很苦、很累，有时候正在吃着饭，突然有灵感来了，也要放下碗筷去写作，所以说这是一个不分昼夜的工作，不仅如此，还要考虑对一些历史知识进行重新组合和词句的押韵等，所以，每一个作品的面世，是需要付出很多的劳动的。

他还说，有些文化是逐渐退化的，尤其是一些弱势文化在慢慢的退化，要挽回这种趋势只有依靠当地人去维持。他是土生土长的第二代台湾人，而且也一直在强调不要忘记自己的根本，不要忘掉祖先的文化，文化是要传承的，一定要保存好祖先留下来的东西，如果以后对着书中的注解去看闽南话，那才是历史的悲剧。

刘福助正在演唱闽南话歌曲《葱烧排骨》。

意欲创作厦门本土文化的歌曲

　　刘福助先生几年前就有以厦门为材料的歌曲创作计划，但是迫于收集资料的难度和每次来厦都是匆匆就走了，所以一直没来得及写，因为必须对厦门有深入地了解后才能动笔。

　　他说，当他收集好关于厦门的资料后，要进行一些歌曲的录制，要录制一些被遗忘的经典好歌，因为希望录下来的东西太多了，所以，从现在开始一直录到10年都录不完他想要的东西。

俞龙传剑经
侠侣戒拳道

　　历史文化名城泉州，武术活动历史悠久。至今枝繁叶茂，拳派远播，影响广泛。明代末年，曾经守卫金门，后任备倭都指挥、广东总兵官，镇守闽粤海疆的抗倭名将俞大猷留下一部武术名著《剑经》，当年，抗倭的另一位名将戚继光也一同镇守海疆，因此，人们称为"俞龙戚虎"没想到，事过500年，"俞龙"俞大猷《剑经》的精髓却被当代泉州晋江的一对"鸳鸯侠侣"王海澄、黄瑞珠所吸纳并创新，衍生出了在海峡两岸颇受武林重视，令人耳目一新的戒拳道。戒拳道的创立，来自于这对"鸳鸯侠侣"的传奇姻缘。

　　创立戒拳道的男主角是王海澄，女主角是黄瑞珠，与他们见面时，怎

王海澄与黄瑞珠正在对练戒拳道

黄瑞珠英姿逼人

王海澄虎虎生威

么也想不出，外表纤细的瑞珠居然爱好武术，而且已做了妈妈。"可能是小时候武侠片看多了，很爱动，还有些运动天赋。"她一笑露出洁白的牙齿。

黄瑞珠认识王海澄是在他的家乡晋江，瑞珠在一家电脑商行工作，而海澄则是老板的朋友，在村里开武馆。第一次见到瑞珠他就打了很高的印象分，"她对人热情又有礼貌，举止很大方。"接触多了他逐渐喜欢上这个勤快、乐观、热心的小姑娘，觉得她身上有种吸引人的魅力。令他开心的是瑞珠似乎也对他有好感。"起初听说他是练武的，就以为肯定是个老师傅，没想到他那么年轻。"她发现海澄有些与众不同：积极有活力，武术知识精深，尤其他灵活的教学方法、精辟的武术见地和超强的领悟力让她找到了武术的精神内涵。原来，王海澄出生在晋江的一个武术家庭，前几年，遍游名山，遍访名师，练就了金钟罩、铁布衫、寸劲等真功夫。在习武的过程中，两人渐被对方的优点所吸引：海澄发现这个柔弱的女孩其实很坚强，瑞珠也觉得这个帅气的教练很有蓬勃向上的朝气。爱神就这样降临，并坚定了瑞珠支持海澄追求武术境界的决心，就这样，有情人终成眷属。

武林之中树新旗

当代的武术文化，呈现出了多姿多彩的景象，传统的武学流派，固然值得继承、发扬，而根据当代生活的需要，把武术作为练志强身，自我防卫，甚至是塑身美容的一种锻炼方法，而需要进行创新。结为伉俪之后的这对"鸳鸯侠侣"，几年中一直在研习俞大猷留下的武术名著《剑经》，他们决定从《剑经》的精髓中创立出一套适合时代，又有闽南武术特色的新拳种，把这一拳种称为戒拳道。这套拳种可简可繁，可实用，可强身，根据他们的介绍，从《剑经》中得到启发，认为武的最高境界为"止戈"，拳术的最高境界则是"戒拳"。也就是说，练武除了武技，其内涵还包括练身体、练意志、练精神。其中的《散技训练要领》可见端倪，习武的人从中就可以品味出它的特性和内涵。

> 为何如何何时用，朝练暮思勤实践。
>
> 行功无敌视有敌，无中生有招招实。
>
> 艺初出手皆成招，功成无招胜有招。
>
> 动似波浪落如鸟，应声而入快准狠。
>
> 摇身俊胛劲节力，知拍能取任君斗。
>
> 动静进退灵活用，刚柔虚实变无穷。

俞龙武德扬两岸

现在，这对鸳鸯侠侣已经在厦门和晋江开设了健克戒拳道馆，以弘扬闽南武术文化为己任，没想到，四面八方的习武爱好者纷至沓来，前不久，一位土耳其人，Ecevit TiKiCiERi（土耳其名字）是一个中国的武术迷，从未到过厦门，不懂汉语，向往的却是中国功夫，而且在土耳其创办了中国功夫馆。当他出差中国，得知厦门有一种由一对"鸳鸯侠侣"新创的拳术名为戒拳道时，就匆匆赶到厦门，怀着激动的心情，找到了厦门的"鸳鸯侠侣"。而这对"侠侣"，还不知道他们已经扬名海外。土耳其客人此行是想见识一下通过网络了解的一种新武术戒拳道。他们已经获悉，这种武术是厦门一对年轻的"鸳鸯侠侣"独创的。

话说土耳其友人激情来访，开始的时候很想与他们当面"切磋切磋"，但王海澄和黄瑞珠却不着急，他们在客人面前展示了功夫。只见看似文静、娇弱的黄瑞珠，亮出几招戒拳道的招式，竟是力道十足，虎虎生风，让土耳其友人看傻了。王海澄则更有风度，立地不动，现出"金钟罩"的真功，任你击打，纹丝不动，毫发无伤，让土耳其友人目瞪口呆。

这时土耳其友人觉得不必再过招了，觉得他们对中国功夫的理解还有

健克搏击俱乐部学员们参加厦门市的大型文化踩街活动

待加深。这对"侠侣"真诚地把戒拳道的要义倾囊相授，并在技艺交流中指出他们的不足之处：下盘缺乏稳健，距离感不足，身体僵硬等。虽然语言交流不方便，但一招一式代替了一言一语，无声胜有声。土耳其友人感到收获巨大，恋恋不舍地道别。

俞大猷的《剑经》，在历史的长河中已传播在海峡两岸，近来，海峡两岸民间来往日趋密切，鸳鸯侠侣的名声在海峡两岸也有所传播，台湾的武术爱好者也通过有关渠道，前来进行交流切磋，戒拳道创立者王海澄和黄瑞珠还加入了泉州的俞大猷武术文化研究会，为在海峡两岸发扬俞大猷的武德和精神进行不懈的努力。

台东 "寒单爷"
炮仗回祖地

　　"炮炸寒单爷"这个台湾台东极具民俗特色的活动，2006年8月25日来到闽南展现了它特有的风采。这项活动原本是每年元宵节台东的独门重头戏，这次由台东市长陈建阁亲自带领的台东文化交流团，首次把"寒单爷"请到了大陆，让"寒单爷"得以在初秋之夜的安溪茶都广场又过了一次"元宵节"。

渡海而来，台东 "寒单爷" 首次现身大陆

　　与很多从台湾到祖国大陆交流访问的团体行程不同，这次台东文化交流团是由金门水头码头出发，取道厦金航线抵达厦门的。

　　文化交流团一共有150人，由台东市长陈建阁领队，陈建阁先生10年前曾经来过闽南，但这是他首次以台东市长身份率团来访。相隔十年，两次探访的心境截然不同。十年前陈建阁先生回到家乡，是一种亲近祖地故土，单纯而赤诚的兴奋与喜悦。而这一次以市长的身份率团返乡，兴奋依旧，但平添了一份责任，那就是把他治理之下的、台

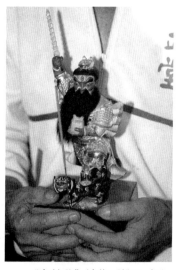

"寒单爷"神像（姚凡 摄）

湾东部人口最多面积最大的城市台东，详尽地介绍给大陆同胞。

陈建阁先生表示，这次台东把最有特色的民俗活动"炮炸寒单爷"首次安排在大陆表演，是希望我们能在大陆一炮打响，让大陆同胞了解台东的民俗风情，从而让台东和福建在旅游、农业、经贸等方面能有更广泛的交流。随团来的台东乡亲个个都说着一口流利的闽南话，从厦门到泉州一路上他们觉得既新鲜又熟悉。台东市公所民政科周科长对我们说，今天，还有两位来看热闹的台湾游客，是自费从台湾赶来的，因为在平时，只有元宵节才有机会看到这一特色民俗

第一位登场的"肉身寒单爷"　（姚凡　摄）

活动。两位乡亲一听到信息，就赶来安溪看在台湾一年才得一看的盛况。

火光四起，鞭炮在"寒单爷"身上炸响

台商萧良松先生告诉我们，在台东，每年元宵之夜都有四五万人围观"炮炸寒单爷"，这一次，在盛夏回到祖地来表演，引发了当地群众的极大兴趣。表演地点设在安溪茶都广场，当晚，可谓是万人空巷，人们扶老携幼，纷纷赶来观看。

"寒单爷"上场了，登上椅轿，四个轿夫将椅轿抬起，站在四周的炮手把点燃的鞭炮从四面八方猛力地掷向这个肉身"寒单爷"，"寒单爷"凛然而立，没有丝毫躲闪，偶尔用榕树叶扫开飞到眼前的鞭炮，无数爆竹

在他的身上、头上劈啪炸响，火光迸射，烟雾四起，隆隆的炮声在安溪的夜空下响彻云霄。就这样在绕场四五周，持续轰炸十几分钟后，整个广场烟笼雾罩，鞭炮炸开后的纸屑在地板铺上了厚厚一层"红地毯"。

勇敢顽强，肉身寒单爷在当地深受敬重

第一位"肉身寒单爷"走下软轿，已是通身灰黑，但见他赤裸的上身处处是炮炸的伤痕，我们走上前去，第一时间采访了他。

这位勇敢的"寒单爷"名叫郑富春，刚刚经过鞭炮洗礼的他非常兴奋，我们问他，置身于炮火中害怕不害怕？他对我们说，第一次当"肉身寒单爷"的时候，上场前有些害怕，但当一登上椅轿，觉得既当寒单爷，就要有寒单爷的勇气，几轮炮火之后，也就泰然自若了。郑先生已当了好几回的寒单爷，他说，现在看到鞭炮飞来的时候，一点也不怕了，反而很兴奋。我们在他刺青的身上看到，毕竟炮火无情，在他身上留下了无数的小伤痕，但他笑着说，这不碍事的，炮炸的伤痕不用涂药，自己就会好的，这项活动让他变得更加坚强和勇敢。台东县议会议长李锦慧也对我们说，像郑富春这样当过肉身"寒单爷"的年轻人，会因为他们的勇敢顽强而在当地深受敬重。

接下来，第二、第三、第四个肉身寒单爷也按照同样的程序上场接受鞭炮的轰炸，鞭炮雷鸣，欢呼阵阵，观众为这场惊险刺激的表演大呼过瘾，他们的情绪也随着表演的高潮迭起而激扬起来，欢呼声与鞭炮声交响在一起，表演现场热闹非凡。

追根溯源，福建是"寒单爷"的祖地

"炮炸寒单爷"在一片欢腾和喜庆的氛围中画下了完美的句号，这也意味着，台东"炮炸寒单爷"回祖国大陆的首次表演取得了圆满的成功。表演虽已结束，但许多人还是难抑兴奋激动之情。这次来闽的台东第一代"肉身寒单爷"今年已经87岁高龄了，这位老人名叫王财王，这次听说要来闽南表演，他执意也要随团来看看。他说，他在台湾当了无数次的"肉

众人炮炸"寒单爷" （姚凡 摄）

身寒单爷"，福建是寒单爷的祖地，怎么能不来呢？台东县知名人士王清坚说，"寒单爷"源自大陆，台湾人民从来没有忘记祖国大陆，这次我们回到故乡，也把"寒单爷"带了回来，这实际上也是一种寻根。

　　家在安溪的厦门大学研究生小陈，在回味这场民俗盛宴时，很有一些自己的感触，他觉得寒单爷的表演是新鲜的，但追根溯源，它又是似曾相识的。"炮炸寒单爷"与闽南的民俗文化有许多共同之处，都是两岸民众祈求平安兴旺、祈求发财等朴素的民俗活动，但它独特的惊险刺激的表演形式，又让人觉得亲切又新奇，所以，两岸的这种文化交流是非常有意义的。玄武堂李建智堂主激动地说，今天，无论于我们表演人员还是寒单爷都是一个值得纪念的日子。我们希望两岸的交流能像"炮炸寒单爷"一样，越炸越兴旺、越红火。

"寒单爷"出自封神榜

　　台东市是台湾东南部的重要城市，位于台中县的中部沿海，是台东县的行政、经济、文化中心。

　　台东市背山面海，占据了整个卑南溪冲积平原的大部分，面积100多平方公里。全市人口约有11万，居民中以汉族人口最多，其次是卑南人和阿美人。台东最具民俗特色的活动就是每年元宵节举办的"炮炸寒单爷"。

寒单爷的名称又有寒丹、韩单、韩丹、邯郸等多种不同写法，推其原因，应该是口述相传过程中所造成的变化。不少民俗学者相信，"寒单"应该是闽南话"玄坛"的讹音所造成，所以多半也认为"炮炸寒单爷"即是早期闽台元宵夜"迎玄坛爷"的游街习俗。

玄坛爷出自封神榜，本名赵公明，商朝鲁国（今山东）人，又称峨眉山罗浮洞主，武王伐纣时，协助闻太师抵抗周军的进攻，为姜子牙设计所杀。后封其为"金龙如意正一龙虎玄坛真君"，俗称武财神。

台东玄武堂所供奉的寒单爷神像，有绿白红三色的太阳脸谱，右持打神鞭，左拿风天印。台东玄武堂堂主李建智先生根据神像绘有太阳脸谱与手捧天师印的特征，推断台东寒单爷可能出自道家张天师系统。

关于寒单爷喜欢被炮炸的说法很多。相传寒单爷生性怕冷，天寒时即心痛，因此当寒单爷出巡时，信众皆以火炮为财神爷驱寒取暖，以求得到财神爷的眷顾，保佑能发大财。而在民间有另一种传说，寒单爷凡身专门欺压乡民、鱼肉百姓、耍狠好恶，但有一天得到仙人的感化指点，顿时大彻大悟，决心痛改前非，站上软轿，接受爆竹轰炸来赎罪。

目前，台湾供奉"寒单爷"的地方，除了台东以外，尚有花莲的行德宫、玉里的金阙堂、台东寒单爷恒春分堂及苗栗、竹南中港等地，但炮轰肉身"寒单爷"只有台东才有，成为台东独特的民俗活动，当仁不让地跻身于台湾三大民俗活动"北天灯（台北县平溪镇的放天灯）、南蜂炮（台南县盐水镇的鸣蜂炮）、东寒单"当中。

看"寒单爷"上轿

夜色将临，华灯初上，被选为表演首站地的安溪茶都广场吸引着一拨一拨的人群涌入广场。来自台东玄武堂的表演人员

"寒单爷"昂首挺立 （姚凡 摄）

穿戴整齐，正在为寒单爷上轿做准备工作，他们把红黄相间的竹藤搭缠成高高的藤椅，藤椅的上方还有一个小小的平台，藤椅称为"椅轿"或"软轿"，这就是"寒单爷"的"坐骑"。

文化交流团成员之一的洪先生双手恭敬地捧着一尊神像，神像的脸是绿白红三色的太阳脸谱，右持打神鞭，洪先生介绍说，这神像就是"寒单爷"，我们不明白，"炮炸寒单爷"难道是炮炸这尊神像不成？洪先生笑着说，不，这尊神像只是"寒单爷本尊"，而真正要受到炮炸的是由真人扮成的"肉身寒单爷"。然后，他指着场上穿着红色的短裤，打着赤膊，短装打扮的青年说，他们就是"肉身寒单爷"，但见他们一个个精神抖擞，有的颇为健壮，但也有长相斯文、身材并不高大的。周边的另一些年轻人，头带黑色或红色的帽子，脸上围着黄色的毛巾，带着白色塑料的防护眼镜，服装却略又不同，穿红色长裤，上下遮掩得严严实实的，他们就是护卫和炮手。

这时，洪先生把"寒单爷"的真尊就放在椅轿上的那个小小的平台上，几个人用极其恭敬的神情请"肉身寒单爷"上轿。就在此时，广场上驶来一辆卡车，工作人员把一大箱一大箱的东西卸下车来，摞起来竟成了个小山，走近一看，原来是鞭炮，一位相关负责人告诉我们，这是本地买来的鞭炮，最响最猛的一种，一共花了人民币10万元。看着这堆成山的爆竹，还没开演，我们的心已经提到喉咙了。

"炮炸寒单爷"是台湾极具特色的活动（姚凡 摄）

每年三月中
青礁炸 "寒单"

　　《台东"寒单爷"爆竹声中回祖地》的报道引起许多读者的兴趣与关注，特别是文中提到，台东市长陈建阁说台东"寒单爷"源自福建，但在福建已经失落了。关注我们报道的热心读者黎明先生与颜全兴先生，给我们提供了重要线索："寒单爷"在福建并未失落，厦门海沧的青礁村就有"寒单爷"，而且已有千年的历史了。为此，记者随即赶赴青礁村，为台东的"寒单爷"源自福建找到了注脚。

　　青礁村的"寒单爷"神像就安放在慈济东宫附近的万应庙，颜全兴先生带我们来到万应庙，庙口的长椅上，几位颜姓老人已在此等候多时。他们闻说记者要来为台湾"寒单爷"寻根，纷纷来到这里，都想来述说这尊已默默护佑青礁村近千年的"寒单爷"的光辉历史。

"寒单爷"守护青礁村已近千年

　　这些老人刚同我们见面，便与我们谈起了在安溪举行的"台东炮炸寒单爷"活动。他们对此次活动了如指掌令我们大为惊奇，我们纳罕之时，家里订有《厦门日报》的颜大憨老人的孙女颜小秋找来了9月1日的《海峡周刊》，翻开"台东炮炸寒单爷"的专题说，她当时看到这篇报道时，真是既亲切又惊喜，亲切的是"寒单爷"就在她家门口，因为供奉"寒单爷"的万应庙，离她家仅隔一条小路。从小到大，她亲历过多次"寒单爷"庙会的盛况，因此她对"寒单爷"再熟悉不过；惊喜的是原来台湾也

有"寒单爷",从报道中看,其相关的民俗活动也与青礁村的"寒单爷"庙会很相似。看来,这两者一定有很深的渊源呢,所以她就把这张报纸留了下来,左邻右舍听说后也纷纷前来看报纸,有的还特地到报刊亭买了这份报纸收藏起来。如此一来,小小的村庄沸腾了,许多人说,台湾"寒单爷"不知道根源在哪里,就在我们这里呀!颜全兴老人就是青礁村人,他戏谑地说,"台东寒单爷"在安溪"炸响"后,其火光与炮声飞到了我们青礁村。

"寒单爷"是从山东迁来的

万应庙"寒单爷"神像

万应庙并不大,但庙前的院子却不小,足足可以容纳上千人,在院子的另一端,还有一座新修建的万应庙戏台。这么小的庙,为什么要有这么大的院子和戏台呢?年近九旬的颜大憨老人说,"寒单爷"在青礁村,大家还是传统地把他称作"邯郸爷"(台东"寒单爷"也有这种称法),是从山东几经周折迁徙到青礁的,"寒单爷"一直是他们颜氏族人的保护神。每年的农历三月初九,万应庙都要举行盛大的庙会,要把"寒单爷"请出来巡境。与台东略有不同的是,台东的"炮炸寒单爷"是在元宵节,而青礁的"寒单爷"庙会则是在农历三月初九,为什么不在农历三月十六的"寒单爷"赵公明生日的那天举行,大家也不明就里。

青礁"炮炸寒单爷"比台东更火爆

提起庙会，几位老人的兴致更高了，从他们激动的神情和加快的语速中可以看出，这真是村子里的一件"天大的事"。老人颜宏井说，那一天，成百上千的人涌到万应庙的大院里，连龙海等地的乡亲也纷纷赶来，院子里经常挤得水泄不通。从早上8点开始，便有节目上演，一天下来，要有上百个节目在这里登台表演，踩高跷、大鼓吹、蜈蚣阁、大棚……

"炮炸寒单爷"这一活动则通常是在巡境中举行。颜阿根老人自豪地说，"我们的'炮炸寒单爷'比起台东的，可谓别具一格！"这里的"肉身寒单爷"叫作"乩童"，同台东的"肉身寒单爷"一样，乩童也要站在椅轿上，由四名轿夫抬起来"出巡"、"游境"，但不同的是，这四名轿夫全部要赤裸双脚，踩过燃烧的火炭前行，与此同时，周围的人们再把燃烧的鞭炮掷向乩童。下面要忍受火炭的灼烫和炙烤，上面要承受从四面八方飞来的爆竹的轮番轰炸。不过，村民们说，这是一种习俗，其含义与台湾一样，因为"邯郸爷"是财神，所以会越炸越旺。

颜宏井老人说，从活动的形式上看，"台东炮炸寒单爷"应该是由炮炸乩童演变的，虽然二者形式上还有些差别，但蕴含的精神内核是共同的，那就是保佑人们平安幸福、快乐富足。我们真希望台东的朋友能到这里看看我们多姿多彩的庙会，更期待的是，两岸的"炮炸寒单爷"能在万应庙这个"寒单爷"的根基祖地前，一起炸响！

两岸"寒单爷"明年可能海沧相会

在海沧担任旅游工作的黎明先生说，"离两岸'炮炸寒单爷'同台上演的日子不远了，而且这完全是一个机缘巧合！"原来台东市长陈建阁一行参访福建时，在8月下旬也到达了海沧，并参访了青礁慈济宫。陈建阁先生对将在明年4月中旬举行的青礁慈济宫"保生大帝文化节"表示出了浓厚的兴趣，海沧也对台东"炮炸寒单爷"发出了诚挚的邀请，两方一拍即合，陈市长当场表示，明年的"保生大帝文化节"，台东一定要来参加，而且要把"台东炮炸寒单爷"带到海沧。

三月炸寒单

　　黎明先生说，如果明年台东"寒单爷"能来青礁与青礁的"寒单爷"会亲，这将是一件激动人心的盛事。

　　这次采访，我们还特地向海沧年逾八旬的民俗专家颜明远先生请教了有关两岸"寒单爷"渊源一事。颜先生说，青礁"寒单爷"堪称是闽南最老的"寒单爷"了，曾分灵到台湾、漳、泉一带，现在，漳泉一带民众每年仍来进香，两岸人为隔离前，万应庙前可泊船，常有台湾民众前来进香。现在两岸学者应根据这一线索，对两岸"寒单爷"的渊源进一步研讨、求证，追根寻源，再续亲情。

唐诗来新唱
传承千古韵

唐诗本来就很美，在曼妙的舞曲中，两岸少年儿童把千年唐诗舞动起来，唐诗的魅力，得到了美妙体现。2006年7月8日在厦门一中礼堂举办的这场"相聚厦门·中华儿女唱唐诗"活动，倾倒了在场的所有观众。这是一次诗的盛会，以诗交流，以诗传情，以诗表达着海峡两岸情感的交融，也展现了海峡两岸对中华文化的共同认知。

诗情诗心，两岸同崇经典

中华文化的魅力之一就在于它能够适应时代的特点，再现活力再现生机，唐诗恰恰在这方面表现得最精彩。这是台湾作曲家、电影编导柳松柏先生对唐诗的理解。柳先生说，他是根据诗词的字韵、音韵甚至平仄及诗的意境和节奏来谱曲，再结合大家的感觉，通过舞蹈等肢体语言和演唱的

两岸少儿同台表演唐诗新唱

方式表达出来。他所推创的"唐诗新唱"活动已经开出了靓丽的奇葩。7月8日，他带着台湾爆米花儿童剧团、诗歌乐舞创意剧团和厦门的儿童进行了这场别开生面的交流演出活动。演出之前，我们采访了柳松柏先生。

柳先生说，他与唐诗结缘十几年来，深深地感觉唐诗谱上新曲可以让优美的唐诗焕发出特有的魅力，特别适合在少年儿童中推广传唱，他觉得唱唐诗可以使人终身受益。无独有偶，在与台湾一衣带水的厦门，许多小学生也在传唱唐诗，这些唐诗是由大陆著名音乐家谷建芬老师谱曲，被音乐界称之为"新学堂歌"。于是在最先推广古诗词歌曲的城市厦门，厦门市教育局和厦门市台湾同胞联谊会主办了这次活动，他们盛情邀请台湾爆米花儿童剧团、诗歌乐舞创意剧团与厦门的儿童同台献艺，共同以演唱的形式传承唐诗，弘扬经典。

异曲同工，诗中别有天地

在"相聚厦门·中华儿女唱唐诗"的活动中，厦门和台湾的小朋友上演了21个精彩纷呈的节目。台湾的小朋友在舞台上撑起了小雨伞，把杜牧的《清明》演绎得惟妙惟肖：路上"欲断魂"的行人、细雨中悠闲自得的牧童、寻访杏花村酒的酒客……一切都展现得别具一番古韵。厦门的小朋友穿上毛茸茸的鹅衣，个个"鹅像十足"，在舞台上"红掌拨清波"，引来了台下一阵欢笑，显得轻松活泼。

在舞台下，我们和一位台湾的小朋友聊了起来，他说他们觉得演唐诗很好玩，在音乐和舞蹈中感觉唐诗，可以很快地把唐诗记下来。比如，李白的《清平调》，他只用了几分钟的时间就背下来了。厦门英才小学的小朋

台湾作曲家、电影编导柳松柏先生与夫人赵雪芹

表演唐诗新唱的小演员

友李佳宜，今年才上二年级，但是已经能背好几首唐诗了，她上演的节目是《赋得古原草送别》，她说尽管现在对诗意不十分理解，但是她会长大，以后会明白的。

正如柳松柏先生所说的，谱上新曲的唐诗最适合中国人来唱，男的可以唱女的可以唱，小的可以唱老的也可以唱，通而不俗。柳先生还给我们讲了个故事，在台北新店有一位八十五岁的老太太，把唐诗唱得抑扬顿挫，十分动听，甚至超出了柳先生的想象。这位老太太是晚年学诗，且悟性很高，堪称是一位大器晚成的"老诗人"。总之，古诗新唱就是要让古诗（包括唐诗、宋词、元曲）变得好记好学。

柳先生还说他们已经有了一套自创的"诗化教学"方法，这种方法运用起来会使唐诗背诵起来更为容易，而且还能训练人的发音，使人咬字清楚，说起普通话来更为标准。台湾的詹素月老师告诉我们，推广唐诗不仅可以"有声有色"甚至也可以"无声无色"。因为聋哑儿童也可以"唱"唐诗，那就是用手语"读"唐诗；她还用手语向我们示范了一段"两个黄鹂鸣翠柳，一行白鹭上青天……"

缔结深情，盼望相聚宝岛

海峡两岸的这次联谊活动，已经超出了活动本身的意义。演唐诗、唱唐诗已经成了联系两岸的老师和小朋友情谊的纽带。台湾屏东县民正中学的王歆维小朋友去年就曾来厦门进行唐诗新唱的交流，并且和一个厦门的学生交上了好朋友。她说这次来厦门本来十分想和她再见一次面，她还带着厦门小朋友的E-mail和电话号码呢，可是这次行程太紧，没有时间和这个小朋友见面了，不过以后还有机会。台湾屏东万丹小学的李欣怡老师对我们说，这次交流演出，他们家出动了六个人：除了她还有两位姐姐和三个外甥。

在舞台下，我门看到了一些厦门小朋友和台湾小朋友在互换"纸条"，原来他们在交换各自的联系方式。一位厦门的小朋友说，我们和台湾的小朋友约好了有机会到台湾去唱唐诗。一位台湾老师对我们说，中华经典文化是中华民族的根，我们要让小孩子接受这些人文教育，了解、记住自己国家灿烂的文化，这样国家的明天才能更辉煌。

夫唱妇随推广唐诗
——访柳松柏与夫人赵雪芹

采访中，柳松柏先生说，在推广唐诗过程中，他的贤内助赵雪芹是个很好的帮手。他把在台上忙着排练的夫人招呼了过来，对我们说，推广唐诗十几年来，我可少不了她。原来其夫人赵雪芹是一位多才多艺的电影演员，为了支持丈夫这有意义的事业，经常抽空跟着柳先生"上山下乡"，谱写新曲，推广唐诗。有一次他们夫妇去屏东县推广唐诗新唱，走在半途，忽然下起大雨。他们就在山上的岩石下躲雨，雨过天晴，二人触景生情想起了王维的"空山新雨后，天气晚来秋……"《山居秋暝》的佳作，随即谱上了新曲，赶往学校，让学生们演唱，效果很好。十几年来夫妻俩风雨兼程、坚持不懈，有许多佳作都是共同完成的。说到这里柳先生神秘

唐诗《出塞》新唱，气势磅礴雄壮

地一笑说，这可是向你们独家透露的哦。

　　赵雪芹女士说，现在他们不仅为唐诗谱写新曲，而且把范围扩大到宋词和元曲。兴致所至，赵女士脱口唱起宋词陆游的《钗头凤》，其调委婉悱恻，声情并茂，把我们带进了那凄美的爱情故事里。把传统的中华文化经典流传后世。柳先生夫妇为了这份事业可谓是无怨无悔，他们有劳累有辛酸，但也有收获有欢乐。他们说看着两岸的小朋友同台交流唐诗新唱，心里就有一种莫大的愉悦和欣慰。

唐诗新唱

　　近几年来，弘扬中华文化经典的呼声越来越迫切。1995年八届全国政协会议上，赵朴初、叶至善、冰心等九位德高望重的文化老人，就正式以提案的形式，发出《建立幼年古典学校的紧急呼吁》，希望自儿童起就注重中华传统文化的传承。十年来，包括北京、上海、天津等上百个城市，数百万儿童参与经典诵读活动。

　　唐诗新唱以其特有的传播方式弘扬中华文化经典。台湾"唐诗新唱"的推创人柳松柏先生，自1994年开始为唐诗谱曲。唐诗三百首已经基本谱上了曲调，唐诗新唱一经问世就受到欢迎和好评。在台湾，他已经培养了3万左右的老师，推广在60多所学校，9万多人之中，从小孩到老人都会演唱，成为了老少皆宜的作品。在大陆，著名的作曲家谷建芬老师也在为古诗词谱曲。谷老师的作品被称之为"新学堂歌"在厦门最先发起，而后再逐步向全国推广。现在海峡两岸唱唐诗已蔚然成风。本次由厦门市台湾同胞联谊会、厦门市教育局主办的"相聚厦门·中华儿女唱唐诗"交流演出活动，堪称是海峡两岸文化交流的一件盛事。

台湾小女孩表演《清平调》，婉转优美

Part 4 投身自然乐

草长莺飞时
"鸟人"共赏鸟

暮春初夏，草长莺飞。每年春夏之交，候鸟向北方迁徙，金门、厦门两岛成了候鸟们的最佳栖息地。此时，正是两岸"鸟人"观鸟的最好时节，和煦的春风中，你可以带着踏青未尽的兴致，寻一处静谧地方，用心细细地欣赏这些美丽的小精灵，它们翱翔于两岸的同时，也穿织着两岸"鸟人"的情谊……

鸟类栖息的宝地

厦门市位于东经117°53′—118°25′，北纬24°24′—24°55′，地处福建省东南部九龙江入海处，背靠漳州平原，与金门岛隔海相望。就地理位置而言，厦门和金门都是属于南亚热带季风型海洋性气候，年平均气温20.9℃，降水量随季节的变化明显，相同的地理资源和气候特征使得金厦两地的鸟类资源极其丰富，据有关资料显示，厦门地区记录到的鸟类有300多种，金门也有300种左右。厦门海域面积达344平方公里，海岸线总长为234公里，宽阔的海面上有许多岛屿和多个造型迥异以沉积岩或花岗岩为主组成的残丘岩礁。

厦门地区的各个出海口，由于拥有泥滩、草泽、沙洲、耕地、鱼塘和防风林、红树林等不同湿地环境，鸟类资源更是丰富。曲折的海岸线上具有基岩海岸、土崖海岸、沙质海岸和淤泥质海岸等多种海岸类型，再加上山峦的环抱，构成良好的防风、防波屏障，使厦门、金门成为候鸟迁徙的

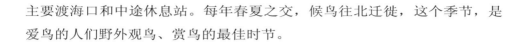

主要渡海口和中途休息站。每年春夏之交，候鸟往北迁徙，这个季节，是爱鸟的人们野外观鸟、赏鸟的最佳时节。

金厦鸟儿同争艳

厦门和金门，常见的林鸟有30多种，如：麻雀、白头鹎、红耳鹎、绿绣眼、珠颈斑鸠、大山雀、褐翅鸦鹃、戴胜、三宝鸟、喜鹊、鹊鸲、乌鸫、紫啸鸫、虎斑地鸫、画眉、黑喉噪鹛、红嘴蓝鹊……这些林鸟要么羽毛色泽艳丽、要么鸣声宛转动听，清晨或黄昏倦鸟归巢的时候，林子里经常是此起彼伏的鸟鸣，仿佛瓦格纳的交响曲，丝弦共振，箫管齐鸣。

金厦鸟类的另一大族群就是水鸟，眼下正是水鸟过境时期，你会见到长着粉红色长腿的漂亮宝贝黑翅长脚鹬，喜欢在水面打转的红颈瓣蹼鹬，以及刚换上黑色领带的金斑……金厦两门的水鸟栖息地，宛如正在举行一场鸟类的春装表演，令你目不暇接，流连忘返，几乎成了我们城市季节变更的一个明显标志。

每当到了候鸟聚集时节，金厦两地的小精灵们，仿佛都约好了似的，集聚在树林间、湿地里，竞相展示自己美丽的身姿和迷人的体态。抹着"口红"的红嘴鸥，高傲地踱着步子来回；留着两条辫子的小白鹭，三五成群地低头觅食；在红树林边闲游的绿翅鸭，成双成对更显得怡然自得，再看看那些黑翅长脚鹬，还在秀着自己美丽的粉红色长腿呢！

湖边观鸟乐

孩子们聚精会神地观鸟

在现场观鸟的厦门观鸟协会彭志伟、李高雄、胡震宇先生向我们描述在翔安莲河看到的万千鸬鹚飞两岸的盛大场面时，仍显得心情激动。彭先生说："其实金门的鸬鹚，是厦门观鸟爱好者容易观测到的。前几天，我们这群'鸟人'来到莲河的一个观测点，这里与金门咫尺相望，观测时，刚好是潮汐退去的时候，但见一大片'彩云'突然从金门方向飞来，呀！原来是成千上万只的鸬鹚，降在滩涂上，那盛大的场面用铺天盖地来形容一点也不夸张，好一阵子，鸬鹚们在那觅食够了、嬉戏够了，又一下子'集体起飞'向金门的方向飞去。这场景真叫我们难以忘怀。"

金厦"鸟人"交流齐护鸟

金门和厦门虽然在地理、气候上有诸多相似之处，但这两个地方的鸟类资源却不尽相同，厦门由于有广袤的腹地，多山林，所以林鸟的种类较多；金门生态环境不错，有湿地、有滩涂，天然海岸多，所以金门水鸟的种类较多。因此，金门观鸟爱好者来厦门观赏林鸟，可以弥补观赏林鸟的缺憾。彭先生说，金门的一位观鸟爱好者曾困惑，他在金门地区观测到鸬鹚往大陆方向飞，但由于两岸观鸟信息缺乏沟通，他无法得知鸬鹚的确切飞向，其实这些鸬鹚有的就近在厦门翔安，坂头水库等地觅食，晚上则回到金门岛上休息。

近年来，厦门与金门的观鸟爱好者，来往逐年加强，金门观鸟协会的常务理事杨瑞松先生来过厦门多次，他不仅在厦门观察到了在金门不易见的林鸟，而且带来了金门观鸟爱好者的一些经验和理念，并相互交流了在推广爱鸟、护鸟等方面的经验。厦门的观鸟协会通过交流，采取了学校、社区、社会依次推广的模式，注重培养学校学生的爱鸟意识和观鸟兴趣；通过在社区普及爱鸟护鸟的各种常识，提高社会整体的环保意识；两岸的观鸟爱好者还通过网站等平台互相交流经验。在两岸上空飞翔的鸟，也在穿织着两岸观鸟爱好者的情谊。

翠鸟捕虾

小的时候就在课文里认识了翠鸟，不过一直无缘亲见，今天终于一睹它的风姿。

它静静地站在树枝上，翠绿色的羽毛，橙色的腹部，小小的头，细细的嘴，昂首挺胸，太美了，果然名不虚传啊（实际上翠鸟羽毛是翠蓝色，但是从望远镜中远远地望去，就像是翠绿色的）。

它悠闲自得地在那里歇息，我目不转睛地望着它。它突然直扑水面，动作极其迅速，姿势也很凶猛，刚才温婉的一面，顿时烟消云散。它双翼紧夹，尾朝上头朝下，全身笔直地插入水中，双喙像镊子一样张开，又急速收紧。整个过程只是几秒钟的功夫，然后来一个漂亮的转身，又回到了刚才的树枝上，但是这时候的它已经口含猎物了。大家都知道翠鸟是捕鱼高手，素有"叼鱼郎"之称。这回可是见识了它的看家本领了。不过这次叼的不是鱼，而是一只10厘米左右的虾。更有意思的是，它把那只虾衔在嘴中，并没有马上吃掉它。它衔着虾，大幅度地左右摆着头，甩着虾，反复多次，大概是玩够了，最后才把那只鲜虾吃掉。

这一幕真是够精彩的！我不由得想起了一句格言："纸上得来终觉浅"，从书本上得知的翠鸟在我的脑海中充其量无非是个名词罢了，但有了今天的目睹，翠鸟在我的脑海中将永远是活生生的。

数控能快繁
如诗亦如画

近日，闽台（厦门）花卉高科技园营运、交流中心，举行了盛大的奠基仪式。其实作为厦门市十大科技平台之一的闽台花卉高科技园区的种苗研发中心、生态园区这两大部分建设已初具规模且卓有成效，记者有幸捷足先登，抢先目睹了如诗如画的花卉科技园。

如诗如画的苗棚

在花卉科技园里，最有诗情画意的要数数控快繁的苗棚了，里面各种苗木花卉被分门别类的安放在自己的一席之地。那些数控装置与这些苗木都有着"通灵"的感应，一会儿管道里吐出了丝丝的雾气，一会儿又亮起了红色的灯光，那雾气是为了滋润花卉苗木，只要苗木稍有点"渴"，那雾气就会自动喷出来，只要那苗木需要光亮，而棚中光亮不足时，那红光就会自动闪现。置身其中，真有点瑶台仙境的感觉。

这奇妙的功能从何而来？谢技术员向我们一一道来，第一件便是隐在众花丛中的智能叶片，这个叶片状的器

每棵能产400多斤果实的木瓜树

如诗如画的苗棚给人们带来惊奇

件，能感应苗床湿度以及基质中的温度和湿度，如果太过高温干燥，室内自动化喷雾设施便会自动弥雾增湿降温。第二件宝贝，是小棍状的环境温度感应器，它可以感应整个棚内的温度，也会随着环境的变化，调节喷雾器适时地自动弥雾降温。第三件就是安置在基质床上方架子上的光照感应器，如果光线不够，它就会启动植物带红光的生长灯，来增强光合作用，促进植物生根发芽。看着自动化的数控技术与五彩斑斓的花卉植物配合得默契十足，天衣无缝，我们顿时明白了高科技如何让这些花卉苗木舒舒坦坦地快繁起来了。

五彩缤纷的试验区

谢技术员告诉我们，这个数控种苗快繁试验区是种苗研发中心的一个重要组成部分，主要是针对新品种，通过小区试验，探讨其快速育苗及苗木大量生产之有效方法，从而有利于闽台名优花卉新品种的推广与应用，丰富花卉品种资源。

试验区内，整整齐齐地摆着一张张"床"，有的填满了颗粒状的小东西，有的则灌了一层水，有的摆满了一株株花苗，有的只是插了一片片叶子。谢技术员介绍说，填满小颗粒的苗床为基质苗床，那些小颗粒就是珍珠岩，它具有排水性好、保温、透气性好、无菌等优点，植物的一片叶子或插穗插进去，调节好温度、湿度、光照等智能控制条件，就可创造出植物生长的最优化的环境，使得这些叶片或插穗自己长出根来。而灌水的叫水培床，水培床上的情景更是让我们大开眼界，原来只适应于干旱环境的仙人球、玉麒麟、玉鳞凤等多肉类植物，统统被浸泡在水培床里，惊讶之时，谢技术员解释道，我们就是通过水生诱变，让旱生的仙人球可以适应水中的环境，让这种干旱植物在长期的水生环境中，依然能正常生长。以后我们还要对更多的植物种类进行水生诱变试验，要不断开发珍稀的品种，让这些香花异草什么时候开花，就什么时候开，想让它们在哪开花，就能够在哪开！

在采访中，科技园的技术员赖女士告诉我们，数控种苗快繁试验区是目前试验区中较为突出的一个，花卉、水果的许多品种已在此扦插成功，将来可以大量繁殖、批量生产了。

连接两岸从现在开始

采访要结束的时候，谢技术员欣喜的告诉我们，科技园又新近聘来几位博士和硕士，专攻新品种的研发，这些科研人员会利用自然选育、人工杂交、太空育种、细胞工程及转基因等传统与现代化合而为一的花卉育种技术，研发珍稀的花卉品种，从而把花卉高科技园建成闽台花卉种苗核心技术研发的公共平台。同时，以扦插快繁等技术建成种苗标准化快繁流水线，建设首个数字化控制的花卉种苗育苗基地，使厦门成为联结海峡两岸的名优花卉种苗辐射中心。

这个联结两岸花卉、水果等植物研发推广的平台，也使科技园的技术人员与台湾的技术人员有机会进行广泛而深入的交流，这种沟通交流让科技园的技术人员们受益良多。谢技术员感慨的说，在与台湾相关方面的技术人员的交谈中，我们发现台湾农产品和花卉品种的研发和推广比我们要成熟许多，而且他们善于在实践中发现问题及解决问题的研究方法也给了我们很多启示。

德源达对台进出口公司人员正在厦门码头装卸来自台湾的新鲜水果

海峡两岸水果交易洽谈会上，来宾们正在品尝台湾水果

海峡两岸（福建 漳州）花卉博览会

云顶山下德安古堡

同安 云顶山
杜鹃迷人眼

　　厦门的最高峰是在同安汀溪的云顶山，春夏之交，满山杜鹃花盛开，不仅呈现了美丽的景观。

　　"出门一步平，后山是花园，坐在大厅里，眼下是沧海"，这是当地民众对云顶山一带地理形态的形容。"出门一步平"可不是说这里是平坦的道路，意思是只有一步的平地而已，因为这里是深山，"后山是花园"却是名不虚传，因为每当春夏之交，云顶山山上山下姹紫嫣红的杜鹃盛开，其景象胜过花园，"坐在大厅里，眼下是沧海"说的是由于这里地处高山，可以远眺，既可看到真正的沧海，又可看到眼下的林海。

　　从山高水秀的云顶山上俯瞰，眼下不仅是几个古老的村庄，整个汀溪镇正在重绘一张最新最美的图画。山水之美，历史积淀，引着云顶山下的汀溪镇往生态、旅游、文化等产业的方向前进。一位镇领导告诉我们，历史上这里中过进士、文、武举人的，多达二三十位，现在这里的民俗文化已得到了保护，除了汀溪古窑址、褒美村的朱熹题刻、五峰村的德安楼和牌坊、

山花烂漫

西源村的万寿仙泉等胜地，已焕发出新光彩。许多台胞、侨胞饮水思源，回家投资建设。目前，汀溪镇是厦门惟一一个"全国首批小城镇建设试点单位"，特别注重保护乡土文化和绿色生态。沿汀溪流域两公里，有关部门正在规划新的建设，保留具有闽南特色的古建筑。有些来到此地的外国专家，连称山美水美，竟义务地参与规划设计。

在山道中我们看到汀溪汪前村东环、西环水泥路正在施工，共有13公里，接连云顶山和荇山，沿着蜿蜒的山脊，那盛开的红杜鹃似火龙翻卷，鲜艳得灼人眼球，真如古诗所云"水蝶岩蜂俱不知，露红凝艳数千枝"。据规划，不久的将来，云顶山和汀溪两岸将成为一个生态型的疗养区，加上正在开发历史人文景观和红色之旅的载体，风景这边独好。

花气 关不住
有人寻香来

在厦门，花红柳绿，不仅仅是用来美化公共空间，花卉更进入了厦门寻常百姓的生活。许多台湾同胞就因为厦门有花的氛围，更因为有一些"花友"爱上了厦门。

赏心友朋共

晃岩路50号，是黄绍文先生的雅居。厅虽不大，但四处皆花，摆放在钢琴上一盆卡特兰正吐着芬芳。随行的一位女孩子情不自禁，弹起了钢琴，琴声飞扬。

穿过"花径"，我们上到了天台上的"掌上花园"，多肉植物花卉是"花园"的主题。上千个花盆里的小生命，在春光下争奇斗妍。黄先生早年从新加坡带回的一株雅乐之舞，是种多肉植物，颜色暗红，叶肉丰厚，恰如一朵血红的玉芙蓉。其最特别的地方在于充沛的生命力，只需一小瓣，随便插到土壤里，不多久就能看到新芽儿。此外，园子里还有红绿相间的意大利长生草，"血气方刚"的帝国，人工变异的非洲霸王树等等，不胜枚举。

品尝香草茶

坐在楼顶上的休息室中，在八哥声声的"喝茶，喝茶"（闽南话）中，黄先生聊起了仙人掌。从小就爱好养植花草的他，在初中二年级的时候就已经收集了一百多种仙人掌。说起仙人掌带给他的种种感受。黄先生如是说："养仙人掌，很好地培养了我的耐性。有的种子核比较厚，或者是由于气候的缘故，要等到十几二十天才能看到嫩芽，那其间的心情，真的是常人所无法理解的。仙人掌的欣赏与一般的花卉略有不同，仙人掌通过嫁接，可衍化出新品种。眼下的春季，正是培育新种的大好时机。我常为它欢喜为它忧呀！每看到一个新的品种的诞生，新的生命成长，心里总有说不出的愉悦。"

台商在厦门的花卉培植基地

春来"寻花问柳"

花是人间最好的语言，通过养花，以花为媒，黄先生结识了很多两岸"花友"。黄先生种花不求名贵，对于一些自己已有圈内少见的品种，只要同好者求取，他是能慷慨相赠的。他培育了一种项毛巨齿龙，是稀

采撷

有品种。据说，万石植物园的专家为了寻找这一珍贵品种，花费了几十年的时间，后来，黄先生无偿送了一株给植物园。

花为岐黄用

春天的花卉多是为他的主人贡献缤纷、点缀家居，而陈老先生的家"岐黄山房"药圃，在春天则显得生机勃发，可谓别具一格。门上有对联

曰："岐伯演素问技播中外，黄帝述灵枢功垂古今"，道出这是医家所在。

入了院门，摆放着一两百盆中草药的小药圃，真有点姹紫嫣红的感觉。其中有开得红艳艳的映山红，也有刚发出嫩芽的满天星、赤地利。落地生根则结出了一个个红灯泡样的泡泡，本以为是果实，问了黄老先生才知道那原来是花，而且，小泡泡裂开了，里面还有未开放的花骨朵，原来花也可以开得这么隐蔽呀！

药草上都有贴有标签：一见喜，性寒味苦，清热解毒、消炎止痛；落地生根，清肿止痛、拔毒生肌。……在春光下，五彩缤纷。

陈老先生已经80高龄，他的许多草药都是自己在朋友的陪同下从山上采来的，还有一些是自己播下种子长出来的，有些则是热心的朋友送来的。为了参观者的方便，鼓浪屿教育中心还特地制作了一批解说牌挂在药草边上。

对于一个普通的老人来说，如果想陶冶性情、在植物的陪伴下安度晚年，那么他完全可以种植更漂亮、更赏心悦目的花。陈老先生却选择了种中草药。他说：我种药不仅可以供人观赏，还可以治病救人。其含义不同于一般的种花，因此，这小小的药圃吸引了不少海峡两岸的客人前来观赏。

"鸟人" 陈念祖
教鸟背唐诗

听说陈念祖先生是个很会"玩"的人，跟动物的交流"玩得很转"，最令人叫绝的是他养了一只很革命的八哥，唱起《东方红》来，有板有眼，毫不含糊。难怪许多台湾友人特地跨海前来拜访陈先生，"鸟人"的鸟儿也真的让大伙开了眼界。

鸟学猫叫，让猫下岗

刚到陈念祖先生在湖里的康乐摄影店，迎上来的陈先生还没开口，我们就听到一个浑厚的中年男子的声音"你好！你好！"敢情这陈先生习过

陈念祖正在训练小鸟"说话"

武，会腹部发音？我们循声望去，柜台边的窗台上挂着两个鸟笼，其中一只颜色浅的鸟正扯着喉咙直招呼。呵，真有礼貌，挺会为主人张罗生意的，想必是陈先生的"镇店之宝"了。

　　陈先生"玩鸟"的日子算起来可不短了。据他透露，他从小就是个爱玩的人，一丁点大就上树掏鸟，下水摸鱼。当时的想法特别单纯就是想养自己喜欢的东西。有一次他得到了一只小鸟，甚是喜欢，就找了一些砖头，给它安了个家。但是目标太大，没能逃过父亲严厉的眼睛，担心孩子"玩物丧志"的父亲狠狠地责备了他。说话间，电话响了，却不见陈先生去接，我们忍不住提醒陈先生，他却哈哈地笑了起来，指着那叫得正欢的"番道士"让我们看。这鸟叫得真是卖力，胸口起伏，头上的毛根根直立，颇有"怒发冲冠"的样子。"我这电话刚换不久。这鸟的叫声与原来电话铃声一模一样。我们一直都被蒙在鼓里，以为老有人打骚扰电话，没想到是它在作怪，就不得不把电话给换了。"这"番道士"学猫叫也很像，摄影店隔壁本来养了一只猫，长时间的"耳濡目染"后，"番道士"竟"自学成才"学会了猫叫，还不时地和邻家猫儿对着叫。后来这猫不知怎的就不见了，众人都说"番道士"学猫叫比猫叫得还像，"一处容不得二猫"，小猫自愧不如，就只有走了。

背诵唐诗，还在努力

　　窗台上另一只鸟是鹩哥，身价就比较高了，是陈先生花了好几百才买回来的。乌黑发亮的羽毛，橘黄鲜嫩的嘴巴很惹人喜欢。陈先生正努力调教它背唐诗，不过尚未"大功告成"，目前只能一咕噜模糊过去，"咬字"还不甚明了。可惜这鹩哥很是"谦虚"，不管陈先生怎么逗它也不肯在生人面前露一手。

陈念祖的"番道士"正模拟电话"铃声"

我们问起陈先生那只会唱"东方红"的八哥。陈先生很是惋惜地告诉我们，那只八哥丢了。那只聪明的八哥已经养了九年了，虽然羽毛都掉得差不多了，但仍是陈先生最钟爱的鸟儿。有一阵陈先生感冒咳嗽，这只八哥居然学着陈先生咳了好一阵，让人觉得又好气又好

会唱歌的小鸟给人们带来不少乐趣

笑。丢了之后陈先生一家很是心疼，以前它也"丢"过，但只要陈先生在小区里吹吹口哨，"东方红"的曲子就能把它给招回来。不过这次却没再回来，估计是被人捡走了。家人都伤心了好一阵，陈先生连续好几天吹着"东方红"在小区里寻找都没结果，最后只好作罢。

得趣于鸟，与人同乐

陈先生养鸟也给周围的人带来了乐趣。摄影店边上是一个幼儿园，每天放学都有好多孩子吵着要家长带过来看"会说话"的鸟。有一次，陈先生在路上走，有个小女孩追过来一口气问了一串问题："叔叔，你是不是养了会讲话的鸟啊？我也养了一只鸟，可是它不理我，不和我说话，怎么办啊？"一看是个爱鸟之人，陈先生便在路上就和小姑娘"切磋"起养鸟心得了。"我们活着就应该快乐一点。"陈先生很是豁达，"有自己的爱好是幸福的。"陈先生1997年下岗，原来对摄影的喜爱帮了他的大忙。他没有怨天尤人，而是轻车熟路地干起了摄影，开了这家摄影店，"副业"也转正成了"正业"。虽说地段不是很好，但陈先生技术好、人缘也好，店里生意也还过得去。他没什么奢求，稍一得空就和鸟儿聊聊天。在家的时候逗逗狗，养养鱼，生活闲适。值得一提的是陈先生养鱼也很成功，家里的那一缸比巴掌还大的神仙鱼非常漂亮，优哉游哉，怡然自得，家中更显温馨。

授招：及时纠正鸟开"脏口"

善鸣的鸟类很多，如画眉、百灵等。训练的鸟最好选取当年羽毛已长齐的雄性幼鸟，当它的喉咙内能发出较大响声时表明训练时机到了。老鸟的叫声已定，反应迟钝，不好训练。待训鸟应单笼饲养以免互相影响。训练的场所应选择安静不受惊扰的地方，可以是室内，也可以是郊区旷野。训练的时间宜在清晨鸟的精神最好、注意力最集中时进行。

在训练时罩上笼衣，在另一只笼中放上一只已调教好的鸟或别的动物领叫，也可用录音机播放鸣叫声，每天不间断地训练，一般在几周至几个月就能学会多种鸣叫声，并且能有序地连续鸣唱，还能学会一些简单的歌曲。

在鸟学鸣叫时，也难免学会一些"脏口"。当鸟有"脏口"时，应及时纠正。其方法是：当鸟鸣叫到"脏口"时，用筷子、手势或声音提醒它，阻止它继续鸣唱这个句子，如此反复进行不间断的纠正，一般都可让鸟忘掉"脏口"，而不再叫"脏口"。并不是所有小鸟都能"鸟说人话"的，要训练一只能学舌的小鸟，除了主人的耐心之外，很大程度上也看小鸟本身的领悟力。

走出传统训练误区

许多人都有这样的误解，以为想让小鸟说话，首先要刮去其舌头上的硬皮，或是捏一捏小鸟的舌头，甚至还有种说法是要将小鸟的舌头剪小。这其实是一种传统的误解。

照片上就是那只会唱"东方红"的八哥

老圃 杨枝全
枝叶总关情

　　植物本身就有生命，而盆景不仅要让植物的生命得到最佳的延长，而且还要对其生命的形体进行艺术化的雕塑。台湾的杨枝全先生把自己的情感融入了这些无言的生命，而这些植物又用它们的勃勃生机和最美的造型来回报杨先生。用杨先生的话说，他的情感世界已经和这些盆景息息相通了。

历经"劫难"爱之弥深

　　杨先生的竹友园位于同安区五显镇的派出所边上，外围没有一点奢华的感觉，朴素的墙体没有琉璃瓦之类的装饰。但走进园里，那些生机勃发、姿态各异的盆景却显现着深刻的艺术内涵，像在告诉我们这个园子的主人就如这园子的环境一样，是个内涵丰富而不修边幅的人，一见面的确是这样。穿着便装的杨先生毫无名家的架势，只不过说起盆景来倒是头头是道，但措辞浅显，我们这些外行都能听得懂。杨先生说，培育盆景不能脱离人对植物的感情，而有件事，让我们初来乍听就印象深刻。

　　一次杨先生过生日，女儿杨惠茹用可以买一辆汽车的钱三百万新台币，给父亲买了

杨枝全先生向友人介绍他的盆景

杨枝全先生花费十多年时间精心培育而成的"迎客松"

一盆梦寐以求的台湾七里香盆景作为生日礼物。杨先生来厦门开拓事业时也把这盆盆景带到了厦门，几个月后，一个夜黑风高的晚上，这株七里香盆景被贼偷走了。杨先生伤心不已，每日坐在园子里发呆，每晚只能靠酒的陪伴才能入睡，正如宋词所言"为伊消得人憔悴"。事情过去几个月后，窃贼因又到别处行窃被捉，把偷杨先生盆景的事供了出来。警方帮杨先生追回了他魂牵梦绕的心爱之物，可是面对劫后归来的七里香，杨先生反而更伤心了，因为七里香已被窃贼糟蹋得不像样子，枝叶枯萎、奄奄一息，没过多久就死掉了。但这件事让杨先生对生命有了更深刻的感悟，从此他不再酗酒，而是用更多的时间、倾注更多的情感来培育心爱的盆景。

倾注深情，硕果累累

竹友园里的盆景品种很多，形态各异，而且每一盆都有着自己的故事。盆景"满堂红"，高大伟岸，气势雄奇，头部粗壮沉稳，纹路清晰，它为杨先生赢得了海峡两岸盆栽展金牌；盆景黄山松，简直就是黄山"迎客松"的缩影，松树从盆中向外探出，枝干层层向外倾斜，如好客的主人伸出热情的手迎接客人，枝繁叶茂、生机勃勃，这是主人花费十来年的时间精心栽培和雕塑的成果，正所谓"十年磨一剑"。对于自己培育的盆景，不管什么树种，不管有没有获奖，杨先生都倾注真情，悉心呵护。杨先生说，培育盆景最大乐趣就是让人能跟这些无言的生命进行精神的沟通，通过深情的呵护和艺术的雕琢使它终放异彩。

多年从事盆景艺术的经验让杨先生意识到，好的盆景不一定要花大价钱从别人手中购得，只要自己具有发现美的心情与眼光，平常也能孕育奇迹。现在的杨先生已经不会再让女儿花几百万去买盆景，他更愿意凭借自己的经验和眼光来发现美、培育美。

竹友园里，雅集好友

海峡两岸热爱盆景的人越来越多，杨枝全先生已成了圈内的知名人士，并被聘为厦门市盆景雅石研究会高级顾问。多年前，杨先生就在台湾创办了竹友园，交了许多志同道合的"园友"。近年来，杨先生定居厦门，新创办的竹友园汇集了海峡两岸喜欢盆景的人士，大家互相切磋，交流心得。杨先生在盆景的栽培过程中，陶冶了性情，获得了友谊。杨先生说自己花大量时间和心血培育盆景，不是为了图利，而是希望通过盆景这座桥梁与更多的人结缘。在交流中，如果友人不懂得养护盆景，即使出价再高，他也不会把自己的宝贝让给他。曾有一次，一位台湾朋友来到杨先生家中，看到一盆色彩艳丽、姿态优美的"状元红"非常喜欢，并得知这盆"状元红"获得了厦门市有关博览会的金牌，于是想买回家去观赏。第二天出门前朋友特地把支票放在口袋里，并非常有信心地告诉妻子，只要杨先生开价，不论出多少钱都把盆景买回来。杨先生非常能理解这种急于得到自己心爱盆景的心情。但当杨先生问了几个简单的有关怎样照顾盆景的问题时，那位朋友却一无所知，杨先生心中有数，不管那位朋友怎么说，杨先生就是不把盆景让给他。杨先生认为养护盆景不仅要有热爱植物的心，更要倾注热情去照顾它、呵护它。

几十年盆景栽培的经验，让杨先生更加热衷于植物的培育，目前，他正在进行樱花树种的改良。樱花属蔷薇科李属的落叶乔木，多生长于高纬度地区，但不耐酷暑。之前引种至南方地区的樱花，有些虽能生长，但长势差，开花不茂。杨先生对栽种技术进行研究，改良樱花的习性，让它适应闽南的水土和气候，种在公园、行道、山涧、水滨旁，当人们步行其间，都能见到如云似雾的浪漫樱花，闻着淡淡的花香，感受纷纷扬扬的樱花雨。

杨枝全是台湾新竹市人，在台湾创办竹友园。现在同安经营果园种植，雕塑盆景仍是他的最爱。

两岸 玩石友 跨海来相聚

2006年10月2日到11日，漳州成功举办了首届海峡两岸奇石展，来自台湾各县市的数百名"石友"纷纷拿出了自己的心爱之作与大陆"石友"共赏——

台湾参展奇石"秋山松韵"

石有灵性。我国文化中，常以石的坚贞比喻人品，以石的奇妙寄托雅趣。海峡两岸有众多的石文化爱好者，而两岸"石友"欢聚一堂，共赏藏品，交流心得，在花果之乡漳州则是首次。漳州首届海峡两岸奇石展的时间选得好，从10月2日到10月11日，均在两岸中秋包机期间，台湾岛上的"石友"们闻风向往，纷纷搭乘中秋包机前来参与。在10月2日的开幕式上，台北的刘先生告诉记者，他说，虽没有精确统计台湾多少石友参与这次首届奇石展的盛会，但他知道台湾岛上的各县市几乎都有人来。澎湖的石友胡先生笑着说，台湾的"石友"是乘机穿云而来，我们澎湖和金门的"石友"则是凌波踏浪乘坐厦金直航的航班而来。当他得知我们是厦门日报的记者时，特地还加上一句，我们这些石友乘坐中秋包机也好，搭乘厦金航班也好，都是取道从厦门来的，我们知道，厦门有座万石山，还有鼓浪屿日光岩，这也是天造地设的大奇石呀！

两岸奇石各有奇妙

　　首届两岸奇石展在漳州芗城区的天福园展出，展品琳琅满目美不胜收，台北刘永凯的"秋山松韵"是一块大理岩劈开后呈现的奇妙景观：古松独傲，霜天寥廓，秋色宜人。澎湖胡荣华的"瑶池仙岛"，只有巴掌大，俨然是一座缩龙成寸的"海上仙山"，他说，这块奇石得之澎湖，妙的是奇石与澎湖一座岛屿的形态非常相似，真是天工巧妙。漳州芗城区陈臻的"古风唐舞"，俨然是凝固在奇石上的美妙乐章：在黝黑的奇石上，呈现出一位淡妆的唐代女子，轻舒广袖，舞姿蹁跹……海峡两岸的奇石展正应了一句话：精美的石头会唱歌，而且是两岸一起唱。

海峡两岸奇石展

别出心裁："曲水流觞"雅集两岸石友

一组题为"江山多娇"的展品，是用海峡两岸的奇石组合成的，大的山体用的是那质坚如玉的漳州华安九龙璧，远处的山峰是瘦透有致的台湾金瓜石，整组展品和谐美妙，参展者告诉我们，这组展品是即兴之作。是在两岸藏友会面交流时当场构思、当场制作，没想到两岸奇石一组合"景自天成"、寓意深远、惟妙惟肖，受到了众多藏石家的好评。

工作人员还告诉我们，两岸奇石组合成的佳作不只一件，这些佳作的两岸藏友都体会到了两岸奇石，一经组合，意境提升，佳妙凸显。

两岸石友大饱眼福

这场奇石的盛会，不
仅是两岸"石友"藏品的
交流，而且是情感的交
流。漳州包括整个闽南，
有着丰富的奇石资源，这
些奇石，有的可在掌中把
玩，有的可作庭院造景，
有的则是和大自然融为一

九十岁高龄的台湾赏石大家赵云瑞正在赏石

体，华安九龙璧名闻遐迩，两岸石友前往华安九龙江北溪之畔的华安玉地
质公园，领略大自然的奇妙造化和九龙璧的绚丽多彩，对前来与会的两岸
石友来说，这真是一饱眼福的"美色"大餐。期间主办方别出心裁地在漳
浦天福茶博物院（又称茶博园），举办了一场两岸石友的"曲水流觞"雅
集。茶博园内有一条长数百米，用千姿百态的石头构成的一道曲水，石友
们列坐其上，真是"群贤毕至，少长咸集。"香茗与茶点顺曲水流下，人
们倚石品茗，兴致盎然。

九十岁高龄的台湾赏石大家赵云瑞此次偕夫人一同前来漳州赏石，他
颇有感慨：石友们多关注小体积雅石、奇石，而这道美石造就的曲水，是
天工与人工融合的佳妙之作。这真是贤主嘉宾，良辰美景赏心乐事"四美
具、二难并"。漫谈之中，赵老伉俪对我们说："此行，我们留下了许多
美好的记忆，记者采访了我们并留了影，记忆我带回台湾了，这报纸呀留
影呀我回台湾可难得看到呀。"哦，这仙风道骨的大方家，还惦记着我们
的相关报道，我们欣然答应，报道刊出后会把报纸和照片寄到台湾，赵老
递给记者台北的住址，那高兴劲真像小孩子似的。

挥杆 詹荣昌
独爱高尔夫

　　詹荣昌先生是位成功的企业家。他在打拼之余，善于忙中偷闲，把自己"抛进"高尔夫球场里面，来一回挥杆之乐。玩球之中他不仅品味出了个中的趣味，而且陶冶了性情，把"挥杆之道"融进企业的运作之中，真是"鱼与熊掌"兼得。

独乐乐：和自己玩的游戏

　　詹先生之所以接触高尔夫，最早是生意上的需要。亲眼目睹人们对高尔夫的狂热后，他疑惑：为什么一个小白球能得到这么多人的喜欢呢？相对于篮球、足球等运动显而易见的大众性的热情澎湃，高尔夫实在太安静了，一人、一球、一杆就可以打完一场，这对当时热爱篮球的他来说，委实难以理解。1998年初，在上司的建议下，詹先生拿起了高尔夫球杆，不料这一拿起，就再也放不下，因为他"琢磨到了高尔夫球的乐趣"。

詹荣昌先生在高尔夫球场

高尔夫为GOLF的音译，G代表绿色，O代表氧气，L代表阳光，F代表友谊，这些都是高尔夫球运动的魅力所在。打了近八年的高尔夫，詹先生从中得到了许多乐趣和益处。在他看来，高尔夫不仅仅是一项运动，也是一种挑战自我、磨炼自我的游戏。正因为只有一人、一球、一杆，所以更要求自我各方面的配合，意味着打球的人不论何时都要保持冷静，用稳定良好的心态去控制、驾驭球以达到预期的目的，所以打高尔夫有利于调整个人心态，提升自我的气质和修养。他笑言自己以前脾气很急躁，自从接触了高尔夫，整个人慢慢变得平和从容了。诚然，在我们面前的詹先生温文尔雅，笑语晏晏，周身散发着沉稳自信的气息。

詹荣昌先生的挥杆瞬间

据詹先生介绍，在标准的高尔夫球场打完一场球差不多要步行7公里，途中有山坡，有沙滩，有草地，远离了都市的喧嚣，在绿意盎然的大自然环境中呼吸着新鲜的空气，沐浴着和暖的阳光，打高尔夫球是回归自然，是享受生命，是一种充满诗情画意的锻炼方式。当他在工作上遭遇瓶颈时，他总会想到打一场高尔夫来释放压力，把所有情绪清空自然就能更好地应对工作问题。高尔夫与工作和谐的结合使詹先生对高尔夫更加着迷了，他开玩笑说自己"中了绿色的毒"，总想着挑战新的球场，近至深圳、昆明，远至夏威夷、日本，每到一个球场打球，他总会留下一个球当纪念，并特意订制一个球架放置这些美好的回忆。

众乐乐：在球场上收获情谊

　　高尔夫也被称为"绅士运动"，有着一套严格的球场礼仪，通过打球人的场上表现，人们可以观察到他是否热爱这项运动、理解它的传统并尊重一起打球的同伴，进而对其个人的教养和人品做出评价，跨国公司在招收高级职员时常常通过高尔夫来判断应聘者的能力和秉性，人们也通过它在球场上选择朋友。詹先生自己打球不过瘾，还在厦门组织了一支高尔夫球队，命名为"港鹭队"，时常与其他球队互相切磋，认识了许多同道人，而这些同道人中，有许多是台湾朋友。

　　"港鹭队"每年都会固定与福州的台资企业东南汽车的高尔夫球队进行比赛，至今已经举办了七届。詹先生对此很得意，因为他的球队赢得了四届比赛。有时他们也受到厦门台商队邀请参赛，并通过一次次的比赛结识了一群球友。他说，因为有共同的爱好，所以球友之间都没有戒心，有了高尔夫这一话题，就有了谈资，彼此的情谊就能进一步发展，出了球场大家还是朋友，如果在生意场上遇到，也比较容易进行沟通。在采访过程中，詹先生提到"全家高尔夫"这一概念，引起了我们的兴趣。他笑着解释说那是因为大家都很热爱高尔夫，一有人邀请打球，不管多早或多晚大家都会热烈响应，这样太太们就有意见了，所以一干球友就发动全家参与，每个月固定举行比赛，把高尔夫球赛"改造"成家庭聚会，兴趣、家庭两不误。在丈夫的

詹荣昌先生讲述他的"挥杆之道"

影响下，很多太太慢慢地也开始喜欢高尔夫了。

詹先生已经在厦门生活了好长一段时间，他说厦门的高尔夫球队比上海、北京的都多，也有一定实力，厦门热爱高尔夫的人士也不在少数。但是他认为，作为知名的旅游度假地，厦门的高尔夫运动还有发展空间。"厦门每个月都有高尔夫球赛举行，虽然在厦门打球很方便，但是场地太少了。如果厦门的高尔夫球场能发展得更好一些，相信对旅游是不无裨益的。"詹先生说。

另外，詹先生还特别提及每年举行的"海峡杯"海峡两岸高尔夫球赛和第一届海峡两岸旅游文化节上举办的高尔夫球赛。他认为这是一种很好的民间性质的交流沟通，可以让两岸互相了解，"不过如果能有一个机遇，让大陆的选手可以到台湾比赛，那就更好了。"这是詹先生的心愿，也是我们的心愿。

詹荣昌是香港人，厦门海景皇冠假日酒店总经理，高尔夫运动爱好者。

海峡两岸企业家高尔夫球邀请赛

Part **5** 晤访踏浪客

赵守博长做
玉帛添加人

　　他是一位学者，在学术方面有很深的造诣；他是一位智者，对两岸关系的洞察显示了他的深邃睿智；同时，他还是一位长者，现在正倾力地与下一代建立良好的互动与沟通。他到厦门来了，他就是赵守博先生。在接受我们独家采访时，他坦言对厦门有点"情有独钟"。他说，厦门特殊的人文地理可使厦门作为促进海峡两岸和平事业发展的"领头羊"。

童年时，我从鹿港认识了厦门

前台湾省省长赵守博先生

　　刚从澳门飞抵厦门的赵守博先生，两个多小时的旅程对他来说并不觉得风尘仆仆，这已经是他第三次到厦门来了。在厦大芙蓉湖畔小憩时，对于我们的"打搅"他反而认为这是一次沟通和倾谈的机缘。实际上，他对厦门的了解还可以追溯到童年。

　　赵守博先生的童年是在台湾彰化的鹿港镇度过的，让他至今仍印象深刻的是，当时鹿港小镇经常停泊着厦门、泉州一带的小木船。他那时就听说厦门和鹿港一样有许多的"郊行"，这种"郊行"是当时

赵守博先生在厦门大学陈嘉庚先生铜像前驻足

闽南和台湾特有的商业机构，大体上是一种类似于现在商业批发的服务形式。在他的亲戚和邻里中有许多人都和厦门有交往联系。因此印象中，他对厦门一点都不陌生。后来他在台中上中学，学校里的许多老师是福州籍的，所以现在他还能讲上几句福州话。他得知现场的摄影记者是福州籍的，于是风趣地用福州话和他攀谈了几句。他还说，他的祖籍地是泉州，但在家族祖先的牌位上写的却是"金门"，因为他们的先人是从泉州播迁到金门，然后到台湾的。在历史上，金门和厦门都属同安县，因此，台湾赵氏与厦门也可算得上有一段渊源。

赵守博先生觉得，这些陈年旧事给自己留下了很深刻的印象，但说明了一个很现实的问题，闽台两地特殊的地缘关系，早就结成了一种地理人文的纽带。在海峡两岸共同追求经济繁荣的现在，更要消除人为的障碍，共同创造双赢的局面。"现在我觉得建设海峡西岸经济区是海峡两岸共创经济繁荣的美好规划，需要有海峡两岸和平的环境来共促实现。"

厦门是促进海峡两岸和平事业的"领头羊"

今年四月间，赵守博先生与连战先生一起访问了祖国大陆，并和大陆高层有了接触和沟通。他说，海峡两岸不仅要化干戈为玉帛，而且要共同寻求和平发展的统一愿景。其实这些年来，他走遍了祖国的大江南北，惊喜地看到了内地翻天覆地的变化。大陆方面正积极推动经济的发展，致力于人民生活水平的提高，努力共创和谐社会，这是所有中国人都乐于见到的。在台湾，人们也在寻求一条长足发展的道路，许多有识之士都认为，台湾的发展必须与大陆携起手来。但两岸分隔了那么久的时间，需要沟通、需要加强相互之间的了解。因此赵守博先生坦言，他正以自己的实际行动在为两岸的相互沟通与了解尽自己的一份力量。他到过内地的许多地方讲学，交了许多大陆的朋友，通过广泛的交流，为的就是能够使双方的了解进一步加深，使双方的联系进一步密切。

厦门与台湾的地缘关系最为接近，历史交往也很悠久，当下往来相较于内地的其他地区最为频繁。厦门位于海峡的西岸，是一个干净、美丽、欣欣向荣的城市，与台湾的风土人情十分相似，且有着浓厚的人文气息，作为一个学者，赵守博先生觉得，厦门在为两岸的交流与发展中可以发挥更综合立体的作用，可以作为促进海峡两岸和平事业的"领头羊"。这次欣然应邀到厦大讲学，虽然已是多次到过厦门，但仍觉得很有必要经常进行互动和交流。这不仅要有学术性的，还应更需要有一些友情性的长期交往，这样，对加深双方的相互了解是很有必要的。我愿意在这方面为之多添加玉帛。

我还愿意做促进两岸年轻人交流的推手

在芙蓉湖畔的小岛上有一组厦大校长陈嘉庚先生与青年学生倾心交谈的塑像。赵先生在和我们畅谈中，信步走到这组雕塑前观赏，这时，赵先生似乎有所沉思、有所联想，他说，陈嘉庚先生对青年一代充满了关心和爱护，经常提携后学，与年轻人沟通，这是每一位有长远眼光的人所具备

赵守博先生接受《厦门日报》记者采访

的优秀品质。我此行来到厦大的目的，也就是借这个机会和年轻人交流沟通。两岸和平事业的发展仅仅靠我们这一代是不够的，寻求海峡两岸的和平是一项艰巨的长期任务，所以我们要多关心下一代，多和年轻一代接触交流，交换想法，我希望各种年龄层次、不同职业、不同观点的人都可以有一个相互交流的广阔的舞台。在信步畅谈中，赵先生看到芙蓉湖畔的周围有些来自不同国家和地区的学生聚在一起融洽交谈，这时他似乎很有感触，继续说道："青年与青年之间的相互沟通与交流不仅重要，甚至可以说是必须的。特别是海峡两岸的年轻人与年轻人之间的相互交流和互动就目前而言还太少，不仅大陆的年轻人要了解台湾，同时台湾的年轻人也要了解大陆。年轻一代是我们的希望和未来，我作为老一辈的过来人，在体谅青年、了解青年、重视青年、促进两岸年轻人的交流与互动这些方面，我愿意就我力所能及的范围内，做个推手。"

赵守博1941年3月出生于台湾彰化县农家。因家贫，所以年少时便立志读书改变家境。1959年台中一中毕业，考上台湾大学动物学系，因为家乡遭遇水灾，家里无法负担学费，只好就读公费的警官学校。后获中山奖学金，赴美国伊利诺大学留学，获比较法硕士（1968年）及法学博士（1972年）学位。此后赵守博回到台湾，担任过多种职务，1998年接替宋楚瑜任台湾省省长。现任台湾"中国广播公司"董事长等职。近年来，他经常穿梭于海峡两岸之间，为促进海峡两岸的和平发展积极奔走，并曾于今年4月随同国民党主席连战先生到大陆进行参访，致力于推动两岸的和平事业。

赵守博从政多年，同时也是一名学问广博、专业精湛的学者，曾出版过《置身事内》、《法治与革新》、《社会问题与社会福利》等书。

闲庭信步 语切情真

　　赵守博先生以一个过来人的身份，以一个台湾人的眼光来回顾一段历史，特别是他以独到的眼光来前瞻今后两岸和平发展的前景，确实对人有所启迪。　他微笑着回忆过去，又微笑着展望未来。我们坐在芙蓉湖边的石头上，十分随意地谈着，虽是初次见面，而且年龄差距甚大，但他却能像对待一位老朋友一样，很诚挚认真地和我们沟通交谈。看到陈嘉庚先生和学生促膝谈心的那组雕像，赵先生不无感叹地和我们谈起了陈嘉庚先生。赵先生说他还特意到过集美的鳌园，并且买了有关介绍陈嘉庚先生的书带回去专门研究。这让我们晚辈心中不禁感叹，一个学者对前贤的敬重是那么的深挚。　登上嘉庚主楼的顶层，远眺小金门的时候，赵先生想起以前登临的感受，想起了台湾的历史。现在没了炮火，少了隔阂，两岸需要的是继续交流与发展，对于未来，他充满了憧憬与信心。

王明宗穿梭
海峡"弄狮"人

　　厦门有石狮，金门有风狮，探究这两种艺术形象形成于何时，是考古学家的事，而糅合两种艺术形象，衍生出新的艺术生命，则是金门陶艺家王明宗正在孜孜以求的事。日前我们赴金门采访时，见到了这位个性和仪表都显得非常艺术化的金门人。现在他已瞄上厦门，将在厦门拓展他的艺术之路。

金门陶艺家王明宗先生

用陶土"活化"风狮爷的第一人

见到王明宗时，他正穿着一件对襟布扣汉装，微卷的发型、炯炯的眼神和畅快的谈吐透露出了一个艺术家诗人般的气质。

王明宗说，他在金门进行陶土艺术创作已有二十多年了，其中大部分作品就是金门的风狮爷。金门岛上有136个自然村落，历史上几乎每个村落都有一尊风狮爷。外形拙朴憨厚、拟人立姿的风狮爷，其形态没有固定的模式，而是各村落的居民聘请民间雕刻家，依照当地民众对风狮爷神力的想象雕琢而成。因此金门的风狮爷尊尊神情不一，或张牙舞爪，或擎令旗挂帅，或狰狞威猛、或憨态可掬……这些艺术形象，王明宗从小耳濡目染，印象深刻。当他从雕塑美工专业毕业之后，基于对家乡民俗文化艺术的浓厚感情，开始用金门当地的红陶土烧制民俗艺术雕像的风狮爷，以及其他陶艺制品。他的创意受到了人们的喜爱，许多人认为王明宗的风狮爷是金门除了高粱酒、贡糖之外的另一种代表金门的特产，常常被作为馈赠朋友的民俗礼品。由于王明宗以另一种方式诠释风狮爷，而广受观光客欢迎，因此在家乡泗湖村成立了"浯州陶艺工作坊"，专门创作各种神态的

在金门到处可以看到"风狮爷"工艺品

风狮爷，进而赋予风狮爷崭新的生命力。他成了金门用陶艺"活化"风狮爷的第一人。

得厦门好友，风狮爷"新生"

王明宗先生展示他的威风陶釉彩狮

正当王明宗以陶土诠释风狮爷而小有成就的时候，20世纪90年代厦门一些艺术界的人士在参访金门时结识了王明宗，双方都有一种相见恨晚的感觉。特别是厦门的砖刻艺术家陈武星当时也正在进行有关风狮爷题材的创作，两位乡土艺术家各自的创作形式不同，但题材相同，风狮爷的"灵气"沟通了两个人的灵感，在艺术上互补交流，终于成了莫逆之交。而这时的王明宗也希望能跨出金门，多与厦门及祖国大陆其他地区的艺术家进行交流，此后他经常穿梭于金厦两门，准备在厦门举办陶艺展览。

2002年7月，王明宗终于如愿以偿，他带着风狮爷、妈祖等有关陶艺作品来到厦门，与东山谢华东一起举办"金门陶情"陶艺展。在这期间，他实地考察了厦门及闽南一带的石雕、木雕等多种民间艺术，尤其被厦门一带的民间艺术造型的"狮子"吸引，闽南石雕、木雕中的"狮子"造型真称得上是千姿百态，金门的风狮爷实际上也是闽南"狮子"的一种艺术形象。王明宗精神为之振奋，眼界因之开阔，那次厦门陶艺展让他颇有收获，不仅在艺术理论上得到拓展，更可贵的是他在厦门交上了许多朋友，觅得了几个知音。

回金门后他把闽南狮子的艺术精华融进了他的陶艺创作之中，创作出了堪称得意的佳作。采访中他向我们展示了一对陶釉彩狮，这对狮子为卧式，既有风狮爷的浓烈色彩，又有闽南石狮的栩栩如生的神态，特色是狮脚踩着绣球、嘴中还咬着一把宝刀，更增添了几分神气。用王明宗的话说，这是一种新生的"风狮爷"。

艺无止境，不改"弄狮"情

金门路标采用"风狮爷"造型

现在王明宗的陶艺已扬名海峡两岸，他的陶艺作品参加过国际陶艺大展，在台湾的高雄、台北、台中展出时多次获奖，并跨过海峡到过厦门、东山展出。一位乡土艺术家，对艺术的追求是没有止境的。特别是金门渡海来厦门很方便，他经常穿梭于厦金海峡，采撷相关创作题材，闽南人、闽南风情等相关作品相继诞生。乡土生活中的老阿嬷、小团仔、老阿伯……，这些最可爱的形象在他的手下一个个显得那么淳朴，那么真挚。

说到今后艺术发展的方向，王明宗说，他将继续以"弄狮"（创作风狮爷）为主题进行创作。厦门以及整个闽南是处艺术厚积的土壤，他可以从中吸取许多艺术"营养"。现在他已经在厦门置业，为的就是多和祖国大陆的朋友交流，吸纳、融合更多的艺术成分。

王明宗

1961年生于金门县。毕业于台湾复兴雕塑美工科，擅长雕塑，以陶艺创作的金门风狮爷参加过国际陶艺大展，有关作品多次获有关奖项，近年来常与厦门艺术界朋友交流联系，作品不断创新。现任金门陶艺学会理事长。

厦门的巨型"风狮爷"

洪明章 两岸民俗
文化遗物"拾荒者"

一次偶然的机会，让从事旅游业的他爱上了那些古老的"破玩意儿"，经过多年努力，他开设了一间专门收集两岸民俗文化遗物的私人博物馆，连战先生、马英九先生还特地题词祝贺。

近日，台胞洪明章先生双喜临门：一是连战先生、马英九先生得知他在厦门开了间颇具规模的私人博物馆，并以一己之力为保留两岸的民俗文化遗存做出贡献，深为感动，欣然为其题字；二来是他在厦门民间旧物中收集到了一块"嘉义县正堂"的高脚牌，它本是厦门老屋拆迁时的弃物，没想到居然是一件能够说明闽台历史关系的有力物证。

台胞洪明章先生和他收藏的文物"宝贝"

一块匾额让他踏上"拾荒"路

连战先生为海峡两岸博物馆开幕题贺的"骏业宏开"

"收到与闽台渊源有关的旧物时最开心了"，洪先生说。洪先生是台湾屏东人，祖籍福建南安，六年前，他从台湾来到厦门从事他的本行旅游业，谁知，一块小小的匾额却悄然改变了他业已稳固的职业轨迹。

洪先生回忆道，六年前，他在闽南做生意时，无意间在民间旧货市场上，看到了一块廉价出售的匾额，上面镌刻着"福建省台湾府彰化县"的字迹，当时他眼睛一亮："这不是比历史文献更能说明台湾隶属于福建省的实证吗？"古老的匾额触动了他的敏锐神经，也撩起了他心底深埋已久的历史情感。尽管他是在台湾出生，但是他牢记祖训"树高不忘根"，自己的根在福建。他把这块匾额买下来悬挂在自己的家中，台湾一有朋友来，就向他们炫耀。从此，他对闽南一带的民间旧货产生了浓厚的兴趣，开始四处收集与闽台历史、闽台民俗、闽台文化有关的历史遗物。一个原本专注于生意的台湾商人，在厦门踏上"拾荒"路，彻底转了行。

踏遍八闽吃尽苦头寻"宝贝"

踏上这条"拾荒"之路后，洪先生便"衣带渐宽终不悔，为伊消得人憔悴"了。这里不仅有躯体上的苦乏，亦有心志的锤炼。六年来，为了"寻宝"，他跑遍八闽，更成了厦门、漳州、永定、仙游等旧货市场的常客，一次，他去永定高头一带寻找"宝贝"，不巧遇上了瓢泼大雨，浑身被雨淋透，更糟糕的是道路泥泞不堪，他被困在那里无法回来，只好在土楼里借宿一晚。他把这次遭遇当作笑话讲给我们听，脸上依旧是那种吃尽苦头仍不忘一笑嫣然的淡定。一切为了"宝贝"，这是洪先生一直的宗旨。六年来，他为此付出的财力无法考量，有时甚至需要东挪西补，但仍旧为之"不悔"。也许他进入收藏界似属误打误撞，然而从入门到精熟，一路走来，却风雨兼程，无怨无悔。

设私人博物馆"诉说"闽台渊源

　　刚开始，洪先生只是把这项收藏当作业余爱好，在工作之余一件一件地收起来，颇有成就感，又极有意义。几年过去了，洪先生东收一件西收一件，竟洋洋洒洒堆了几间屋子，这让他的感受变得复杂起来。他对我们说，在台湾，历史遗物价格奇高，大部分都由财团或专业部门收走，很难落入私人的手中，短短几年间能收藏这么多历史遗物是根本不可能的。而在大规模进行旧城改造的大陆，散落在民间的历史遗物俯拾皆是，对一个收藏者来说，既感到欣喜又觉得痛心。许多很有历史文化价值的东西可以被私人轻易收购到，而有些却被毁弃和流失了。这种特殊的感受一直萦绕在他的心头，最终使他"突发奇想"开一间私人博物馆！让两岸的人民在这里亲近鲜活的历史，让件件可触可感的实物"亲口诉说"闽台两岸源远流长的历史。就这样，海峡两岸私人博物馆，载着洪先生的梦想，寄予着他的责任与期望，诞生在美丽的鼓浪屿上。

　　现在，洪先生展馆的展品划分为三十个专题，涉及闽台农业、民间信

洪明章先生展示他的收藏品

仰、两岸风俗、两岸姓氏与宗祠、科举考试以及两岸民间生活用具、老行当等等。在两岸农业专题里，展出的物品表明了当年"台湾三宝"樟脑、茶业和糖的开发与闽南人民的赴台开垦有密不可分的关系。有意思的是，他从民间收集到了当年制茶、制糖、制樟脑的一些今天看起来很笨拙的器具，但这些器具则真实地反映了两岸人为打响"台湾三宝"所付出的辛劳；在民俗展品中，有闽台婚嫁八大件：花轿、礼篮、喜帐、灯烛、妆奁等，其中的喜帐是清代的遗物，绣制精美，上面还题着台湾高雄的母舅为同安外甥的新婚贺语；在科举考试部分，有一份林尔嘉的祖父林国华在同安双溪书院就学时的试卷，洪先生告诉我们，在历史上台湾许多学子大都是拜在大陆闽南名儒门下，并且学有所成。台北板桥林家的林国华在同安学习的这份试卷原是被当成废纸卖给贩子的弃物，后在厦门被收集到。

自己都成了半个文史专家

洪先生坦率地说，在厦门的六年间，他的变化可谓巨大。他失去了许多生意，但也发现自己收获了很多。随着旧物积少成多，他自己也成了半个专家，每当收到一件不熟悉的旧物，便会自己翻阅资料或找有关专家虚心求教，大大充实了自己。另外，他的博物馆得到越来越多人的关注，有关闽台渊源的历史实物，能有力地证实历史，广泛地促进交流，因此得到两岸游客的赞赏，也受到两岸知名人物的鼓励，这些都成了他继续前行的巨大动力。最后，洪先生说："这些东西假如国家认为有用，最终我愿意交给国家。"语气还是那样平和与淡然。

说起未来的构想，洪先生若有所思，他说，收藏更多的关于闽台渊源的历史遗物，让海峡两岸博物馆成为促进两岸沟通交流的人文纽带，是他最大的愿望，但朝着愿望一步步跨越的时候，却遇到了一些困难，私人的博物馆容易受到这样或那样的限制，眼前，场地的局限就让洪先生颇伤脑筋，他恳切地希望有关部门能够提供一些帮助，从而使海峡两岸博物馆能够发展壮大，成为厦门独特的一道文化风景，也为海峡两岸的民间文化交流做出应有的贡献。

林有鑫金门
遗炮炼菜刀

古有"铸剑为犁"，今有"锻炮弹为钢刀"。正是有了金门"菜刀王"林有鑫先生将炮弹锻造成钢刀的创举，才有了金门三宝之一金门菜刀的传奇。我们采访了金门"金永利"总经理林有鑫先生，看看他是怎么"锻造"这个传奇的。

早就听闻金门菜刀的大名，说林有鑫先生是金门"菜刀王"，一点都不夸张。林先生告诉我们："我家的铁匠铺已经经营了好几代了，可以说是'家传的生意'。我父亲是个老实巴交的打铁匠，一辈子固守着传统的锻造方法和锻造品种，没有什么新奇的地方。我是子承父业，20多岁的时候就当上了'锻刀匠'。时代的风云给了老刀铺历史的际遇，开始改变了这家老铺的命运，也成就了我与厦门的机缘。"

林先生家锻造菜刀平时都是以条钢为材料，由于历史的原因，金门岛上有数不清的废炮弹，林有鑫先生子承父业后，每次见到这些炮弹，他都在想，怎样才能把这么多的废钢好好地利用上呢？林先生琢磨了很久，在一个偶然的机会下，他联想到

金门菜刀用废弃炮弹锻造而成

是不是可以把这些炮弹重新熔铸，锻造成菜刀呢？他决心试一下。他先把炮弹进行熔铸，然后再经过淬炼、锻造等过程，最后成形，一把由炮弹锻造而成的菜刀竟然真的成功了，而且其锋利度大大超过了用一般钢条锻造的菜刀。林先生说："当时我很高兴，因为有那么多的炮弹成了原料的供应源。不但不愁原料的来源，而且我终于可以让这些钢铁发挥真正的作用，战争武器化为了民用烹饪厨具，可以服务于百姓，为大众造福，这才是我由衷感到高兴的地方。"

现在林家的"金永利"刀铺已驰名两岸，由林先生的公司生产的菜刀成了金门三宝之一。随着金厦旅游业的发展，许多厦门家庭也用上了"金永利"的菜刀。

在金门，每个买他的菜刀的顾客还可以现场观看到制造菜刀的过程，亲眼目睹"菜刀是怎样炼成的"，这对游客来说相当新奇。另一项特色即是推出附赠炮弹钢片的限量收藏品，只要买一把钢刀，就附赠一片刻有编号的钢片，非常具有收藏价值，可以提示人们和平的宝贵。身为一介普通百姓的林先生希望两岸永远和平，不要忘记历史。他告诉我们，炮弹是战争的产物，但却能变成和平时期用以生活用途的菜刀。这是多么真实而微妙的变化啊！现在两岸已经和平了，再也不用经历战争的风雨。菜刀虽是小物件，但却传达了大家对和平的共同期盼。

金门印象

金门印象

金门印象

李瑞河办了个
茶的"黄埔"

　　他是一个成功的商人，十多年前从台湾到漳浦创业，如今是"天仁"、"天福"两大集团的总裁；他也是一个热心的台湾宗亲，从林洋港到连战到江丙坤，许多台湾同胞的寻根之路都曾得到他的帮助；他还是一位奔走两岸的茶文化使者，由种茶、卖茶到培养茶业人才，始终不忘弘扬茶文化，如今他的愿望是在闽南办一所茶文化的"黄埔军校"。

　　李瑞河，台湾南投人，20世纪90年代初来到漳浦创办天福茶庄，经营两岸茶业，现任天福集团总裁。

助人寻根，视为义务

　　刚刚处理完手头一大堆杂事，李瑞河先生接受了我们的采访。这时的他已经神情疲惫，但他说他是厦门日报的热心读者，因而还是很乐意接受了我们的采访。不久前，江丙坤先生做客天福茶庄时，很明确地说过，他的寻根之旅的确是有赖于南投老乡李瑞河先生的热心帮忙。李瑞河先生说，我的根在漳浦，十几年前就来到闽南，深刻体会过那种寻到了根本，了却了夙愿的心情；许多

台商天福集团总裁李瑞河先生

台湾乡亲的根也都在闽南，他们都秉承着一种慎终追远的情怀，我跟他们有双重亲情：在台湾，我们是乡亲；在闽南，我的祖籍地也是他们的祖籍地，所以，帮他们寻根对我来说是一种道义，也是一种义务。

据了解，20世纪90年代，李瑞河先生就帮林洋港先生寻到了根；随后，又为连战、江丙坤先生在寻根过程中提供了关键性的帮助。不过，李先生热心帮忙的对象不仅仅是同为漳州籍的台湾乡亲，他也乐于帮助任何一个来福建寻根的台湾乡亲。因为历史上漳浦称为金浦，许多在台湾的乡亲不明地名的变化，常常与祖籍地擦肩而过。为此，李瑞河先生干脆在漳浦县建造了一座"金浦祠"，每逢有台湾朋友寻找祖籍地寻到漳浦来时，他就会把"金浦就是漳浦"这一情况告诉他们，使他们免走了许多弯路。

"草根"本性重人情

寻根与助人寻根为的都是一个"情"字，李瑞河先生是个茶商，照理说，经商者重利，但他却十分重情。此刻坐在我们面前的他温文尔雅，神态谦和，宛如一杯缓缓冒着热气的醇茶，如他所言：保留着南投人的"草根性，乡土情"，以朴实无华的语言向我们讲述了他与茶的故事。

李瑞河先生出生于台湾南投县一个种茶世家，祖辈七代都种茶，生长于茶树之下的他自小与茶结下不解之缘。从一个小小的街头卖茶郎到如今身兼"天仁"、"天福"两个集团的总裁，李先生坦言：这很大一部分得益于中国茶文化中浓厚的人情味。讨论的话题从寻根转到了茶，对茶有着深厚感情的李瑞河先生精神立刻为之一振，头头是道地说起了茶文化中的"人情味"。在李先生南投老家的屋后有一条小路，无论寒暑，李先生的祖母都会烧一大壶茶水放在路边奉给路人饮用，老祖母觉得这是为自己积德，祈求李家能"代代出好子孙"。李先生说，当我来漳浦创业后，我仿效祖母施茶的善举，盖了一座"良心亭"，终日施茶，十三年从未间断，取之于茶，用之于茶，这是为了弘扬咱中国的茶文化。

自小在家中耳濡目染茶的"人情味"，早期在街头贩茶时，李瑞河先生与客人的生意往来也充满了人情味：客人如果暂时无力付茶钱，李先生总会笑着说没关系，无条件任其赊欠；每次新茶上市时，他总是先送予客人品尝而不执著于是否能做成生意。这一切都是因为他重视的是乡亲之间互相信赖、使人如沐春风的温情。李先生这种以人情为本的经营态度一直延续到如今，贯穿了他的整个商业生涯。而我们也看得出来，李瑞河先生不仅把"人情味"融入事业经营中，也把它作为一种为人处世的准则而时刻坚持着。茶文化对李瑞河先生的熏陶，也成了对他事业的助益，事业的成功使他更珍惜这份文化遗产，李瑞河在漳浦盘陀茶文化镇开办了一座"世界上最大的茶博物院"即天福茶博物院，展示了中国三千多年茶文化的珍贵资料和文物。

结缘厦门育人才

作为一名台商，李瑞河深知厦门与台湾的密切关系，也深知厦门曾经是把茶推向世界的重要口岸，因此，当他把故乡漳浦作为天福茗茶总部的同时，就把厦门作为他拓展事业的重要基地。鉴于中国茶事业的发展，摆在有识之士面前的是国内至今尚无一家培养茶业专业人才的高等学府，因此，李瑞河先生在漳州和厦门两地开始营建"天福茶职业技术学院"，成为他经营茶事业的又一个新起点。李先生说，希望有朝一日，能把这所学

江丙坤先生（右）与李瑞河先生品茗叙乡情

校办成中国茶的"黄埔军校"。目前，李瑞河先生已经在翔安区购买了一片土地，已开始筹划兴建茶学院的厦门校区，茶博物院的分院也会在厦门落户，既为厦门培养有高文化品位的茶业人才，也利用厦门优越的地理位置发展事业，弘扬茶文化。我们开玩笑地问：茶学院建成后，如果有厦门的学生想报考，能不能在分数上给予照顾？李瑞河先生豪爽地回答：没问题，我也算是厦门日报的老读者了，不管是厦门日报社员工的子弟还是其他厦门学生，我都竭诚欢迎。其实，我在厦门办茶学院还有一个希望，就是利用厦门的地理位置也可以让台湾的乡亲子弟到厦门来就读，为的是为两岸培养出最好的茶业人才。

天福集团已经在全球拥有六百多家连锁店，李瑞河先生坦言为自己能在祖国将茶业发展得如此成功而自豪，但他并不自满于现有的成就。李瑞河先生说，他有一个更大的心愿，那就是"把中国茶推上国际舞台"。他说，19世纪欧洲的酒类陶醉了世界；到了20世纪，美国可口可乐等饮品风靡了全球；我现在想做的是，在21世纪把中国茶的芬芳播向整个寰宇。

不改"草根"情怀的茶商

我们第一次见到李瑞河先生时，是在江寨村的济阳堂，这一天，江丙坤将到这里来祭祖，他提前来到这儿对祭祖事宜进行安排确认。

李瑞河先生谈吐爽朗，眼神清亮，只是由于多日来的奔忙，他会时而因身体不适而咳嗽几声，但李先生仍温和地回答着围在他周边的媒体朋友提出的诸多问题，从无显露出任何不悦之色。经过此番短暂接触，我们看到了一位质朴而温和的台商。

采访时，操劳了数日的李瑞河先生坦率地说，连日来他"累得眼睛都快张不开了"，但他丝毫没有拒绝我们的意思。记者请教了他几

茶具展示琳琅满目

个关于茶的问题。说到心爱的茶，原本困倦的李先生立刻来了精神，滔滔不绝地诉说起茶的发展史，就连具体到哪朝哪代哪年都讲得清清楚楚；诸如英国种红茶领航世界，美国"五月花号"事件等历史趣闻，更是随手拈来，不在话下。这些历史，是我们原本也在高中课本上学过的，但听他讲起却一时没反应过来。也许，只有怀有深厚感情的人才会把与茶有关的一切都深植在记忆中吧。

随着我们跟他接触的增多，李瑞河先生在我们心中的形象渐渐明晰起来。之前，我们一直认为他是个商人，后来参观了富有文化品位的天福茶庄，见到那些构思精妙、韵味十足的"唐山过台湾"石雕，得知其中许多佳作都是出自他的创意，我们感觉到，他的身上还隐含着艺术家的气质。

作为两岸知名的茶商，李瑞河先生曾多次表示，他将以他在两岸茶业界的地位和影响，力促海峡两岸把中国茶推向世界，把中国茶文化在全球范围内发扬光大。

天福茶博物院内歌舞升平，茶韵飘香

茶博物院所在的漳浦地区云雾环绕，风景秀美

王大夫 制灵

本草 "一条根"

　　一条根是金门的一种野生植物，金门民间认为其有舒筋活血、驱风去湿等功效，因而长期以来将它用来治疗风湿等病症。世家行医的金门人王异生先生年轻时就与一条根结下了不解之缘，经过数十年的研究实践，开发出了一条根系列医药产品，以至于很多到金门观光的台湾人都指名要买"王大夫一条根"。眼下，王先生正打算在大陆推广一条根系列产品。

早年行医，与 "一条根" 结缘

　　王异生先生与厦门渊源深厚，他的祖籍地是同安铺头五里埔。清同治年间，他的先祖王藤经常往返于同安和金门，在两地行医。当时金门缺医少药，王藤后来便在金门安顿下来，在金门悬壶济世。王藤精通医理，医术高超，医德高尚，打响了"金门王大夫"的名号。王异生先生是王藤的裔孙，秉承祖业，深得家传，从上世纪五十年代起就开始行医，也就是从那时起，他就开始与金门的民间草药"一条根"结缘。

　　当时，王大夫常在金门美人山一带

王异生先生与金门 "一条根"

王大夫正在介绍"一条根"

行医，这一代的干旱荒地上，有许多野生的"一条根"，这是一种民间草药，在清代官方编撰的《医宗金鉴》中未见记载。不过它对风湿之类的病症却有独到的疗效，只是当时的人们并不重视它，任其在野地里自生自灭。王大夫在这一带行医的过程中认识了一位也懂中医的广东人，两人一见如故。这位广东朋友并不行医，但对"一条根"的药性及疗效却十分了解，他向王先生讲述了这种民间草药在临床中得到很好疗效的例子，他说，"一条根"会成为金门一宝，力劝王先生从事"一条根"的临床应用研究。听了广东乡亲的介绍，凭着对中医药材的敏锐触觉，王先生回家查找祖上的验方记录，其中也有记载，这使得他更加意识到"一条根"的价值不可估量。从此，他开始了对"一条根"的研究、开发，与"一条根"结下了不解之缘。

潜心研究，挖掘"一条根"药用价值

王昇生先生虽然从医，却非常爱好体育运动，是金门体育会理事长。在一次运动中，他不慎扭伤腰，这时王先生头脑里猛然闪出一个念头，这回自己可以亲自体验一下"一条根"的功效了。他把"一条根"和金门的其他草药"一条龙"、"海芙蓉"组成复方，进行服用，治疗自己的伤情。几个小时之后，王先生觉得扭伤部位有蠕动的感觉血脉通行，他自己体验了药方的功效，更坚定了开发"一条根"作为治疗伤痛特效药的想法。之后，王先生不遗余力地研究"一条根"，力求使它使用更加简便，既有内服的胶囊，也有外用的贴布和膏剂及喷剂，开发出了"一条根"系列产品，有人说王大夫让"一条根"开出了繁花。2001年，王先生结识了对"一条根"也颇有研究的台北医学院的杨玲玲教授。由于"一条根"的药用价值被发现后，野生资源变得稀少，在杨教授的协作下，王先生深入了解了"一条根"的生长情况，并开始对其人工种植方式进行研究。

多年开发，让"一条根"成金门又一宝

王先生于1966年自创"金门王大夫一条根药行"，四十年潜心研究"一条根"。使他在业务上收获颇丰，成为第一个制成"一条根"药膏和喷雾剂的人。如今，"一条根"系列产品还有药膏、喷剂等等，"王大夫一条根"在金门、台湾成了响当当的名牌。有一次王先生去台北参展，12天销售业绩在金门特产中排名第一。1993年金门解除戒严，允许台湾游客前往观光，很多台湾人到金门指名要买"王大夫一条根"。

金门"一条根"在厦门展销

　　王先生也是第一个将"一条根"带到大陆来的人。他已经连续5年参加在厦门举行的投洽会、台交会，并选择了成都的一家医药公司与之合作开发"一条根"药品。厦门是王先生的祖籍地，也是"王大夫一条根"进入大陆的第一站。王先生将"王大夫一条根"大陆总代理选定在厦门一家公司。

　　现在王先生还有个计划：建立一个金门"一条根"博物馆，展示"一条根"医药文化。其中包括祖国传统中医的炮制用具、民间医药、民间处方，特别是"一条根"在金门的开发应用及从野生到人工栽培的发展史。文物馆地址已经选定在金门，将取名"王大夫一条根文物馆"。王先生激动地说："祖辈行医留下的一份文化遗产我都精心收集起来了，其中还包括了闽台两地的一些医药文化的典籍、器物，这些遗存是我们老祖宗智慧的结晶，要让后人知道中医的伟大和博大精深，两岸中医同根同源！"

　　王先生也非常珍惜乡情。他说，他很想找到在同安的故里，并拜托我们帮他打听信息。

一条根

　　一条根属于多年生豆科植物，学名阔叶大豆，其药用部分主要是根部，一条根的根部扎入土内很深，生长三年的一条根，根长约有五六十厘米。"一条根"的茎、叶露出地面不多，要徒手拔出一条根谈何容易，因此它又俗称"千斤拔"。

　　金门多风干旱的地理条件，特别适合一条根的生长，因此在金门岛上的山野旱地里有许多野生的一条根，但由于野生的一条根早已供不应求，现在药用的一条根多是人工种植的。一条根药性辛温，具有舒筋活血、驱风去湿、解热镇痛之功效。可用于治疗坐骨神经痛、筋骨痛、产后伤风感冒、肝肾疾病、骨折损伤等。一条根根、茎、叶、花均可食用，生长期在2－3年间的一条根药效最好。

叶锦湖 金门
贡糖厦门造

    叶锦湖现为厦门太祖食品有限公司总经理。1991年在金门创立圣祖食品有限公司，开始涉足贡糖行业，16年后，在厦门投资设厂，成立太祖食品有限公司。圣祖公司在金门首创"厂店合一透明化"的经营模式，研发出多种贡糖的新口味。个人十分热衷于骑马这种具有自我挑战性的活动，也希望把骑马这种文化带到厦门；期望自己的公司传承与发展的不只是技术，更是人类的文化。

    金秋十月，被誉为金门贡糖第一品牌的圣祖食品在厦投资成立厦门太祖食品有限公司，正式在厦门生产金门贡糖，这也是金门贡糖行业在厦门开设的第一家公司。金门贡糖已经有400余年的历史，是金门最著名的特产之一。创业16年的金门圣祖食品有限公司每一个脚步中都贯穿着"创新思维"。现在率先在厦投资设厂，一路走来秉持着"怀思古之情，创现代之艺"的理念进入厦门，书写一页厦金人文的新篇。

买贡糖可参观生产全过程

    16年前，金门圣祖食品有限公司总经理叶锦湖，和他的兄弟白手起家，做金门贡糖，但创业并不是一帆风顺的，在金门林立的贡糖制造业中，他们名不见经传，要脱颖而出，谈何容易？不过，一个新创意使他们脱颖而出，这就是首创了"厂店合一"经营模式，即把生产与销售呈现在顾客面前，让顾客直观贡糖生产的全过程，品尝到各种口味的贡糖后才选

工人正在制作金门贡糖

择要购买的品种，这种新的销售形式吸引了大量的观光客，使得公司效益和知名度迅速提高。这一创意很快被金门的同行模仿了，但叶总说，当时的创意并没有申请专利，也不想申请，因为一个好的创意大家来模仿学习，大家来共享是一种好事，叶总轻松的叙说显示了一个成功企业家的豁达。他还说，他把这种"透明化"的经营模式带进厦门实际上也是把一种新的企业文化带进厦门，对游客来说也许只是因为好奇，看看"透明化"究竟是怎么回事，当他们通过透明的玻璃橱窗看到整个贡糖的生产过程时，心里对这种食品真正地放心了；而当品尝到可口的美味时，他们就有带回去与家人、朋友分享的冲动了……在金门，在台湾我们的创意被别人学去之后，我们并不是没有危机感，但是这种危机感正是促使我们不断努力地追求创新的动力，在厦门，我们也不怕别人学，因为这样子有利于相互促进、相互提高。

要把金门贡糖推向全国

圣祖食品发展到第十个年头时，进入了新世纪，公司成为了金门贡糖行业的佼佼者，叶总说那时他就萌发了在厦门设厂的想法。因为厦门是一个国际港口城市，交通发达，环境好，观光客多，劳动力价格较低，消费力却日益增长，对台商投资有诸多优惠政策，他说，经过几次考察之后就开始进行筹备，今年正式在厦门投资设厂，厦门、金门文化相同、语言相通，亲情重，人情味浓，在投资设厂的过程中，厦门市台办等相关单位，都给予了他们很大的支持和帮助。所以我体验到了，在厦门发展事业拥有比金门更好的条件。现在在厦门生产同样的贡糖成本比金门低，所以厦门贡糖的价格实际上比金门的价格还低。更重要的是，在厦门能开拓更广阔的市场，能实现更远大的目标。叶总说，在厦门设厂之后把金门、台湾的特产推介到全国，推广起来比在金门方便得多，厦门实际上已经成了我的第二个家，因此我还要以厦门为基地把我的事业发展到全国乃至世界各地。

厦门产金门贡糖口味更丰富

到过金门的厦门人，走进厦门太祖食品有限公司时，似乎走进了时光隧道，这里的环境氛围和金门的圣祖食品有限公司很相似。叶总说，在厦门营造这种氛围，是为了让人们有两门一家的亲切感，没到过金门的人也可以在这里感受到金门的企业和乡土文化，这是他们有意为之的。厦门公司与金门公司的装潢设计都出自于台湾的一位资深的设计师之手，体现了本土的风格。厦门公司的装修档次比金门的有所提升，环境更加优雅；文化氛围也更加浓厚。其次，让顾客在厦门同样可以看到（制造过程），吃到（各种美味），听到（贡糖的传说），买到（满意的食品）。这就是为了让人们能在厦门感受金门，在厦门品尝金门。另外，在橱窗里，除了金门贡糖，金门菜刀，还有台湾的太阳饼，宝岛果酥等，还有许多展示金门民俗风情的图画。这实际在环境上既重视传统又要创新。叶总说，最重要的创新是不离本行，他公司的贡糖最初只有六七种口味都是在厦门创新的，如海鲜贡糖就是用厦门产的丁香鱼制成的鱼香贡糖；用各种坚果配而成的能量果子，这些口味在金门还没有上市。叶总说公司研发新口味产品在兼顾贡糖制作古法原味的同时，更加注重应用最新的技术，符合当代的最新生活理念，走绿色健康的道路。

李锡恺风云
岁月难忘怀

2006年的10月22日是台湾"二林蔗农事件"八十周年的纪念日。在台湾民众自发举行大型活动纪念这一历史性事件后不久，我们走访了定居厦门的李锡恺老先生，李老的父亲李应章正是"二林蔗农事件"的领导人。年逾古稀的李老依然思路敏捷，如今他正在用笔记录下亲身经历的历史。这位历尽沧桑的老人对台湾怀有深挚的情感、对历史有深刻的了解、对祖国的和平统一有热切的期盼。

自强少年，历尽坎坷

现年76高龄的李锡恺1928年出生于台湾省彰化县二林村，领导过"二林蔗农事件"的李锡恺之父李应章虽是位医生，仍积极地为蔗农的利益奔走呐喊。当时，日本侵略者又恼又怕，准备再次逮捕李应章。为了避免再受日人迫害，其父于1932年除夕夜离开了二林村，踏上了前往厦门的渡船。可是日本人并没因为李医生的离开而放弃对他家的迫害，隔三差五派特务来查看。李锡恺小小年纪就目睹日本人闯入家中，凶神恶煞般地逼问

李锡恺老先生讲述自己的父亲李应章

母亲和肆无忌惮地在家中搜查，经常是弄到满屋狼藉后，才悻悻离去。日本人残暴的行为在小锡恺幼小的心灵烙下深刻的印记，从那以后他的心里就埋下了仇恨日本侵略者的种子。

小锡恺天资聪慧，入学后学习勤奋，成绩很好，小学毕业后，他怎么努力也考不上日本人办的公立中学。刚开始他以为是自己的体育不好，于是加强了体育锻炼，跑步跑比别人快，单杠一口气可以做上30下……他都被同学们称为小运动健将了，可还是无法进入公立中学。这时，他才意识到由于父亲的反日，自己被视为"清国奴"（日本人对"不听话"的台湾人的蔑称），即使再优秀，日本人也不会给他良好的学习环境的。无奈之下，他只能进入私立的淡水中学（淡江大学前身）学习。事有凑巧，李老进入淡水中学后，中学校长向新生大肆吹嘘学校当年有人进入了日本的京都大学学习，此人就是改名岩里正男的李登辉。李老言及当时李登辉改名为岩里正男（日据时期台湾不少人都有日本名字，李姓改为岩里或青木）愿做日本的"皇民"，因而受到日本的"恩惠"，得以前往日本学习。可李锡恺家族中无一人改日本名字，因此受到残酷的压制。这反而造就了李锡恺坚韧的性格，他在中学仍然取得优异的成绩，毕业时迎来了台湾的光复。

渡海求学，追求光明

1946年9月，离开家乡十五年的父亲李应章医生回到台湾，为"二林蔗农事件"的难友及亡故的乡亲举行追悼纪念会。一位名叫李万得的蔗农养有马匹，当年李医生出诊都用他家的马当坐骑。见到李医生，李万得感到特别亲切，他说："好久没有骑我的马了吧？明天我牵来，你也好回味回味以前骑马出诊的日子。"但李医生更希望让他的儿子来延续与蔗农乡亲的深情，因此他特意让锡恺代他骑马，以不负万得叔的一片好意。锡恺十分兴奋，第二天，他借了马靴、马鞭，一身戎装，跨上马鞍，侧身向父亲示意："我继承了您年轻时的雄风，放心吧！"李医生赞赏地笑了，嘱咐他跑完当年的出诊路线后留影纪念。

由于李医生当时已是中共地下党员，为防不测，他三天后就返回大

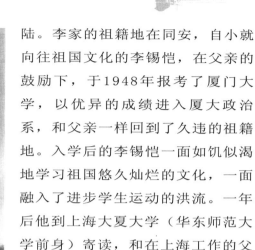

陆。李家的祖籍地在同安，自小就向往祖国文化的李锡恺，在父亲的鼓励下，于1948年报考了厦门大学，以优异的成绩进入厦大政治系，和父亲一样回到了久违的祖籍地。入学后的李锡恺一面如饥似渴地学习祖国悠久灿烂的文化，一面融入了进步学生运动的洪流。一年后他到上海大夏大学（华东师范大学前身）寄读，和在上海工作的父亲重逢。

台湾"二林蔗农事件"领导人李应章先生像

1949年全国解放在即，上海发生"四二六"逮捕进步学生事件。当时追求进步的李锡恺早被宿舍一个参加过青年军的特务盯上了，学校纷纷关闭后，他借口无家可归要求借住李家。被缠不过，锡恺把他带回了家。此人在李家暗中搜查，找出了几张不及藏好的传单。于是他就要求李锡恺陪他去交大隔壁（警备司令部）"看朋友"。锡恺猛然想起交大隔壁不就是警备司令部吗？那是个专门关押进步学生的地方啊。于是急中生智说自己腹痛，脱身跑了，找到父亲告知此事。父亲马上解散了正在召开的地下党会议，并让锡恺到他处躲避。后来李锡恺得到证实，当时这位"好友"是在诱捕他，已有其他进步同学被他诱捕了。这位台湾青年亲历了"白色恐怖"的严酷，更坚定了他追求光明的信心，后来他参加了中国人民解放军的"知识分子南下服务团"，并由福建省的党组织发展成中国共产党党员，从此他就扎根大陆，参加祖国建设。

两岸一家，期盼统一

李锡恺从台湾日据时期的少年走来，成长为扎根大陆的优秀人才。如今他定居鹭岛，正在实行他的一项"晚年工程"，撰写一些有关父亲和台湾的书。经过长期细致的准备，父亲李应章医生的传记不久将在北京出版。李老告诉我们，写书的过程中他得到台湾亲朋的大力协助。在台湾的堂侄李子麟先生给他寄来许多台湾出版的宝贵资料，并告知他家乡台湾彰化二林，因历史上的"二林蔗农事件"的深远影响已被开发为颇具特色的人文景区，当年李家的墓碑还被作为教育下一代的文物保护起来。父辈的资料整理告一段落，李老却丝毫没有闲下来的意思，还计划着写一本带有自传性的小说《台湾蔗原之声》。他亲历历史的风云变幻，了解大量鲜为人知的第一手资料，虽然笑言自己跟不上时代，不会用电脑打字，但李老还是执著地用手中的笔写出一腔浓浓的怀乡之情。"希望能在八十岁之前完成它。"我们有幸看到了李老的助手秦小姐整理出的部分打印稿，惊讶于老人文笔流畅生动的同时，更为他这种老当益壮的精神所感动。

言谈间李老手指台湾地图，抚今追昔，十分动情。多年未回台湾的他，对台湾的山川、河流、台中平原依然那么熟悉。他希望过不久能携子重返二林，再走走当年跑马过的小路，再看看当年葱茏的甘蔗地，亲自祭扫祖父、母亲的墓地，也期盼祖国早日和平统一，两岸本是一家亲。

李锡恺出生于台湾省彰化县二林村。父亲李应章是"二林蔗农事件"的领导人，为避免日寇迫害离开台湾。1948年考入厦门大学政治系，从此留在大陆学习、生活、工作。大学毕业后参加中国人民解放军"知识分子南下服务团"到榕工作，后来又调到北京任日文翻译，离休后定居鹭岛，着手撰写《台湾蔗原之声》一书。

台湾第一个农民抗日运动

上个世纪20年代，日本统治台湾，实施压榨政策。为营造"糖业帝国"，日本人对蔗农实行"采收区域制"，甘蔗不得越区买卖。当时彰化二林地区南面属"林本源制糖株式会社"（以下简称林糖），林糖对蔗农极尽剥削之能事，不但疯狂压低甘蔗收购价格，更在甘蔗过磅上克扣蔗农，甚至出现了三个成年人在甘蔗磅上过磅才重五十斤的荒唐事。

二林蔗农不断向会社提出抗议，都无果而终。彼时执业台湾保安医院的李应章医生与一些台湾知识分子，同情蔗农们的悲惨处境。1924年，他们顶住层层压力，对糖厂进行调查，向蔗农们揭露了林糖剥削压榨蔗农的丑恶面目。为了更好地组织蔗农，激发他们与二林地区知识分子的觉醒，李应章开办农村讲座，起草了《蔗农联合章程》。1925年"二林蔗农组合"成立，这是台湾第一个农民组织，李应章任理事长，并以李应章家宅为筹备处。会后，李应章用闽南话编写了反映蔗农苦难的《甘蔗歌》，此曲不仅唱出了蔗农的辛酸，也寄托了李应章要求蔗农团结起来一致斗争的愿望。这一组织的成立，开启了台湾农民运动的先河，被称为"台湾第一个农民抗日运动"。

此后，蔗农组织在李应章的领导下，拟定了包括甘蔗定价在内的"三条要求"，向林糖提出交涉，却被林糖无理拒绝。蔗农只能转而向上级官员投诉，均无果。眼看收购季节将至，"二林蔗农组合"意识到只有联合所有蔗农阻止糖厂来收购才能达到斗争目的。1925年10月23日，林糖无视蔗农们的诉求，强行收割甘蔗，愤怒的蔗农纷纷赶来阻止，与林糖和警察发生冲突。之后，李应章作为理事长与农会组织的一些主要骨干都被日本侵略者逮捕。

当年的二林蔗农只是向日本人提出很基本，很合理的一项公平要求，他们敢说，敢表示，用实际行动反抗日本侵略者的残酷统治。这一事件成了台湾人民重大的抗日事件，也成为带动台湾知识分子走向大众化的一个很关键的运动。

八十年后的2005年10月，二林蔗农事件纪念碑的定椿仪式在彰化举行。台湾民众还举行一系列活动纪念这一重要历史事件。

厦门高崎国际机场已成为海峡两岸直航的主要空港

充满青春活力的厦航乘务员

叶德勇蓝天
二度惊与喜

　　9年前台湾远东航空公司叶德勇机长驾驶的飞机，因异常情况而降落厦门机场。但昨日他却是用异常高兴的心情，载着一百多名从台湾乘包机来厦的乘客首航厦门。

　　走出彩绘飞机来到欢迎仪式大厅的叶德勇机长，神情显得轻松而高兴，他成了众多媒体记者采访的"焦点人物"。

　　记者问道："为什么您今天（1月27日）驾驶的首航飞机用彩绘飞机？"

　　"因为我比较潇洒。"这位帅气十足的机长幽默回答，使整个采访氛围显得轻松而欢快。

　　有人问及9年前"劫机"的事。叶机长说："尽管9年前是因异常情况降落厦门，但对我个人来说在处理整个事情的过程中却因此认识了一些厦门的朋友，他们的认真、诚挚给我留下了深刻的印象。后来在相关业务接触中，这些厦门朋友有的甚至成了我的好朋友，像厦门空港集团的王倜悦先生。"

　　谈到这次首航厦门的感受时，叶机长说："当我飞临厦门上空的时候，一种别样的心情油然而生，这主要是前后有两种截然不同的心情，今天我的心情是充满喜悦的。当飞机在厦

台湾远东航空公司叶德勇机长

门上空徐徐降落时，我特别用心地看着厦门，在空中看到厦门的城市建设比9年前有很大的变化，显得更加欣欣向荣，充满活力。厦门真是一座令人向往的美丽城市。假如能常规化地飞厦门，我愿意常飞厦门。"

我们问叶机长："会不会说闽南话？想不想在厦门观光？"叶机长说："我是山东人，在台湾生活多年，现在也会说点闽南话了。"然后他很风趣地用闽南话和我们交谈了几句。

随后，叶机长动情地说："这次首航，我在厦门仅能停留约一个小时的时间，因为我还要驾机返航。说真的，如有时间我真想到厦门的街道上走走，体验这座我仅在空中鸟瞰的美丽城市。"

采访将结束时，叶德勇机长高兴地和我们合影，并说"我还会到厦门来，我真想再来。"

两次采访，两种心情

26日晚上，在福州的香港文汇报助理总编黄若红，得知27日台湾远东航空公司由叶德勇驾驶的飞机将首航厦门，为此她匆匆赶来厦门，为的是再次采访叶机长。

9年前，黄若红曾因那次异常情况在厦门采访过叶机长。作为香港的新闻记者，她看到了这几年来厦门与台湾民间往来关系的发展，一位有着

首航厦门的台湾包机

机上乘务人员热心服务首航乘客

两种经历来到厦门的机长确实折射出了两岸民众企盼"三通"的迫切要求。

当黄若红见到叶德勇机长时，拿出9年前她登机采访的照片，两个人都显得有所感慨。黄若红对记者说，当时她登机采访叶机长仅有十分钟的时间，感觉十分紧张，但却印象深刻。今天她又再次采访叶机长，两个人都是心情愉悦，十分高兴，虽然也是时间短暂，但足以让她难以忘怀。两次采访，两种心情。今天的高兴心情完全来自于看到两岸民间关系的进一步密切，远东航空首航厦门的实现。

服务包机，空港礼仪队机场围炉

她们在停机坪上穿行，为大型仪式奔走，她们在登机道口列队，为台胞送上鲜花，她们是厦门空港礼仪队，由30个人组成，这群小妹妹们的平均年龄才19岁。她们的脸上总是充满朝气和笑容，她们的工作却不是那么简单与轻松。我们在采访两岸春节包机的间隙里，看到了她们的辛劳。

打从两岸春节包机筹备工作一开始，她们就没得闲。元月24日晚，台湾复兴航空首航厦门的前夜，礼仪队的彩排在停机坪上举行，那一夜风特大，还夹着细雨，几场演练下来就是几个小时，结束时已是凌晨，而翌日清晨她们就要"上岗执勤"，这中间仅间隔着四五个小时，别说睡好觉，就连稍稍闭眼都不安稳，可第二天一上岗，大家还是精神抖擞，笑容满面。

这些小姐妹们来自四面八方，小穆来自辽宁，小郭和小周分别来自龙岩和三明，小尤来自福州，小孙家在厦门，在两岸春节包机的这段时间里，小姐妹们还有一项特殊的任务：学习闽南话。工夫不负有心人，现在，好多人讲起闽南话来让你不相信她们的老家不是厦门。

说到过年，当昨天华信首航厦门的仪式结束后，大家才想起了当天是除夕，问起除夕怎么过，毫无疑问，姐妹们一个也没回家，大家都留在机场里围炉。队长余萍说，作为大姐就只有给她们加菜了。队里的姑娘小孙，家就在火车站附近，可她也不回家里围炉，她说，在机场里姐妹们一起围炉，也很温馨快乐。因为迎来正月初一的时候她们又要忙碌了。

青礁社

Part 6 体验民俗趣

青礁慈济盛德
大道播四方

　　2006年是海沧青礁慈济宫立庙855周年、吴真人羽化970周年，4月18日，这座有近千年历史的古宫，将迎来一个盛大的节日——首届海沧保生慈济文化节。我们走进这座"真人所居"的庙宇，千百年来的文化积淀，数百年来的两岸渊源，随着我们的步履，一一展现开来。

灵山秀水，真人所居

　　走进青礁慈济宫山门，来到宫前，一对形状古朴而仍气宇轩昂的石狮似在向人们诉说这座古宫的悠久历史。有关专家告诉我们，这对石狮是宋代的遗物，他们

青礁慈济宫大殿前的"御阶"

在宫殿前已守护了近千年。走进大殿，上面高悬的一方匾额"真人所居"为明代大书法家张瑞图所书，殿内还有一方石碑吸引了我们，这是南宋杨志撰写的东庙碑记（后称慈济宫碑），碑云："介于漳泉之间，有沃壤焉，名曰青礁。地势砥平，襟层峦而带溟渤。储精毓秀，笃生异人，功钜德崇，世世庙食，是为忠显英惠侯。"显然，青礁村所处的地理位置是块地灵人杰的风水宝地，而碑文中所指的"笃生异人"，即为数百年来为人景仰、祭祀的保生大帝吴真人。

位于白礁村的慈济西宫

慈济"四宫一院"之慈济北宫

在风和日丽的暮春时节里，青礁慈济宫显得分外巍峨壮观，三进宫殿式庙宇，在东鸣岭的翠色掩映之下，堪称是一处洞天福地。这一带就是吴真人悬壶济世、采药炼丹的地方。据说慈济宫肇始于北宋仁宗年间，当时吴真人羽化后，民众在其炼丹之地东鸣岭的龙湫坑（龙湫为一湾清泉，至今犹存）建了龙湫庵来纪念他。此后，随着对吴真人诰封规格的提升，慈济宫几经重修、重建，也越发富丽堂皇，美轮美奂。直到现在东鸣岭上还存有吴真人当年用的丹灶、丹井、药臼，称为"三圣迹"。近年慈济宫进行了修缮和扩建，在祖宫左右侧增建文武两庙，宫前拓建山门、凉亭、放生池等景观。

慈济"四宫一院"之慈济南宫

工艺精湛的角楼藻井与古钟

慈怀济世，后世景仰

保生大帝石雕像

吴真人原名吴本（979—1036），同安白礁人（今漳州龙海角美镇），少时立志学医，访师学道，寻方求药，十七岁时，学医有成，在青礁东鸣岭行医数十载，慈济苍生。

吴真人生前本着"活人为心"的精神，致力于治病救人，其医德高尚，对求医的人"无问贵贱，悉为视疗"；其医术高明，相传"活人无数"，救活了许多病重、甚至是濒临死亡的人，特别是当年闽南一带瘟疫横行的时候，他广施丹药，使很多人在瘟疫中保住了性命，"远近咸以为神"。五十八岁时，因上山采药，不幸跌下悬崖而死，远近乡民，"闻者追悼感泣，争肖像而敬之"。历代统治者也不断地对他进行追封，吴真人逝世的当年，北宋景佑三年（1036年），被尊奉为"医灵真人"；南宋乾道七年（1171年），朝廷赐谥号"大道真人"，因而别有"吴真人"之称；南宋宁宗嘉定元年（1208年），封"英惠侯"；南宋理宗淳祐五年（1245年），封"孚惠真君"；至明代永乐七年（1409年），被诰封为"万寿无极保生大帝"，因此民间又习惯称其为"保生大帝"。一位民间医生得以诰封至"大帝"的尊号，在中国历史上可谓罕见。诚如青礁慈济宫里的石刻对联所云"自有宋而元而明而清千载长留药石，由真人为侯为王为帝累朝频锡褒封；大道无私累次褒封承北阙，生机不息万方慈济仰东宫"。

闽南特色风格的慈济宫顶一角

青礁慈济宫"三圣迹"之一的丹灶

324

大道传衍，两岸同崇

保生大帝以不慕荣华名利的心胸，以始终不渝的执着，来实践他慈济众生的理想，这种思想精髓在千百年来得到了传承和弘扬，形成了一种"慈济"文化，体现的是一种治病救人、慈惠济世的精神。这是保生大帝的信众之所以越来越多、越来越广的最根本的原因。

宋代是中国民间造神运动的高潮时期之一，保生大帝的信仰在此时就传播到莆田、长乐、汀洲、潮州一带。随着明代移居台湾和海外的闽南

印有祥瑞龙型的慈济宫灯笼

人越来越多，保生大帝信仰也随之传播到各地。正如台湾"中央"研究院学者刘枝万先生所说："闽之漳、泉，粤之潮州诸民，来台拓殖，基于地缘关系，出入相友，守望相助，疾病相扶，本此团结之精神，以谋发展，乃有诸多同籍贯者鸠合而建设之街肆，共同供奉乡土神以为守护神。"

据有关资料记载，明代从青礁村走出的"开台王"颜思齐，以及之后

台湾学甲宫

收复台湾的郑成功等都曾把保生大帝的信仰带到台湾。明天启三年（1623年）日本三江帮华侨便在刚创建的兴福寺中附祀保生大帝。后来，保生大帝的神像或香火又不断被迎往印尼、菲律宾、马来西亚、新加坡等东南亚地区甚至欧美一带奉祀。

到了清朝，移民台湾的闽南人越发增多，对保生大帝信仰的民众也日渐繁盛，保生大帝的香火遍布台湾，慈济宫在台湾的分炉到了今天已达四百多座，信众人数众多，他们把遥祭慈济祖宫作为定例。在台湾最负盛名的保生大帝庙宇之一的学甲慈济宫，每年农历三月十五吴真人诞辰之日，无数信众都会汇集到这里，在此举行隆重的遥祭大陆祖宫的祭典，信众有时多达十几万人。当年，时任台南县长的李雅樵主祭时，诵读祭文为："巍巍昆仑山，浩浩扬子江，伟哉中华民族，源远流长，祖德宗功厚，子孙岂敢忘。"在台湾与之齐名的是台北大龙峒保安宫，其规模之宏大，建筑之富丽为台湾奉祀保生大帝庙宇之冠。大龙峒保安宫与艋舺龙山寺、祖师庙并称为台湾的三大庙。

人们对保生大帝的信仰由衷发自于心底，受到了广泛的认同。以"健康、慈济、和谐"、"打造文化品牌、促进两岸交流"为主题的保生慈济文化节的举办，可以使两岸的交流有深层次的挖掘，交流层面进一步拓广，两岸将共同构建一个文化、艺术、医学等多方面交流的平台，对现在及将来的两岸文化交流产生深远的影响。

青礁慈济宫全景

青礁慈济宫内的神兽图

"天眼"祥光沐浴古宫

保生文化民俗

乡情通两岸

　　"开台王"颜思齐故里青礁村的村民在慈济东宫举行的一场盛大的进香活动，既为即将举办的保生慈济文化节热身，也让我们品尝到了一次充满乡土之美的民俗盛宴。

喇叭热吹庙会欢，进香队伍进东宫

　　海沧青礁村一年一度的慈济宫进香活动固定在每年的农历三月初九举行，是保生慈济文化所衍生出的盛大的民俗活动。这一天的慈济宫热闹非

凡，善男信女们一大早就从四面八方涌来，慈济宫前的广场上人头攒动，震耳欲聋的鞭炮声不绝于耳，为慈济宫增添了几分热闹欢快的节日气息。除了前来膜拜保生大帝、乞求神明庇佑外，香客们此行的另一目的就是观赏进香时各具特色的艺阵表演。所谓"艺阵"是指传统民俗活动中静态与动态两种表演形式。纯粹以美观的装饰吸引目光的表演形式叫"艺阁"，与其相对的具有戏剧性的表演就是"阵头"了。

阵头表演精彩纷呈

为了寻找最佳的拍摄角度，我们登上了慈济宫的二楼。透过鞭炮燃放后的烟雾，在喧嚣的锣鼓声中，只见几顶象征尊贵的黄色圆伞打头，接着有数十竿旗幡飒飒，然后就是各种各样颇具闽南特色的表演阵头了："大开道"长长的喇叭吹出庄严肃穆；惠安女带来了咸咸的海的气息；热热闹闹的西乐队演奏着流行的曲调；民俗活动中必不可少的舞龙舞狮威风凛凛……从每个艺阵的红色序号牌来看，这次进香活动共有67个阵头，都是附近的信众为了表达对保生大帝的崇敬而敬奉的，其参加人数之众，表演方阵之多、场面之壮观让我们惊叹不已，更让我们领略到保生慈济文化强大的感染力。按照惯例，这些阵头从青礁村出发，绕村巡行一圈后才到宫庙里来。各个阵头热热闹闹、井然有序地进入慈济宫内，忽地，像是受到了莫大的鼓舞似的，阵头在宫内的表演益发显得生机勃勃了，鼓声、锣声、喇叭声响彻天际，"龙"、"狮"动作虎虎生风。其中特别具有表演意味的是"犁辇"。辇是神轿，扛辇的是称辇夫，一个辇通常由4至8个人扛，有的甚至要更多的人来扛。在乩童的指挥下，神辇开始左右摇晃，好似犁田一样忽直忽横来回地"犁"，随着速度加快，舆夫无法控制，仿佛不由自主在惊涛骇浪中剧烈颠簸。这叫"发辇"，意思是神显灵了，激烈的摇晃中流露出庄严和神秘，颇令人动容。抱着虔诚之心在众神前"表演"一番后，艺阵返回广场为民众演出，这就是所谓的先娱神再娱人了，然而，实际上，现场的人们从整个表演过程中得到了充满乡土之美的艺术美感的享受。

艺阁装扮精美绝伦

在此次青礁村的进香活动中，不得不提"蜈蚣阁"。它由十六节连在一起的轿子组成，绵延一百多米，状似蜈蚣，故名"蜈蚣阁"，又称"龙阁"。当"蜈蚣阁"出现时，我们着实感到惊艳：仿佛突然从地下钻出来似的，一个栩栩如生的龙头摇头晃脑地从广场前的台阶上冒出来，威风凛凛，神气活现，在龙头的牵引下，一列彩轿随之缓缓出现。轿子用五颜六色的纸和布扎成，由几十个轿夫抬着，每节彩轿上头前后坐着两个小孩。孩子们都经过精心打扮成神话戏剧人物，天真无邪，烂漫可爱。因为轿子的绚丽，因为孩童的天真，因为抬轿人的虔诚，使"蜈蚣阁"显露出热闹、欢快、祥和的气息，成为整个游行队伍中一道靓丽独特的风景。据村老颜明远先生介绍，"蜈蚣阁"是进香活动中声名远扬的阵头，已经有很多年的历史了。他兴致勃勃地回忆起八岁那年他和村里其他孩子一起坐"蜈蚣阁"的情景，也是几十人抬的轿子，也是细心装扮的孩童，和过去相比，现在的"蜈蚣阁"在装饰上更加美观多彩了，孩子们也被打扮得越发可爱而美丽，然而始终不变的是附着于其上的文化意义，是珍贵的民俗文化历经的近百年的传承。

进香活动汇集乡土艺术

保生大帝作为两岸共崇的神明，保生慈济文化衍生出来的民俗艺术早已融入两岸民众的生活，人们通过民俗艺阵的生动演出，通过精美的供品、祭品和工艺品，对保生大帝进行艺文献演，用艺术表达了对保生大帝的崇敬和感恩，实现了民俗艺术的传承、创作和创新，为人们的生活增添了无限的乐趣，形成了颇具个性和风味的社会景观。青礁村的进香活动汇集了闽南地区传统的民间艺术，将保生大帝信仰演绎得如此精彩，然而这只是保生大帝信仰所衍生出的民间艺术和民俗活动的其中一段。即将举行的首届保生慈济文化节不仅有传统的类似祭孔、祭妈祖的仪式，也将举行书画展、义诊等群众性活动，在弘扬保生慈济文化的同时，也对已被历史所定格的民俗文化进行充实、创新和完善，既保留了祭祀的传统意义也赋予其现代意味，为保生慈济文化注入新的活力。届时将会有更多充满闽南风味的精彩节目带给民众惊喜。

台湾静宜大学林茂贤教授说：虽然进香的主角是神明，但吸引民众"看热闹"的焦点却是艺阵的表演。艺阵表演使庙会不仅仅是单纯的拜神活动，而在更大程度上属于多姿多彩的民间艺术盛会，提升了庙会的艺术性，同时庙会活动也为歌仔戏、舞龙舞狮等民俗艺阵表演提供了机会。有了持久的神明信仰，才有了不断的民间艺术活动。因此，可以说，保生大帝信仰中所衍生出来的诸如慈济宫进香等民俗活动造就了民众参与相关文化活动的热忱，已经成为保存闽台地区宝贵的非物质文化遗产的重要载体。

两岸信众虔诚祭拜保生大帝

青礁慈济宫

青礁慈济宫位于海沧区西部的岐山东鸣岭下的青礁村口马青路侧，宫内供奉的是闽台两岸共同尊崇的保生大帝吴真人。从厦门岛内驾车过海沧大桥之后到达青礁慈济宫只需约十分钟的车程，临近时可见路标。

慈济宫之始是北宋仁宗年间，吴真人羽化后，民众在其炼丹之地龙湫坑建庙，当时名为龙湫庵。南宋高宗绍兴辛未年（1151年），由青礁人颜师鲁奏请为真人扩建殿宇得准。高宗赐建皇宫式大庙，名为东庙，真人出生地白礁也建庙。南宋孝宗乾道丙戌年（1166年），赐

乡间表演"拍胸舞"纪念保生大帝诞辰

神辇"发威"

庙额为慈济，由此称青礁慈济庙，从此慈济一词广被人知。南宋理宗下诏改庙为宫，由此称青礁慈济宫、白礁慈济宫，前者为东宫，后者为西宫，并于1996年同时被列为全国重点文物保护单位。

青礁慈济宫建筑面积约1.6万平方米，山体面积约1.6平方公里，海沧区已准备加大青礁慈济宫景区开发建设的力度，拟将景区分为三个功能区：养生区、游览区和保健区，让真人故地大放光彩。

慈济曾有四宫一院

在保生慈济文化节即将举办之际，有读者给我们打来电话说，肇始宋代的慈济宫本是四宫一院。为此，我们特作了一次探索性的采访，并有许多新的发现。

青礁、白礁两处慈济宫，分别被称为东宫和西宫，这是大家都熟知的，但是很少有人知道，慈济宫其实还有南宫、北宫以及玉真法院，共同构成了四宫一院。

在海沧颜有能先生指引下，我们先找到了位于海沧温厝长园村的慈济北宫。因为长园村俗称六社，所以乡民也称之为"六社宫"。我们看到宫庙旁的《慈济北宫碑记》上云："吾乡有六社宫，大观蕴秀，文圃分灵，匾曰慈济北宫。奉祀保生大帝，法壤造兴宋代，由来已久。"可见这座慈济北宫创建于宋代，有着悠久的历史。据宫里的管理人员温亚港先生描述，原来北宫也是三殿结构，飞檐翘角，气势不凡，后来毁于清代的"辛丑播迁"。在清顺治辛丑年（1661年），清王朝为阻隔沿海民众与郑成功的来往，令沿海乡村居民后撤，北宫就在播迁中"庙宇焚墟"。后来"迁界"政策结束，人民返回家园，对北宫"建立而重兴之"。然而历经抗战、"文革"、"破四旧"，北宫彻底湮没。据温先生说，此次重建的地方就是北宫的遗址。其宫基范围约有二亩，依稀可辨，新宫就是在旧址上重建起来的。参观时我们还意外发现了一块刻有"守道师爷惠民德碑"八个大字的古碑，碑上的大字苍劲有力，下面的小文却已湮没不可识。

困瑶村后山尾社有慈济南宫的旧址。据说，南宫原为三殿结构，规模颇大，香火也盛，如今只存二个花岗石门当和一根圆柱横躺在田边水沟

両岸信众虔诚祭拜保生大帝

旁，碑记荡然无存。给我们带路的老人家说，前几年还见到一块石碑放在路边，现在不见了，很可能被人弄去造房建猪舍了，几经辗转访问，均未得下落。随着岁月流逝，宫基上也种了花生、水稻等农作物。村中的长者林金瑞先生给我们讲述了关于南宫的趣闻。据说在慈济南宫后面，曾经保留了两株巨大的古樟树，其中一棵的直径足有两米，另外一棵小的直径也有一米多。这两棵古樟可不同寻常，传说是当年吴真人亲手种下的，可惜的是，上世纪五十年代末，这两棵千年古樟都被村民砍伐掉了。

玉真法院始建于宋代，主要供奉的是吴真人及其门徒江、张圣者，这两位江、张圣者，乃是当年同安县令和主簿，受吴真人大德感化，弃官从吴真人学医，救治百姓不可胜数。于是人们以"救世恩公"尊称他们，宋仁宗赐封吴真人的同时也将江、张圣者赐封为"飞天大圣"，在当地创建玉真法院，以奉祀膜拜。

和吴真人有关的这四宫一院有一个共同的特点，就是在每座宫、院前都有一个用来炼丹药的丹井，而且惟有这丹井能够向前来探访的人揭示玉真法院的悠久历史。令人遗憾的是，在玉真法院重修的过程中，宫庙前的那口丹井被加以改造，现在已经面目全非了。

东山关帝两岸
崇义也求财

　　2006年6月8日，由福建省旅游局、漳州市人民政府主办，东山县人民政府、漳州市台办等单位承办的第十五届海峡两岸（福建东山）关帝文化旅游节在东山隆重开幕。全国文物重点保护单位东山关帝庙成了欢乐的海洋，庄重的关帝祭典、精彩的民俗表演，关帝文化搭建了一座沟通两岸的平台。我们亲历现场，体验了这场多姿多彩的关帝文化盛典。

高香情深，祭典隆重

　　6月8日上午，历史悠久的东山关帝庙广场上人潮涌动，约二万名海峡两岸宗教界人士、两岸信众欢聚一堂，参加在此举行的海峡两岸关帝文化

东山海峡两岸关帝文化旅游节开幕式上的民俗表演

旅游节。人们在铜陵关帝庙举行了盛大的祭祀活动，场面极为壮观。

关帝庙广场上，摆放了十几张用来陈列供品的供桌。供桌有一座放着用各种鲜花和果品垒成的"供品塔"，有半米多高。"供品塔"两边各有一头全猪，这两头作为供品的全猪，看来很"光荣"，猪头上披红挂彩，还结了一朵大红花，当地的一位香客告诉我们，这是供品中的大礼。

供桌上还有用米面做成的寿龟、寿桃，这些是传统的祭品，各式各样的台湾水果、东山本地的海鲜、外地的大果冻，则是现在流行的祭品。

最惹人注目的，是一炷足有近3米高的高香，安插在大香炉里，摆在供桌正中，高香直径有碗口大，上面还有双龙抢珠的雕刻。人们纷纷围观驻足，猜测这炷香能烧多久，有人说至少也能烧上三天三夜。据当地信众透露，这炷香是台湾和大陆的关帝信众共同献给这次盛典的。

隆重的祭典如仪进行，扮演成皇帝和文武百官的民俗方阵从广场列队来到关帝像前，在古乐伴奏下读祭文，行大礼；接着"八仙过海"方阵、舞龙、舞狮等民俗表演精彩纷呈，为所有来宾献上了多姿多彩的民俗艺术的盛宴。

亲情是根，文化是魂

大陆与台湾的关帝信仰同根同源，作为两岸共崇的神，关帝信仰也见证着闽台之间无法隔绝的情缘并将其不断延续，不断增强，增添了一些新的涵义。据考证，东山关帝庙是台湾众多关帝庙分灵入台的祖庙，明郑成功时期，东山军民随军赴台，带去了关帝的香火，关帝信仰开始在台湾兴盛，并迅速成为全岛性的一种文化信仰。与此同时，东山也是台胞主要的祖居地之一，是大陆去台人员最多的一个县，现在台湾的东山籍台胞达二十万多人，东山现有台胞、去台人员眷属四万多人。正因两地间有着如此深远的史缘、神缘、血缘，再加上与台湾具有悠久历史渊源关系的东山关帝庙在台湾千万关帝信徒中地位崇高，影响广泛，所以每年来东山朝圣和观光旅游的台湾关帝信众络绎不绝，闽台两地以关帝文化为主体的各种交流活动高潮迭起，关帝信仰文化日益成为两岸民间往来的纽带。

在关帝庙内，我们遇到了台湾来的陈仁寿先生，他说，始建于明洪武二十年（1387年）的东山关帝庙，是现全台湾1000多座关帝庙宇中绝大多

隆重的祭典仪式

数庙宇的香缘祖庙。两岸自古一家人，台湾和祖国大陆不可分离，我们一定要维护和珍惜两岸同胞"血浓于水"的骨肉亲情关系，骨肉同胞心连心。他还深情地说，当前更应加强闽台交流交往，早日实现"三通"。在一旁的台湾林先生就向我们诉说了没有"三通"的不便，他家在台南，这次来朝拜关帝是先飞到香港，再取道厦门最终来到东山。东山、台湾面对面，却要绕这么大的圈子。

关帝文化，搭建平台

闽台两地，关帝不仅是信义的象征，也被信众尊崇为"财神"。在新的历史条件下，关帝信仰也渐渐融入了海峡两岸的经济建设，真正发挥着"财神"的作用。当初东山人渡海赴台时，带去了传衍不息的关帝信仰，也为东山留下了一笔宝贵的财富，那就是东山丰富的对台文化景观。现在的东山正以秀美的海滨风光和具有历史意义的文化景观为依托，大力发展以台胞为主体的旅游业。同时，当地部门也利用东山与台湾的渊源关系，着力改善东山投资环境，以吸引更多的台胞前来投资兴业。

与往届相比，本届海峡两岸关帝文化旅游节内容更为精彩丰富。旅游

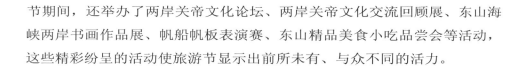

节期间，还举办了两岸关帝文化论坛、两岸关帝文化交流回顾展、东山海峡两岸书画作品展、帆船帆板表演赛、东山精品美食小吃品尝会等活动，这些精彩纷呈的活动使旅游节显示出前所未有、与众不同的活力。

东山关帝的厦台缘

东山关帝庙与厦门、台湾有深远的渊源。明代周德兴扩建了铜陵古城的关帝庙。当时，关帝庙位于东山的港口边，由于东山港历史上是闽台两地的重要商贸港，厦门台湾的船只经常同泊一港。当时，来往两岸的船只大多供奉铜陵关帝，以祈求平安，并把关帝作为航海和经贸的保护神。

据有关资料记载，台湾岛上北部的最早庙宇为供奉关帝的协天庙，也与厦门有关。清嘉庆甲子年（1804年）漳州人林应狮带着家人移居台湾时，先到东山关帝庙分灵，奉祀关公神像，渡海经厦门，登宜兰抵礁溪建庙，并且庙的建筑形式与铜陵关帝庙如出一辙。

铜陵关帝庙镌刻着明代名人黄道周的一副对联："数定三分扶炎汉平吴削魏辛苦倍常未了一生事业；志存一统佐熙明降魔伏虏威灵丕振只完当日精忠。"因此，许多从东山分灵的庙宇也都把这副对联作为庙宇的楹联。据说，历史上厦门的关帝庙也有这样的楹联。现在台湾岛上的许多关帝庙，则把这副楹联作为从东山关帝庙分灵的标志。本次东山关帝文化节，前来参与盛会的许多金门同胞、台湾同胞也都取道从厦门到东山参加这次盛会。

台湾信众祭拜关帝爷

老人陈素云，95高龄虔诚心

家住在铜陵关帝庙旁的陈素云老人是一位虔诚的关帝信徒，虽然今年已经九十五岁高龄，但她仍亲手绣了一件花样精美的披风，在关帝诞辰当天献给一生崇敬的关帝。

两岸信众的情深意笃

裹着一双小脚的她一出现在关帝文化节现场时，摄影爱好者们便把她当成宝贝一般团团围住，扛着"长枪短炮"拍得不亦乐乎。老人被这群小后生困住，突然灵机一动，说我要回家了，人们当然不再围住老人。不过，陈素云带着一同前来的媳妇在庙边的小巷里兜了半圈，又回到庙里来。原来，她刚才还没向关帝爷叩拜。现在她虔诚地捧着供品，朝着关帝圣像行起了跪拜大礼。

陈素云老人年逾古稀的媳妇告诉笔者，老人此行最主要的目的就是朝拜关帝爷，没想到会受到那么多人的关注。老人怕被困住，不能早点到关帝前叩拜，直接拒绝又觉得失礼，加上有人提出要看她的小脚，害羞的陈素云老人这才使了一招"金蝉脱壳"之计，虔诚地朝拜关帝。

前来参加盛会的台湾同胞

两岸信众献给关帝祭典的近3米高巨香

香山胜迹两门
民俗放奇葩

　　最近，翔安区有关部门加强了香山风景名胜区的规划和建设，通过人文地理资源的整合来缔结厦金两门民俗文化的纽带，这一规划使得已被评为省级名胜风景区的香山，逐渐成为吸引两岸同胞联络乡情乡谊的焦点。

　　翔安的香山，位于翔安区东南部，与金门咫尺相望。千百年来流传着一段美丽的传说，当年赤脚大仙云游到此，跨海往仙洲（金门），一脚踏在香山的岩石上，一脚跨上金门的太武山，现在翔安的香山和金门的太武山的岩石上，各留下了一个硕大的仙脚印。可见香山与金门的关系可以追述到远古。

热闹的香山庙会

古时：金门才子常来赏游吟诗

据说香山原名荒山，有关资料称，宋代"朱子簿同时来游斯地诸山之草木皆香，乃改荒山为香山"。明代金门后浦人许獬（号钟斗）也荡舟来到香山，写下了游香山一诗："层峦游不尽，拍手上香山。举白浮天色，来青识圣颜。披云亭渺渺，漱石水潺潺。日暮烟岚合，相看意未还。"当年这位金门才子沿着香山二十四崎的蜿蜒小径，或坐憩路亭，或静听山泉，"心随山花放"，虽然旖旎的风光让他流连忘返，只是路不太好走，他有点累了。现在的香山已经修好了直通山上的水泥路，可以驱车直上，比当年方便多了。当地的洪先生告诉我们，现在有些金门游客来到香山，吟着许钟斗的诗，沿着许钟斗的路，体会诗中的意境。

信众祭拜香山岩供奉的清水祖师

香山龙井

香山上的"麒麟石"

今天："两门"同胞同赶一个庙会

香山景区有座古庙香山岩，每逢香山岩庙会，厦门金门的无数香客都会涌到香山参加庙会。香山岩下是大海，古时，每逢庙会，金门的老老少少就会摇着舢板来赶庙会，十分热闹。现在，金门同胞当然不可能再摇着舢板来赶庙会，不过现在的香山的水泥路，通向翔

两岸情长望洋阡

安大道，金门同胞一般都是乘船到厦门，然后再乘车到香山进香，我们采访了年逾古稀的金门同胞蔡先生，他说他年轻的时候就曾在金门自摇舢板到香山，一般是两个小时左右。现在他乘船从金门到厦门，再转车到香山，也是两个多小时，虽然绕了不少路，但也多看了许多风光，看到了厦门、翔安的新建设，也是一种欣赏，所以也就不埋怨多绕路了。他还说，虽然有一段时间"两门"不能来往，但近年香山庙会恢复，金门乡亲对参与庙会的热情丝毫不减，他所在的金门琼林村一下子就来了二十多个人，他还把两个小孙子也带来了，让他们见识见识热闹的庙会。

香山庙会为什么会有这么大的魅力呢？原来香山岩供奉的是清水祖师。传说清水祖师是药神和雨神，曾经下凡在当地为金门和厦门的民众祈雨、治病，所以备受百姓崇拜。庙会上的锣鼓声声不断，但见阵势威武的宋江阵，在广场上摆开阵势，豹子头林冲舞的是长枪，黑旋风李逵用的是双斧……赢得了满场喝彩。邓拓有诗云"二百年前唱宋江，闽南村社梨园腔"，正是香山岩庙会情景的写照。

未来：两岸民俗文化风景区

香山下的董水村有一个纳入规划的景点望洋阡，它是个牌坊式的建筑，是明代金门人蔡贵易的墓道坊，面向金门，与其父蔡宗德的墓，隔海相望。蔡贵易与父亲蔡宗德是父子进士，他们一家四代人，都与翔安同安有深厚的渊源。当年蔡献臣为其父蔡贵易建望洋阡时著有铭文，因为其祖父蔡宗德葬于金门的戴洋山，他特意选的望洋阡的位置，正是可以"遥望别驾大父浯洲戴洋山茔"。望洋阡表达了翔安与金门蔡氏思亲念祖的情愫，这也是无数两岸同胞的共同情怀。

省级风景名胜区的香山，在相关的规划中，突出了对金门、台湾的人文地理联系的主题。

景区的建设以"缔结两岸民俗文化"为特色，根据这一特色，将景区划分为"两区一带多点"格局。即香山岩自然文史古寺景区和吕塘古松古榕古民居民俗戏曲文化景区，中间连接田园风光带。香山景区将成为两岸民众进香、游览、休闲、加强往来，增强亲情的胜地。

香山景区：

　　位于厦门市的东部、翔安区东南部，坐落于鸿渐山脉的南麓，主峰海拔176米。现今山中有徽国文公祠和千年古刹香山岩，还有许多涉台、涉侨的文物古迹。

　　香山脚下的吕塘戏校，是福建省惟一的一所民间戏曲艺术学校，经过十几年办学，已经发展为闽南民间戏曲艺术教育、演出、创作基地和对台民间文化交流中心。香山景区与金门岛仅一水之隔，历史上两岸民间来往密切。

绿树掩隐中的香山岩

翔安后村百尺
灯篙千年传

每年农历四月十六，翔安新店后村都要举办"灯篙王船民俗文化节"，这个牵系两岸亲情的民俗节日，让人们饱尝了一次民俗文化的盛宴，见证了两岸同胞浓浓的血脉亲情。祖地特有的古老民俗文化活动，使分衍在金门、台湾的乡亲在参与中加深了"根"的认同感，民俗文化为两岸同胞的亲情、乡情搭建了一座桥梁。

灯篙竖起，同胞回乡

后村位于厦门市翔安区新店镇，庞大的村落，古朴的建筑，淳朴的民风，深厚的文化底蕴，使她有"秀祯福地"之称。车子刚驶进村里，我们便感受到了浓浓的节日气氛。只见高高竖起的灯篙，矗立在道路两旁和村内各处，有的顶端悬挂灯笼，有的用五颜六色的灯泡绣成"岳"字，再在四周拉上若干绳索，整个灯篙看起来状似蒙古包。绳索上系有五彩的三角旗，迎风招展，像是在欢迎着远方归来的亲人和游客。村中的大喇叭里播放着南音和高甲戏，或激昂高亢，或低吟婉转，让人们意兴所至，随之融入其热闹的氛围。

据该村郭茂楼老先生介绍，后村的灯篙王船民俗活动在历史上由来已久，主要是为了纪念岳王爷，因此可以上溯到宋代，迄今已有上千年的历史。岳王爷指的即是宋代名将岳飞，因遭秦桧陷害被杀，后来传说岳飞死后被玉帝敕封"代天巡狩"。自古以来，后村民众将岳王爷作为本村的保护神，年年用非常隆重的礼仪祭祀，这也就是我们当天看到的"贡王"仪式，主要内容为"请王"和"送王"。"请王"要举行"竖灯篙"仪式，"送王"则是用王船送王爷和其他神灵出境。"竖灯篙"和"送王船"是后村"灯篙王船民俗文化节"中最具典型的特色活动。郭先生说，后村是个临海的古村，历代有人到金门、台湾开垦，现在金门、台湾仍有为数众多的后村人，金门还有一个由后村播迁过去的村庄，但"竖灯篙"、"贡王"民俗活动只有祖地才有。在外的后村子孙非常重视这一盛大民俗活动。每逢这一民俗节日，金门、台湾的后村人都会尽量回来参与。因此，村中有俚语"灯篙竖起，同胞回乡。"

民俗文化，情牵两地

我们随着涌动的人流来到郭氏家庙，一场规模宏大的庙会在这里开场。村民们挑着盛满祭品的篮子，从四面八方赶来，在家庙里焚烧香烛，顶礼膜拜。我们好奇为什么村民会主要集中在郭氏家庙里祭拜。郭老先生解释说，以前村边就是海，许多郭氏子孙从这里漂洋过海到台湾去谋生。近年来，台湾宗亲回来省亲、祭祖，除了大家是血脉之亲外，到台湾的后村人对岳王爷仍有虔诚的信仰，因而民俗节也就加强了这种亲情与乡情的联系。

灯篙民俗文化节上表演"车鼓弄"

我们在现场采访了特地从金门和台湾赶回来参与节日的郭福全和郭荣邦两位先生。郭福全先生的先人从后村迁往金门，他出生在金门，曾祖父、祖父和父亲都曾经回来参加过"贡王"，每次都会把回乡的见闻讲给他听，郭先生自小便在心里烙上了祖籍地民俗盛况的印痕。此次回来祭祖并参加文化节，看到祖籍的建筑、民俗和父辈讲过的一样，也与自己家乡金门的建筑风格一致，感觉非常熟悉和亲切，就好像自己也曾经回来过一样。而郭荣邦先生则是在后村出生，后来在台湾任教，这里仍是自己的家，因为自己的弟弟妹妹都在这边。他几乎每年都会回来，观看这些祖地才有的古老民俗文化活动。

　　整个活动结束后，后村的相关部门为远道而来的客人们准备了午宴，意在使客人们品尝到饱含了后村乡亲深情厚谊的特色美食。可是金门来的乡亲不愿意享用特意为他们准备的佳肴，而是提出回到各自的亲戚家里去吃午饭，按他们的话来说，他们是家里人，不把自己看成是客人。闻知这番话的所有人，无不为之感动，于是不再勉强他们在招待地点用餐，而是真的把他们当自家人了。

后　村

　　新店镇后村村是厦门市翔安区最大的行政村。现包括6个自然村：后村、汪厝、港尾、下家、竹浦、海头，约6000多人。后村有源远流长的文

赶庙会

化底蕴，是南音、戏曲发祥地之一，曾被冠以"曲窝子"的美名。

挑着礼篮赶庙会着礼篮赶庙会

后村之名源于古时村前有个宛如洞庭湖般的广阔湖泊，历史上曾曰"洞庭村"。后村的"村"其实应为"仓"字，因其开基祖郭氏为后村吴姓做工，为人勤奋，深得吴氏器重，将女儿许配郭氏。后来郭氏在分家产时仅要求分得吴家后面的一栋仓库，即现在的祖厝所在地，因是风水宝地，自此郭氏人丁兴旺，成为后村的单一字姓。因"仓"与"村"谐音，故名后村，所以，"后村"实由"后仓"而来。

后村每年农历四月十六举办灯篙王船文化节。以民俗节庆形式凝聚人心，集聚人气，倡导爱国爱家。后村灯篙、王船极具特色，历史上迁金门过台湾者很多，每逢民俗节日，他们都要回祖地过节访亲，因灯篙象征着树高千尺不离根。

祭品（林瑞红 摄）

小村民喜迎嘉宾

家娶新娘 孩儿乐

厦门翔安灯瓯庆元宵

祈 祷

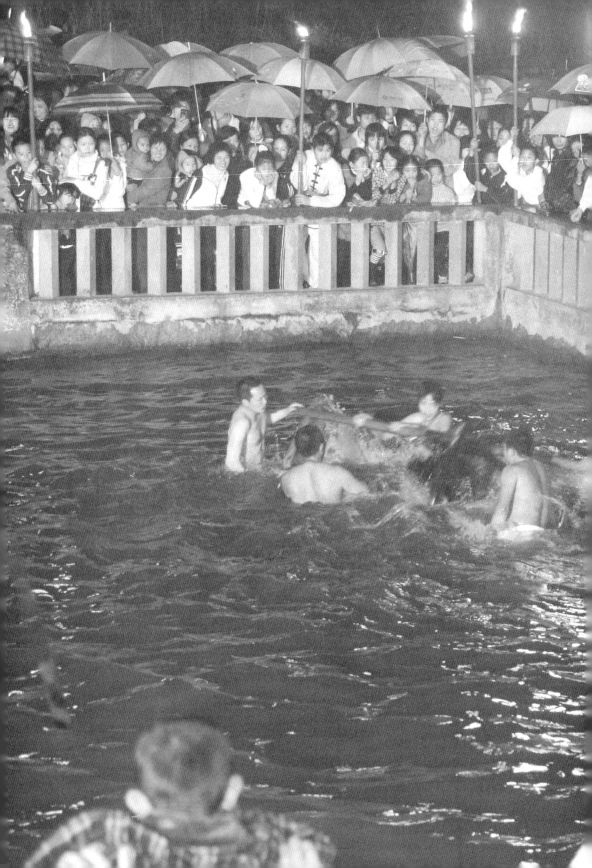

漳州长泰"落水操"纪念先烈

同安汀溪"宋江"渡海到台湾

　　汀溪镇的云顶山下有五峰、汪前、造水等古村落，由于这里地处深山，因此同安民间有句俗语："五峰兜底"，意思是同安的"边陲"之地。

　　就是这样一处山区，却从不闭塞，历史上这里就与泉州、漳州、金门往来频繁。"五峰出加腊（鲷鱼）"是当地一个优美的民间传说，五峰村的一位媳妇爱吃加腊鱼，而金门海域盛产加腊鱼，于是家人特派人到金门等地，向渔民大量收购加腊鱼，不仅媳妇吃得爽快，还专门以加腊为礼物转赠同安的亲友。在信息、交通闭塞的古代，有人居然相信这深山里还真能出加腊鱼，因此，"五峰出加腊"成了流传至今的俗语。这里的村民与金门的交往历史悠久，有些传说虽难考证，但现在两岸人民的交往却印证了深远的渊源。长期以来这里盛行"套宋江"、"车鼓弄"、"十音队"等民俗活动，特别是这里的"套宋江"，阵容强大，技法高超，因此名声远播。汀溪镇文化服务中心主任刘良镇介绍说，在清代及民国期间，这里

翔安区的孩子们正在排练"宋江阵"

"宋江阵"深受村民喜爱

的村落因姓氏不同，甚至一村拥有数队"宋江阵"（即"套宋江"），如造水一甲、三甲等自然村一个村就有两队"宋江阵"，据说当年台湾和金门等地的乡亲不辞劳苦，特来这里学"套宋江"的阵法，回到金门、台湾等地传播。

前不久，台湾体育学院体育文史博士徐元民教授和金门技术学院博士生林本源等人，带着刻录着台湾、金门"套宋江"民俗活动的光盘前来造访，印证了台湾、金门与汀溪造水的"套宋江"同出一辙，见证了两地渊源。在现场演练中，学者们忙不迭地拍照、录像，把录下的资料带回细细研究。

五月端阳隔海
唱和亲情诗

　　端午节又称端阳节、重五节，闽台俗称"五月节"、"五日节"、"午日节"。这一中华民族历史悠久的传统节日在闽台民间既是丰富多彩的民俗节日，又是诗人节、防疫节。我们走访了熟知端午节俗的本市人士和在厦的台湾同胞，感知这两岸同俗的端午节。

两岸民俗，精彩纷呈

　　儿时常随父辈往来于海峡两岸的万先生告诉我们，他至今记得一首曾传诵于闽台两岸的童谣：

　　五月节，五月节，风俗真迷人，缚庚（碱）粽，挂菖蒲，扒龙船，划旱船，踩高跷，拍花草，踩街闹端午；采莲队，嗦罗连，竹竿尾，捉猪仔，热闹胜新正（春节）。

　　可见历史以来闽南和台湾的端午节，民俗活动精彩纷呈，不亚于过春节。台湾的郑先生告诉我们，在台湾许多源于闽南的民俗活动，至今仍传承不衰，最令他印象深刻的是，每年的端午节，台湾许多地方，都会上演闽南歌仔戏《白蛇传》，因为《白蛇传》中有一个折子：白娘子端午节饮下了雄黄酒，现了原形，吓坏了许仙，后来白娘子被镇于雷峰塔下，故事就发生在端午节。巧的是，今年端午节，台湾将迎来一项人文盛事！"雷峰塔秘宝与白蛇传奇展"，将与台湾民众见面，有两百件珍宝，千年首度跨海赴台，引发了台湾民众的热切瞩目。

闽台诗人，端午唱和

端午节与诗人屈原投江的故事有密切关联，因此，端午节又成为海峡两岸民间的诗人节，早在清乾隆年间，从福建赴台湾的诗人郑大枢就写下端午题材的诗作，其中记述龙舟竞渡云：

海港龙舟夺锦标，缠头三五错呼吆。

行看对对番童子，嘴里吹弹鼻里箫。

诗中"缠头"指当时渡台之漳、泉人，用黑布缠头以御海风；"三五错呼吆"指高呼号子，齐心协力划船。"番童子"指台湾原住民小孩，他们以口吹竹琴，以鼻吹竹箫，另有一番风情。

近年来随着两岸民间往来的密切，闽台诗人更常在端午节吟咏抒怀或相互酬答。台湾诗人黄清源的端午诗作中云：

凌厉词章旷世奇，每逢佳节自令仪。追伤七泽沦忠骨，嗟叹九歌鸾凤诗。泽畔行吟情未已，爱君忧国宅心坚，莺飞草长江南梦。捐佩怀沙浪拍天。

厦门已故诗人、书法家高怀曾在端午节诗人雅集中吟道：

闾巷频传角黍香，榴花照眼又端阳。

艾旗蒲剑悬千户，词客幽人聚一堂。

韵促辞悲思屈子，笔荒才尽愧江郎。

新知旧雨东南美，感慨高歌醉百觞。

漳州龙船巡港游（林瑞红 摄）

端阳悬艾增祥瑞

厦门文化界知名人士彭一万先生讲述了他在台北亲历的一次端阳诗会。诗会上台湾的一些诗人把自己化妆成屈原的模样，并上街游街表演，当众吟诵诗作，其中

有人大声吟道：

大哉屈原，诗传永久，日月悠悠，精神不朽。

让人们感受到了伟大诗人屈原的爱国精神，在台湾岛上同样深受人们的崇敬。

榴花喷火角黍香

巧用节俗，防疫健身

《厦门志》卷十五《风俗记·岁时》曰："五月五日，端午悬蒲、艾、桃枝、榕枝于门，粘符制彩胜及粽相馈遗，竞渡于海滨……"

连横《台湾通史》卷二十三《风俗志·岁时》曰："五月初五日，古曰端午，台人谓之午日节。插蒲于门，煎艾为汤，以角黍时果祀祖。妇女带茧虎，以五色丝制鸟兽瓜果之属，儿童佩之，谓可辟邪。……"

从这两段记载看，闽台端午节，在门上悬插辟邪去秽的植物、举行龙舟竞渡等等，其内容实际上多是防疫健身。

辟邪去秽植物的"蒲"指菖蒲，"艾"指艾草、艾叶、艾枝，民间联曰"菖蒲驱恶迎吉庆，艾叶辟邪保平安"。彩胜，指用五色纸或彩色绢，剪成小旗或燕、蝶、金钱等状，作为饰物插于发髻上。角黍即粽子。茧虎即香包、香袋，中藏雄黄、檀香等药材，以驱虫辟邪去秽解毒。端午节的龙舟竞渡实际上是一种民间的健身运动。

厦门与台湾气候相近，端午节的节令在"立夏"之后，"夏至"之间，气温渐趋郁热，毒虫恶蚊滋生。天气时晴时阴时雨，空气潮湿，容易生病，因此闽台民众过端午节的一些做法，多与防疫有关。如："采百草，修制药品，为辟瘟疾等用。"闽台药农在此时采百草，制成一团，俗称"百草神"，其味甘甜，煮汤饮用，降火清毒。泉州"神曲"，此时配制，时机最佳，俗称"茶饼"，冲泡饮服，可辅治伤风感冒。闽台还有"五月五日，收藏浮萍干为末，和雄黄作纸缠香，焚之，能驱蚊"、"烧苍术、白芷、辟瘟丹并蚊烟，以祛毒虫"的记载。蚊烟即蚊香，是闽南话，至今闽台民众仍称蚊香为蚊烟。

今日，闽台民间端午节间以艾叶、菖蒲、蒜头等悬挂门户的习俗仍存在。"带茧虎"（即绣制得精巧玲珑香料荷包，内蕴藏香料）作为饰物，至今仍为闽台妇女、小孩所喜爱。

龙舟竞渡 百舸争流

位于九龙江入海处的海门岛"鸡冠岩"见证
了多少有志之士经过这里走向台湾和南洋等地区

鹭岛 "送王船"

"王船"牵系两岸情

"王船"是为民俗活动特制的一艘与真船一样的、装饰得美轮美奂的船，渔民们将用它来祈福。只见那木船有三四米之长，船体以青、红、黄为主色调，有很鲜明的民俗艺术色彩。当它从"船房"里露面而出时，显得非常抢眼。船沿上插满了小纸人，服饰不一，形态各异，有眉清目秀的"白衣小生"，有面目狰狞、手持长矛大刀的"黑脸大汉"，有高大威猛、一身正气的"将军"……每个小纸人后面还写上名字，一看才知道原来都是各方神灵的代表。令我们这些外行人感到新奇的是在这些小纸人中竟然还有一个"洋人"的形象，惟有他后面没有贴上名字。他们围列在船沿，看来是特地被"请"来"保驾护航"的。船上还有搭桅杆的架子和停船用的锚，简直就是照片里面古船的"翻版"。在木船中间的甲板上，还筑着一个别致的小庙，里面供奉着神像。

"为什么要建造这艘船？为什么厦门会有这种民俗活动呢？"陈复授、阮老古先生回答说："由于厦门港的特殊地理位置，与海峡对岸台湾渔家兄弟本是一家亲。早在古代两岸渔家就有'送王船'祈福的习俗，清初'王船'冠以'池府千岁'的名称。据说'池府千岁'就是郑成功，两岸渔家人在这一民俗活动中增加了缅怀郑成功的内涵。'送王船'的民俗活动几年才举办一次。今年参与的人就有来自台湾基隆'八斗子'和漳州龙海过来的渔家兄弟。这一民俗活动体现了渔民兄弟间的团结互助的传

统。特别是台湾的渔家兄弟还特为这一民俗活动捐资。"两位先生一边说着,一边指着正在 "王船"上帮忙的几位身着"八斗子"字样服装的老人。只见他们正一针一线,把帆布连接起来,之后亲试几次直到满意为止。当他们把帆系紧在桅杆上后,还把打结后留下的线头用剪刀剪得干干净净,他们一丝不苟,全神投入,不求回报,默默付出。

"送王船"习俗

"送王船"又称 "烧王船",是我省沿海渔港、渔村长期以来形成的一种民间习俗。通过祭海神,祭悼海上遇难的英灵,祈求海上靖安和渔发利市。厦门港渔家的"送王船"习俗,还糅合了王爷(郑成功)信仰。据传此俗源于台湾,清初渔家为缅怀郑成功的丰功伟绩,以王爷作为代天巡狩的神而奉祀,并造"王船"送之入海,虽不言明而心领神会。

厦门港渔区形成于明末郑成功时期,厦门与台湾两地渔家交往密切,因而民俗信仰相同。早期的厦门港片区,有会福宫等宫庙奉祀"池府王爷"(据说池王爷就是郑成功,入清之后,渔家奉祀郑成功,为了避免清廷的嫌疑,故将"郑"称为"池",因为"池"与"郑"闽南话近音)。

在传统的"送王船"活动中,以本港捕捞作业的钓艋与钩钓等船为原型,造成"钓艋王"、"钩钓王"的"王船"游街。厦港的民间组织渔业公会,还尊崇"池府王爷"为行业神,连渔行、渔贩、渔摊都参与进去,使"送王船"成为热闹非凡的行业盛典。而这种活动,往往安排在渔汛转汛之际举行,一面祈求渔事的平安和丰获,一面也作为转汛生产的心理准备与生产动员。

翔安区的孩子们正在排练"送王船"

湄洲祖庙妈祖
香火传万年

妈祖故乡迎来空前盛会

　　2006年9月28日在湄洲妈祖祖庙天后广场，由台湾50多家妈祖庙信众代表组成的"2006年台湾妈祖联谊会暨大甲镇澜宫湄洲谒祖进香团"，与大陆台商共近万人，举行了盛况空前的祭典。

　　2006年9月28日在湄洲祖庙天后广场举行大型谒祖进香祭祀大典和民俗

从台湾请回祖庭的妈祖神像

文艺表演活动，展示出已列入国家非物质文化遗产的祭典仪式。进香团活动达到高潮。

　　这次有4000多台湾妈祖信众从台湾来湄洲参与活动，这是有史以来最大规模的台胞来大陆交流团组，行程之长、涉及面之广、影响之大为历年罕见，凸显出妈祖信仰和妈祖文化在台湾民众心中深深地扎下根，体现了两岸同胞并肩传承妈祖文化，携手促进和平发展的愿景。

　　大甲镇澜宫的执事领队蔡先生告诉我们，他和其他台湾宫庙，带来了许多民间艺阵，如凉伞阵、宋江阵、鼓吹阵等，还有一支别具特色的女子舞龙队。这些艺阵溯其渊源，都是源自祖国大陆，在台湾流传几百年后也形成了自己的特色。莆田方面则有春江游船、莆田南少林武术表演、踩高跷、车鼓阵等。这些富有乡土特色的表演在盛大的妈祖祭典中精彩纷呈。

　　这次台胞进香，更牵动了许多在祖国大陆投资兴业台胞的心，他们纷纷从闽南及大陆各地赶来参与盛典。台湾的一些媒体，如台湾"东森"、"中天"、"TVBS"、"民视"、"台视"、"中视"等多家主流电视媒

体50多名记者随团采访并直播活动实况，中央电视台、福建广播影视集团等也分别直播昨日台胞祭祀妈祖和民俗文化表演的盛况。

据悉，大甲镇澜宫是台湾著名的妈祖庙，建于清雍正八年（1730年），现任董事长颜清标。该宫于1987年率先组团经日本到湄洲祖庙进香，后又与湄洲祖庙建立了至亲庙关系，从此之后，该宫庙与湄洲祖庙、贤良港祖祠、文峰天后宫一直保持着密切的往来，进行了多项的妈祖文化交流活动。

这次盛大的台胞湄洲谒祖进香，还有一项让所有香客欣喜的事，莆田有关部门特制了以乾隆五十三年钦定"天后湄洲举行春秋两祭"的圣旨为内容的匾额，敬赠给进香团。

湄洲谒祖之后，28日进香团将前往泉州天后宫踩街进香。

镇澜宫香炉在祖地合炉

这次台胞拜谒妈祖的祭典中有一项非常重要的事，就是大甲镇澜宫带来了宫庙的香炉来与祖庙合炉，这对他们来说是一项庄重而必做的事。

据介绍，大甲镇澜宫的妈祖是从湄洲分炉过去的，神灵和人一样，也会思乡，也很想回祖地探亲，正因为这样，才有了进香的活动。回祖庙进香对台湾的信众来说，一方面是叩谢神恩，另一方面则是认为祖庙本尊妈祖是台湾所有分炉妈祖的神迹之源，进香可以为分炉在台湾的妈祖向祖庙"充电"，而合炉则是一项具体的仪式，镇澜宫的香炉在祖庙里供奉之后，将带回从祖庙的大香炉里充填的香灰，这样，也就是在祖庙进行了"充电"。这种仪式永远不会间断，这样做就是为了传承祖庙万年的香火。

大甲镇澜宫与湄洲妈祖庙是至亲庙

大甲镇澜宫是台湾目前香火最盛的四座妈祖庙之一，迄今已有200多年的历史。据记载，清雍正八年（1730年），福建莆田湄洲岛人氏林永兴

金门同胞恭请祖庭妈祖神像巡安金门

祭典仪式上的歌舞表演

信众恭抬妈祖神像巡境

携家眷赴台，临行前从湄洲岛朝天阁奉请天上圣母妈祖神像一尊随往，在台南大甲定居。大甲临海，当地的闽南移民笃信妈祖，纷纷来到林氏家中参拜，香火鼎盛。鉴于此，在征得林氏同意下，村民择址建一小祠供奉，这便是大甲镇澜宫的前身。

乾隆三十五年（1770年），小祠改建为小庙，初名天后宫，后几经扩建改名为镇澜宫，"镇澜"即"镇海安澜"之意，从乾隆年间起，庙宇每年均组织信众前往湄洲岛天后祖庙谒祖进香，从未间断。甲午战争后，日本侵占台湾，镇澜宫的谒祖进香受到阻止，间断了一段时间。

上世纪80年代，两岸民间恢复往来，交流日趋密切。台湾信众回湄洲进香的愿望越来越强烈，即陆续有信众来到湄洲拜谒祖庙，其中大甲人占了多数。

1989年农历三月二十三日，大甲镇澜宫率先与湄洲妈祖祖庙结为至亲庙，从而与湄洲岛祖庙的往来更加紧密。

林默娘与泉州天后宫

妈祖信仰从宋代产生至今已经历经了一千多年，它已经成为中华民族的一种特殊的文化形态。

据史料记载，妈祖，原名林默娘，宋代建隆元年（960年）出生于莆田海滨的一位普通女子，她心地十分善良，好行善济世，水性十分好，常在湄洲海面，凭着她一身好水性和一颗菩萨心，救护在风浪中遇难渔民和商人，一时间成为了人

有500年历史的漳浦县乌石妈祖

们口耳相传的佳话。宋雍熙四年（987年），她在救助渔民的时候，不幸遇难，年仅28岁。她死后人们对她十分感激，每次出海的时候，仍然会想起她。传说在她死后，当渔民遇到风浪时，在无法摆脱危机的关键时刻，她还常常现身于海面，像以前一样救助遇难的人，因此渔民们把她当保护神。人们称她为妈祖，在湄洲建了祖庙，其他地方也广修庙宇，虔诚祭拜。

历史上，由于妈祖故里莆田隶属泉州管辖，也由于泉州在宋元时期为世界最大的对外贸易港口之一，妈祖信仰随泉州海交贸易的兴盛、移民热潮的兴起而远播台、港、澳地区和世界各地，影响深远。因此泉州天后宫是我国现存建筑规格最高、规模最大、年代最早的妈祖宫庙，位于泉州市区天后路、素有"温陵圣庙"之称，是全国重点文物保护单位。

天后宫始建于宋庆元二年（1196年）。据《泉州府志》载：宋徽宗宣和四年（1122年）钦赐妈祖庙额"顺济"为名，称"顺济庙"；元至元十五年（1278年）和至元十八年（1281年），元世祖两次册封妈祖为"天妃"，妈祖神格提高，"顺济庙"随之易名"天妃宫"；清康熙二十三年（1684年）八月十四日，"以将军侯福建水师提督施琅奏，特封天后"，自此，天妃宫改称"天后宫"；清道光年间（1830年--1850年）加封妈祖为"天上圣母"。

虔诚的台湾老阿嬷

我们昨日在万余人的进香台胞中随机采访了一位台湾老阿嬷。阿嬷来

神像出游，万人空巷

自台北松山慈佑宫，这是她第一次来湄洲，也让她实现了多年以来的夙愿。

　　17年前，丈夫撒手人寰，撒下了阿嬷和5个尚在读书的孩子。老阿嬷一遇到困难就向妈祖倾诉，最终她渡过了难关，将5个孩子养大成人，成家立业。为了感谢妈祖，阿嬷将全部的精力用来做义工，她自己平常从来舍不得坐车，所有的收入都捐献给了经济上有困难的人。她虔诚地说："这所有的一切都是为了感谢妈祖。"

图书在版编目（CIP）数据

血脉情相牵/卢志明，郑宪著. —福州:海风出版社，
2008.6
ISBN 978-7-80597-791-1
I.血… II.①卢… ②郑… III.友好往来—厦门市、台湾
省 IV.D618
中国版本图书馆CIP数据核字（2008）第091632号

血脉情相牵

撰　　文：卢志明

摄　　影：郑　宪

责任编辑：刘　克

文字编辑：万苏杭

出版发行：海风出版社

（福州市鼓东路187号　　邮编：350001）

出 版 人：焦红辉

印　　刷：福州青盟印刷有限公司

开　　本：787×1092毫米　1/16

印　　张：24印张

字　　数：200千字

印　　数：1-1000册

版　　次：2008年7月第一版

印　　次：2008年7月第一次印刷

书　　号：ISBN 978-7-80597-791-1/Z·138

定　　价：56元